島國情濃

菲律賓·華文風 叢書 14

莊維民 著

楊宗翰 主編

一九八七年世界中文報業協會第廿屆年會在菲律賓首都馬尼拉市召開。阿謹諾總統接見與會者並致詞。前排左二為聯合日報故社長莊銘淵。

世界中文報業協會第廿屆年會代表合影。

陳紀瀅率台灣作家團禮訪聯合日報，由故社長莊銘淵接待。

一九九五年莊銘淵文教基金會致贈新聞服務獎予五大華報社長及總編輯。左為作者，右為
其令兄莊維新。

一九九九年十月，東南亞傳媒訪粵，在廣州中山堂前合影。

二〇〇〇年四月，菲律賓傳媒中國訪問團赴南京，在總統府內留影。

作者夫婦在南京總統府總統
辦公室門口留影。

陳祖昌先生率文化之旅，
在江西盧山美廬前合影。

作者與菲律賓總統亞羅育合影。

馬英九總統接見作者。

僑委會委員長吳英毅訪問報社並贈送禮品。

作者與家人和慈母合影。

【主編序】
在台灣閱讀菲華，讓菲華看見台灣
——出版《菲律賓‧華文風》書系的歷史意義

楊宗翰

　　很難想像都到了二十一世紀，台灣還是有許多人對東南亞幾近無知，更缺乏接近與理解的能力。對台灣來說，「東南亞」三個字究竟意味著什麼？大抵不脫蕉風椰雨、廉價勞力、開朗熱情等等；但在這些刻板印象與（略帶貶意的）異國情調之外，台灣人還看得到什麼？說來慚愧，東南亞在台灣，還真的彷彿是一座座「看不見的城市」：多數台灣人都看得見遙遠的美國與歐洲；對東南亞鄰國的認識或知識卻極其貧乏。他們同樣對天母的白皮膚藍眼睛洋人充滿欽羨，卻說什麼都不願意跟星期天聖多福教堂的東南亞朋友打招呼。

　　台灣對東南亞的陌生與無視，不僅止於日常生活，連文化交流部分亦然。二○○九年臺北國際書展大張旗鼓設了「泰國館」，以泰國做為本屆書展的主體。這下總算是「看見泰國」了吧？可惜，展場的實際情況卻諷刺地凸顯出臺灣對泰國的所知有限與缺乏好奇。迄今為止，台灣完全沒有培養過專業的泰文翻譯人才。而國際書展中唯一出版的泰文小說，用的還是中國大陸的翻譯。試問：沒有本土的翻譯人才，要如何文化交流？又能夠交

流什麼？沒有真正的交流，台灣人又如何理解或親近東南亞文化？無須諱言，台灣對東南亞的認識這十幾年來都沒有太大進步。台灣對東南亞的理解，層次依然停留在外勞仲介與觀光旅遊──這就是多數台灣人所認識的「東南亞」。

東南亞其實就在你我身邊，但沒人願意正視其存在。台灣人到國外旅遊，遇見裝滿中文招牌的唐人街便倍感親切；但每逢假日，有誰願意去臺北市中山北路靠圓山的「小菲律賓」或同路段靠臺北車站一帶？一旦得面對身邊的東南亞，台灣人通常會選擇「拒絕看見」。拒絕看見他人的存在，也許暫時保衛了自己的純粹性，不過也同時拒絕了體驗異文化的契機。說到底，「拒絕看見」不過是過時的國族主義幽靈（就像曾經喊得震天價響，實則醜陋異常的「大福佬（沙文！）主義」），只會阻礙新世紀台灣人攬鏡面對真實的自己。過往人們常囿於身分上的本質主義，忽略了各民族文化在歷史上多所交融之事實。如果我們一味強調獨特、純粹、傳統與認同，必然會越來越種族主義化，那又如何反對別人採用種族主義的方式來對付我們？與其矇眼「拒絕看見」，不如敞開心胸思考：跟台灣同樣擁有移民和後殖民經驗的東南亞諸國，難道不能讓我們學習到什麼嗎？台灣人刻板印象中的東南亞，究竟跟真實的東南亞距離多遠？而真實的東南亞，又跟同屬南島語系的台灣距離多近？

台灣出版界在二〇〇八年印行顧玉玲《我們》與藍佩嘉《跨國灰姑娘》，為本地讀者重新認識東南亞，跨出了遲來卻十分重要的一步。這兩本以在台外籍勞工生命情境為主題的著作，一本是感性的報導文學，一本是理性的社會學分析，正好互相補足、對比參照。但東南亞當然不是只有輸出勞工，還有在地作家；東

南亞各國除了有泰人菲人馬來人，也包含了老僑新僑甚至早已混血數代的華人。《菲律賓‧華文風》這個書系，就是他們為自己過往的哀樂與榮辱，所留下的寶貴記錄。

東南亞何其之大，為何只挑菲律賓？理由很簡單，菲律賓是離台灣最近的國家，這二、三十年來台灣讀者卻對菲華文學最感陌生（諷刺的是：菲律賓華文作家在一九八〇年代以前，一度以台灣作為主要發表園地）。[1] 東南亞各國中，以馬來西亞的華文文學最受矚目。光是旅居台灣的作家，就有陳鵬翔、張貴興、李永平、陳大為、鍾怡雯、黃錦樹、張錦忠、林建國等健筆；馬來西亞本地作家更是代有才人、各領風騷，隊伍整齊，好不熱鬧。以今日馬華文學在台出版品的質與量，實在已不宜再說是「邊緣」（筆者便曾撰文提議，《台灣文學史》撰述者應將旅台馬華作家作品載入史冊）；但東南亞其他各國卻沒有這麼幸運，在台灣幾乎等同沒有聲音。沒有聲音，是因為找不到出版渠道，讀者自然無緣欣賞。近年來台灣的文學出版雖已見衰頹但依舊可觀，恐怕很難想像「原來出版發行這麼困難」、「原來華文書店這麼

---

1. 台灣跟菲律賓之間最早的文藝因緣，當屬一九六〇年代學校暑假期間舉辦的「菲華青年文藝講習班」（後改為「菲華文教研習會」）。此後菲國文聯每年從台灣聘請作家來岷講學，包括余光中、覃子豪、紀弦、蓉子等人。一九七二年九月廿一日總統馬可士（Ferdinand Marcos）宣佈全國實施軍事戒嚴法（軍統）之後，所有的華文報社被迫關閉，所有文藝團體也停止活動。後來僥倖獲准運作的媒體亦不敢設立文藝副刊，菲華作家們被迫只能投稿台港等地的文學園地。軍統時期菲華雖無出版機構，但施穎洲編的《菲華小說選》與《菲華散文選》（台北：中華文藝，一九七七）、鄭鴻善編選的《菲華詩選全集》（台北：正中，一九七八）卻順利在台印行面世。八〇年代後期，台灣女詩人張香華亦曾主編菲律賓華文詩選及作品選《玫瑰與坦克》（台北：林白，一九八六）、《茉莉花串》（台北：遠流，一九八八）。

稀少」以及「原來作者真的比讀者還多」──以上所述，皆為東
南亞各國華文圈之實況。或許這群作家的創作未臻圓熟、技藝尚
待磨練，但請記得：一位用心的作家，應該能在跟讀者互動中取
得進步。有高水準的讀者，更能激勵出高水準的作家。讓我們從
《菲律賓‧華文風》這個書系開始，在台灣閱讀菲華文學的過去
與未來，也讓菲華作家看見台灣讀者的存在。

【序】

自序

莊維民

　　上世紀八十年代初，筆者從風雨中的桐江，到城開不夜的東方之珠香江，爾後又到了椰雨蕉風的千島之國。千里雲月，何堪回首，去國懷鄉的情結，牽繫筆端。故園風物，香江碧濤，島國人事滄桑，雜沓成篇。第一輯「心海盈瀾」前部份文字，寫於旅菲初期。歲月蹉跎，寥寥數篇，輯編之時，深感汗顏。悼念先嚴的拙作，大部份在九〇年代嘔瀝成文。

　　八〇年代初期，正值菲華文藝復興之時。寶島作家團來訪，文藝社如雨後春筍萌生，文藝活動頻繁。在此階段速寫的文壇吉光片羽，收錄在第二輯「銀漢馳星」。其中〈百年華報話滄桑〉是《菲華報業史稿》發行時有感而抒，〈憶昔撫今道報慶〉則為近作。

　　第三輯「萬里芳菲」，大都為九〇年代以來旅遊的雪泥鴻印。天涯何處無芳草？在這期間，筆者三度踏足寶島。第二次訪台正值政權輪替前的一九九八年，筆者與菲華時報副董事長許志僑兄應邀同行。其時情景，歷歷在目，在〈訪台散記〉中有所記載。志僑兄亦相約參與翌年東南亞媒體訪粵之行，賢伉儷鶼鰈情深，令人欣羨。而今琴弦乍斷，天人永隔，悼惜同深。

　　當年媒體訪問廣東和江蘇，邀約同行者還有專欄作家柯芳楠（梅楠）。幾十年前同窗共硯，在異國他鄉能有數度同船渡的機緣，又有文字相重之雅，純屬難得。

　　〈金秋時節閩贛遊〉和〈泉洛河畔刺桐紅〉，記錄的是跟隨慈善家陳祖昌先生返國的文化旅遊。前為散播愛心贊襄希望工程之旅，後為欣逢泉州師範學院五十華誕大慶。兩篇紀遊文字，為盛事留下記憶。

　　〈申城盛會喜空前〉與〈江南最憶是杭州〉為參加第五屆世界華文傳媒峰會隨筆，〈蘇南匆匆走一回〉為意猶未盡之作，發表在世界華人華商大會在菲國舉行期間，可說油墨甫乾。

　　在司馬中原訪菲歡迎宴會上邂逅楊宗翰兄，席間傾談，一見如故。承知友名畫家王禮溥兄推舉並力促匯編。我心海盈溢的波瀾，生命河漢閃馳的星辰，結集拙著《島國情濃》，終於在虎躍之年，穿越萬里海濤，遠赴寶島付梓。遙遠的美夢刻已成真，欣何如之！

　　一九九四年，筆者主編《菲華散文集》，乃是在菲島出版。二〇〇四年主編《淵澤永懷——莊銘淵先生紀念文集》，則是在港島編輯，深圳印行。三島情濃，緣結三書，是命運的奇妙恩遇，抑或是上蒼的特別眷顧？

　　謹以此書，獻給先嚴在天之靈，獻給為家庭付出太多愛的慈母，遠在港島靈犀相通的愛妻和兒女們（本書三輯標題，均蘊含兒女的名字）。獻給從小相依為命、甘苦與共的兄妹和親人們，獻給兩岸三地及菲島的舊雨新知。

二〇一〇年二月末杪於菲京

目　次

第一輯　心海盈瀾

一、鯉城摭憶

鯉城，晉水縈繞，清源雄峙，山靈水秀。這東海之濱的一顆明珠，每使海外遊子夢魂勞思。

鯉城格外的值得戀念，還因為從我呱呱墜地到咿啞學語，曾夢幻般地在那度過幾個小城春秋。一切都淡忘了，只記得當時寄居在北鼓樓，我和哥哥常在樓上憑窗眺望，細數從樓旁匆匆來去的人流，偶爾，會透過那鱗次櫛比的紅磚綠瓦，對著不遠處矗立的東西塔凝望。

後來，爸爸賣棹南下，我們也搬遷到南門外的小鎮。從那時起，在十幾年緊張而閉塞的學校生涯中，一直未能越出家門一步，因而也無復重溫兒時舊夢。記得，站在作為校址的祠堂門口石獅上，假如是晴天，隱約能看得到鯉城的雙塔凌空。我們經常在那踮腳遙望，以滿足那份少年的懷思和渴望。

終於，學校生活也像一場夢幻似地結束了，在社會熔爐裡熬煉的當兒，才得有餘暇踏足鯉城。從家居小鎮出發，騎單車不上一個鐘頭。鯉城逛街，可說是當時枯寂生活中唯一興味盎然的旅行了。

沿著泉青公路，穿過飛渡晉水的新橋，進了南門，就是貫穿鯉城南北的中山路。這一帶商店林立，餐館影院遍佈，是鯉城的繁盛之區。每天，熙來攘往的人潮，川流不息。街道上單車競逐，銜尾相接，一路上鈴聲不斷，一路的嘈雜和喧騰。

　　以鐘樓為中點，東街綠樹掩映，整潔沉靜，別具風情。而
從西街走出不遠，就到了名聞遐邇的開元古寺和東西塔。每次的
鯉城行，我都會在那裡倘佯流連。不單為欣賞古代建築的鬼斧神
工，也不僅是神馳於詩一樣的桑蓮傳說，為的是在這稍離塵囂的
千年古剎休憩，時光彷彿倒流，心靈也會得到淨化和昇華。

　　當我為尋夢而第一次走近雙塔，那拔起而起一柱擎天的雄
姿，就緊緊地攫住我幼弱的心。雖然只是仰首瞻望，未能拾級登
臨憑欄縱目，但那強固的花崗岩塔身，那飛揚的塔檐和角脊，那
閃光發亮的葫蘆塔尖……不是已給人以無盡的啟迪和默示？我的
第一張手相機照片，就是佇立於塔前草坪上拍成的，在我身後，
映襯著石塔高聳的剪影。星移物換，那張為我所珍愛的小照不知
已流失何方，但那畫面的構意情景，依然鮮明地存留在記憶之中。

　　開元古寺裡，榕蔭蔽日，刺桐繁茂，更是消暑的好去處。當
年，大雄寶殿前石庭旁的長廊，蓋成兩列商場，五金百貨，書店
餐廳，應有盡有。每當中午時分，幾個煎包，一碗扁食，就是療
飢的美味。午後小憩，石庭生涼，有時會酣然入夢。而大部份時
間，我都會在那裡的書店立讀，就像蜜蜂鑽進花蕊，不知紅日之
既沉。每次，當踏著月色遲遲返家時，總是招來倚閭盼歸的母親
一陣埋怨。

　　短短的中山北路盡頭，是我夢縈魂繞的搖籃地北鼓樓。每當
從她旁邊經過，總會停車佇望。啊，北鼓樓風景宛然！那雕欄畫
棟，曾引發我的多少遐思。在那場浩劫中，這一個咽喉地帶的制
高點，成了兩派大動干戈的戰場。北鼓樓爭奪戰中，「戰派」的
一位小將宋廣強，在攀登雲梯強攻時失足傾跌，肝腦塗地。噴濺
的鮮血換取了勝利，傷痕纍纍的北鼓樓被改名為「廣強樓」。隔

了不久，「廣強樓」被拆卸了，在地圖上抹去了她的名字。記得當時噩訊乍傳，廢墟憑弔，望著一地斷瓦殘磚，心裡真感到莫名的失落和惆悵。

北鼓樓左側的醫院，是我曾經和病魔搏鬥的地方。故鄉的夏季，酷熱難當，我們那低矮的老屋，更是密不透風。每夜，輾轉難眠，清晨醒來，身下已是一灘汗水。那一年盛夏，我一連幾天高熱難退，家鄉的醫院推託不收，只好趕送鯉城。據說車到醫院，我已昏迷不醒，經過幾天靜脈滴注，才得以轉危為安。留院時，媽媽在病床邊唯一交椅上，伴著我度過那幾個憂患的不眠之夜。巍巍清源，滔滔東海，可以作證：父母之愛，何其莫測高深！

北鼓樓背面，就是中山公園和體育場。公園裡亦長有幾株參天巨榕，枝椏交纏，根鬚匝地。當年，正是哥哥開始談論婚娶的時候，故鄉嫁娶習俗依然守舊，同鄉同姓的結合自是例外，假如是由媒妁的巧言撮合，經過那刻意安排的幾秒鐘「對看」後，你一首肯，終身大事底定。這種近乎盲婚啞嫁的方式，播弄著多少青年男女的命運。那時，楊家有女初長成，在親友介紹下，接著循例是四目相對的一瞬，已面臨了最後抉擇的緊要關頭。哥哥堅持要有兩人披瀝相對的片刻，為此，使得女家憂心忡忡，生怕親事一旦變卦，會引人笑謔。最後，只得在保密情況下，由我和女方一位朋友陪同，一行人前往鯉城。那天，日色烘烈，有如火傘高張。就在公園的一角，古榕垂蔭之下，他們倆一敘訂情。

哥哥小時候的奶媽，就住在公園旁的新村裡。這一位他兒時稱為「奶阿」，長大後改呼其名的婦人，年輕守寡後就來到我們家。雖然只有哥哥吸過她的乳汁，但她就那樣跟我們魚水難分。

在困頓的生活中，在窘迫的境況下，我們一起同甘共苦地度過漫長的十八寒暑。直到她的獨生子大學畢業，成了家，她才依依不捨地離我們而去。原指望能無憂無慮地歡度餘年，哪知婆媳反目，她被掃地出門。在四顧茫茫之中，她終於挺身向世俗和傳統挑戰，作出那二十幾年前所沒作出的抉擇，跟一個琴弦中斷的老店員共賦同居。而後，兩口子形影不離，情感老而彌篤。這一段黃昏之戀，一直在親朋戚友中傳為佳話。

　　那一年，大妹紅鸞星動，男方是一位不問出身，只專注於愛情的鯉城大學生。當時故鄉的風俗，訂婚儀式進行後，女家的親友，總是成群結隊地跟著進城觀看拍訂婚照和吃飯。為了不讓經濟情況並不充裕的男家增加負擔，那天午後，只由我用單車帶著大妹進城。等到訂婚照拍攝完畢，馳離鯉城，早已暮色四合。記得那個難忘的夜晚，星月不輝，泉青路依稀難辨。時屆深秋，金風送涼，衣衫單薄的我，卻感暖意盈懷。為的是，欣慰於大妹終於找到滿意的歸宿。

　　公園附近的一條橫街，住著那一對和大妹情同親人的高年夫婦。他們出身鯉城書香世家，畢業於燕京大學，原在高等學府執教。文革時的境遇，自是不用提了，後來兩人被送回鯉城故居。他們二老，男的風趣健談，女的懇摯率真，同是虔誠的基督徒。宗教的認同和坎坷際遇的相憐，使我們兄妹跟他們結為忘年之交。那些年，他們總為獨生子的前途牽腸掛肚，渴望著他能飛到新的天地。後來，兒子成了家，也如願以償地，帶著二老膝下承歡的愛孫一齊飄然遠舉到美國。留下病體支離相依為命的他們，在鯉城一隅的老屋裡，孤寂地打發殘年。記得他們曾幾次想探訪我們鄉下的蝸居，總因種種不便而未果。我想，待新居落成後，

是應該把他們接去小住幾天的。大妹課餘週末返鯉，大概會記得去看望他們吧。每次的朝暮思念中，我總不忘為他們二老的健康和快樂而馨香禱祝！

當思潮澎湃時，鯉城的一切，躍然腦際；鯉城的憶念，就像那滾滾的晉江東流水……。

記得兒時，說到父母親情的地久天長，那時不懂得什麼是海枯石爛，但總會信誓旦旦地說：「直到東西塔倒」。而今，東西塔，這千百年來人們心目中愛的豐碑，承受著時代的風雨，屹立如昔。而我們那為堅貞不渝的愛所充溢的家，親人還是散處於三地，年輕的一代，又背起因襲的重負，嚐著別離的苦杯。此刻遠在太平山下的稚子，可會認知那千里萬里外的鯉城，會曉得那關於東西塔的山盟海誓？

（此文轉載於《菲中作家作品選》〈相望〉）

二、故鄉泥土

　　就要遠離家門了，親朋戚友都來送行。那是初冬的凌晨，正在急急地準備行裝，姑母把我拉到一旁說：「等下你外婆叫你時，可要回應得大聲些。」親人的心意我是明白的，她們依然相信，甫離鄉井的遊子倘能牢記那啟程前的召喚，就會歸期早定，頻返家門。是微妙的心靈感應使然，抑或僅為撫慰離別的創傷？說不清。但這臨行的一呼一應，確是蘊含著多少殷望和深情！

　　「阿──弟！」剛要跨出大門，就聽到外婆那使人心靈悸動的呼喚。在我們懂得記憶的童稚，外婆就已跟我們住在一起。三十年朝夕共處，在她照顧扶持下，我們成長了，新的一代也誕生了。但在她老人家眼裡，我們卻永遠都還是小孩子哩！

　　「哦──」原想回應得響亮些，不知怎的，喉頭哽住了。那日夜渴盼的就是這一天嗎？蜷縮的希望展翅了，分離的劇痛，卻又這樣使人震顫！

　　「你來──」外婆意猶未盡，顫巍巍地走了過來：「別忘了咱厝，要記得常返來走走。我這麼大歲數了，不知能不能再見到面……」說著，已是老淚縱橫了。

　　故鄉，印染著搖籃血跡，留下漫長的艱苦歷程，那裡，還有我的嬌妻稚子，甘苦與共的兄妹，老邁年高的外婆……這一切，都叫人千里猶回首，叫人揪心思念。誰會把咱厝輕輕忘記呢？

　　接著，外婆把一個小紙包塞進我手中：「把這包土帶著，到了那，記得放一點到水缸裡，就不會水土不合了。」哦，故鄉的泥土！早聽老年人談起它，現在是甚麼時候了，還興這個？心裡暗笑外婆的偏信和迂腐，但不忍拂她的意，只好把那包泥土揣在身上。

　　終於來到了東方之珠港島。在那混凝土森林裡，看不到熟悉的山野花樹，也找不到蛙聲鼓譟的稻田，水流叮噹的坑溝。有的是耀眼的霓虹燈，嘈雜的市聲，喧騰的車流。入夜，棲身在臨窗的碌架床上，皓月照臨，清輝灑身。望著那與家鄉親人愁心共寄的明月，鄉思是何等深沉喲！到港後不久，剛好遇上「荷貝」肆虐，港島高懸八號風球。那一個夜晚，臥聽暴風呼嘯，驟雨敲窗，心裡更掀起思念的狂瀾。在驚雷閃電交加中，腦際忽地閃現臨別的一幕，也猛然記起了外婆的那一包故鄉泥土，於是，迫不及待地翻找起來。

　　多麼不起眼的一撮泥土啊！攤在那張磨損變皺的牛皮紙中，不盈半握。原先許是黏滯而黝黑吧，由於水份的薰蒸和攜帶的擠壓，變得弛散、發灰，摻和粗礦的砂粒，萎瑣的雜屑。它來自故鄉的哪一角落呢？

　　故鄉的泥土，我真是太熟悉了。記不清有多少個冬晨，我曾用雙腳踏過那霜凍的溪岸和冰冷的田泥；而在盛夏，足蒸暑氣，背灼炎天光，我的腳板也親炙過那熱氣升騰的黃泥坡。對於這些，足不出戶的外婆顯然並不知悉。

　　我們家居是古厝，四周是土牆，因風雨侵蝕，外壁都已剝落。內間隔是桿榛壁，年久月深，只要稍一觸及，壁泥便簌簌而下，但那卻是黃灰色的粉末，跟這包泥土並不相類。它也不

會來自厝後的地面吧？那一年，豪雨不輟，從頂宅傾瀉下來的雨水經後巷奔湧而過，後巷變成一條咆哮的小河，古厝也被撼動得搖搖欲墜。風雨過後，後巷地面的泥土都被沖走了，剩下碎石斑駁，坑坑窪窪……這一把土到底來自何處？一時叫人頗費思量。

一天，偶爾跟媽媽提起，媽把那包土看了一下，淡淡地說：「哦，大概是小天井花缸裡的吧，她成天都忘不了那幾株茉莉。」

是了，原先怎麼想不起呢！護厝的小天井裡確是種著幾株茉莉。年老雙目失明的祖母在世時，常會向人數說：這幾株是「百葉」的，那是花瓣重疊香氣濃馥的一種。當茉莉花怒放時，疏影橫斜，繁英滿枝，我們兄妹總愛採擷幾朵，悄悄拿近祖母面前。一陣幽香微度，祖母覺察到了，臉上綻滿喜悅，伸出手來拿花。這時，大家都嘻嘻哈哈地樂開了。

住家離水井好遠，碰到乾旱季節，汲水更不方便。即使是食水緊張的當兒，每天早晨，外婆照例會舀幾勺水為茉莉分潤；而一到傍晚，她總記得吩咐：「碗斗水可不要倒掉啊！」

當眾芳搖落之時，枯萎的茉莉悄然飛墜，葬身花缸，零落化為春泥。這花缸泥土，濡漬著花淚，薰染著茉莉縷縷清芬，也變得肥沃豐美。看，那黏合的一團，不就是落英有意，纏綿固結？

這花缸春泥，同百年古厝一起，經歷過時代的熬煉和歲月的磨洗；它也跟古厝主人一道，默默地承受風吹雨沐，日曬氣蒸；它更清楚地見證，在那霜雪飛襲寒凝大地的年日，在它懷抱中茁長的茉莉，是如何頑強地綻放新蕾，芳冽未斷。而今，這一撮春泥，終於千里迢迢地，遠離那日夜依偎的花缸花樹……

　　從那時起，每當風雨變幻，思鄉情切，我都會對著這一包泥土，端凝遐想，低迴不盡。

　　一天，小妹從街上買來小盆栽，淺綠色的刺球上，烘托著一朵小紅花，那是一種不知名的仙人掌屬植物。多可愛的綠色生命啊！小妹建議把那包花缸泥土放進盆栽，我欣然贊同。那一個摻土儀式是肅穆而鄭重的，小妹的一對兒女目不轉睛地圍觀著，稚氣的臉上滿是迷惘。他們怎會明白，植根於故鄉春泥的仙人掌，來日也會煥發茉莉的芬芳。

　　候鳥也有北歸的時日，遊子卻一直向南，更行更遠。那一年的雨季，我來到了茉莉花的國度。

　　乍到這四季如春的島國，友好紛紛告誡：清晨應恆常淋浴，寢前只可稍事擦洗。當時，只把這經驗之談當作耳邊風，照舊是港式的午夜沖涼，淨滌一日凡塵。終於在那年歲暮，罹患熱病，住進醫院。一連十幾天靜脈滴注，兩手背都打腫了。想不到來菲的第一個聖誕，卻是在病榻上度過的。當平安夜鐘聲震響的時候，四外鞭炮地動，煙花連天。狂歡的人們，狂歡的不眠之夜啊！我勉強挪移下床，倚憑於落地窗前，一時泫然難以自勝。環顧斗室，形影相弔，我驀地悚然驚覺：許是我遺忘了那把故鄉泥土？

　　平日，晚飯過後，我都會在家居庭院散步。院子裡生長著許多不知名花草，在一角落也植有一株茉莉，顯然不是屬於「百葉」的那種，通常只見枝頭掛著幾顆白色小苞。一任群芳競芬鬥妍，她總默默無聞，孤寂地守在牆邊。那花缸裡的泥土該和故鄉春泥迥不相侔吧？我竟無心檢視。日復一日，我似乎也忘卻了故鄉茉莉那沁人肺腑的芳香了。

　　離別故園，寒暑幾易，已經好久沒接到來自故鄉的訊息了。
不知小天井裡的茉莉是否依然盛開？外婆的身體大概還硬朗如前
吧！她也許常在花香瀰漫的夕照裡，倚閭佇望，細數遊子的歸
期，翹盼著那怕只是寥寥數語平安以告的尺素。我不應再疏懶
了，是該讓殷勤青鳥，帶去千里外虔誠的祝福和遙念，寬慰她眷
眷的懸望。也請她若託寄有便，再為我捎來一把故鄉的泥土。

　　　　　　（此文轉載於《中國散文選編賞析辭典》）

三、操場的懷念

每次，當我乘車從黎剎運動場經過時，都會不期然地勾起那遙遠操場歲月的深沉懷念……。

校園座落在原是一片荒涼的小山麓，在這裡放眼望去，遠處是水天一色的泉州灣，山下是晉東的綠野平疇，那裡水田綿亙，溝渠縱橫成網，一派明媚的江南水鄉風光。我們的操場就在半山腰闢建，那正是艱苦卓絕的狂熱年代，土高爐的熊熊烈火沖天而起，照亮了夜空，也燃沸了人們的滿腔熱血。學校當局一聲令下，年輕學子用血肉之軀和原始的工具，喚醒了沉睡千年的山崗。那個年代，時興「嫦娥挑燈」的夜戰和「幹通宵」，就在那白骨纍纍的荒山野塚，鐵鍬揮舞，汗珠奔迸，我們渡過了那有生以來第一個不眠不休的難忘之夜。

借著微茫月色，同學們群集在山坡上，像螞蟻啃骨頭一樣蠕動著。人群中有時會傳來一聲驚叫，說不定是誰又挨了一記鋤頭柄，或是哪位同學掘到了「骨頭罐」。驀地，辦公樓那邊傳來一陣鑼鼓聲，是哪一班完成了任務，向學校當局報喜去了。落後的班級可得加把勁迎頭趕上啊！然而，工程浩繁艱巨，長夜漫漫何時旦？漸漸地睡意襲來了，挖土的動作呆笨無力了，挑土的步伐蹣跚了，同學的人數似乎也減少了。直到曉星寥落，曙色乍展，大家才看清，好幾位同學正在附近地瓜畦底酣睡如泥呢，幸虧那些飛濺的石塊沒有打中他們！

　　經過十幾天努力奮戰，大家原來瘦削的臉孔更尖細了，深陷的眼窩變黑了，運動場終於也初具雛形。填建的一邊向外延伸而去，還沒夯實加固，中間是一個高低不平的足球場，四周一條四百米跑道也是坑坑窪窪，瓦礫遍佈，那是一個多麼粗糙寒傖的運動場啊！

　　大概是在她身上傾注了太多的汗水和辛勞吧，我們對這運動場有著一份微妙的感情，那時，大家習慣上都稱她為「大操場」。在那枯寂而沉抑的學校生活中，多麼渴望能找回那過早失去的童年樂趣！離開禁錮的課室，蜂擁而上大操場，我們簡直是一群野性難馴的孩子。那時，我們酷愛一種稱為「佔電」的遊戲，比賽雙方，通常是梅花間竹般地追逐著，在大操場上兜圈子。跑在前面的被追得急了，有時會越過操場，落荒而逃，直向山腳下的村落遠遁，追趕的一方只有徒呼負負……

　　入夜，大操場披上神秘的外衣，暮靄四合，萬籟俱寂，偶爾有螢火蟲飛曳而過，彷彿是磷火點點，使人毛骨悚然。同學們往往打賭著，看誰敢摸上大操場去摘取幾片桉葉。而在清晨，操場才卸下晚妝，帶著曉露，笑臉迎人。那時，除課外文體活動外，還要堅持三操一鍛鍊。每天早鍛鍊時分，大操場上到處是奔蹦跑跳的人群。炎夏的早晨是清朗宜人的，冬晨的操場卻叫人視為畏途。天寒地凍，呵氣成霜，迎著凜冽的北風跑步，那可真不是味道，那時能有鞋子穿也不是那麼容易的，我們往往是赤腳上陣，腳丫凍得通紅，踩在砂石上，簡直是刺骨的扎痛。記得語文科宋老師穿著棉鞋還冷得直跺腳呢，見到我們總不解地發問：「小鬼，你們不冷嗎？」

　　操場上最熱鬧的，莫過於春秋兩季舉行校運會的時候。披上盛裝的操場彩旗飄揚，騰光溢彩，同學們成群結隊，就像趕廟會

一樣。我們年紀小的沒法參與角逐，當個啦啦隊員也是滿有趣的。比賽中，不時會有鼓掌歡呼聲響起，是哪一班又拿走了一塊金牌了。有時是一陣嘩然，說不定是參加長跑的同學因體力不支昏倒在地。那時，各班為鼓勵士氣，都煮了豆乳，蒸了麵包。那種熱氣騰騰的麵包真可一快朵頤！但通常大家都捨不得吃完，而用小手帕包好回家分贈弟妹。其實那麵粉並不細白，也蒸得不大鬆軟，但在我印象中，似乎沒有吃過比那更為香軟可口的麵包了。

校運會期間，宣傳鼓動工作也搞得有聲有色，熱火朝天。有響個不停的喇叭廣播，更有花花綠綠的快報和黑板報。記得當時黑板報老總，是高中部的一位李姓大哥，不知為什麼，這一位譽滿全校以寫抒情文字擅長的才子卻對我格外垂青，我除了幫他撰稿外，還要兼抄黑板報的差事。那時，我是又小又矮的，墊上椅子，勉強能摸到黑板報的上端，抄幾個字就要移動一下椅子，而背後是議論紛紛品頭評足的同學，那滋味不用說有多難受啦！每逢黑板報行將出版，我總像老鼠躲貓似地避著他。那一次校運會，我當然又被他逮住了，只好硬著頭皮上第一線。出乎意料之外，我那些文藝氣息濃烈的報導文字居然名噪一時。由於李大哥的直接保荐，使得學校當局在未來得及「查三代」的情況下，發給我通訊報導成績優異的獎狀，那可是我記憶中的奧斯卡金獎啊！二十年雲煙一瞬，今天，由於職業緣故，不時又要跑跑新聞，寫寫通訊，浪跡千里，當年的小猴子依然翻不出造化的五指山，想來不禁啞然！

至於那一位滿腹文墨，為同學提供豐富精神食糧的李大哥，當時卻是三餐不繼，飢寒交迫。終因食不果腹而「提」了蒸籠裡

別人的飯罐，那不過是幾片地瓜乾或一塊蕃薯的一餐！事態敗露之後，弄得聲名狼籍。聽說後來他悄然遠走他鄉，就此銷聲匿跡。不知怎的，想起李大哥，總會聯想到「三家福」裡那因救人一命，最後被逼上地瓜園的老夫子來，他們的境遇令人慨嘆！海天遙隔，不知李大哥今在何方？但願他能衣食無慮地愉快生活，不因那白璧微瑕被寫入「檔案」而終生蒙羞；也願他的生花妙筆仍能揮灑自如，以抒發心中的塊壘和積鬱。作為他當年所顧愛提攜的小弟弟，謹在此遙寄衷心的祝福和懷念！

　　記得那一年運動會上，好友林兄參加的是十公里競走，由於是冷門項目，比賽者只有兩人。林兄那擺臂扭臀、有板有眼的表演使得大家樂成一團，紛紛模仿，在一旁又笑又鬧。比賽結果，他順理成章名列第二，使我們班得到了一塊僅有的銀牌。我們這一群有志於文學的同窗好友，最後卻因我一句「把文學當成業餘愛好」的話，而一齊報考「走遍天下都不怕」的「數理化」，結果在那一年高考中，不管「紅」與「黑」全軍盡墨。好一位林兄，憑他那參加十公里競走的勇氣和毅力，從我們原來學的俄文，轉修英語，終於在翌年躋身高等學府外語系。林兄是他母親所寶愛的獨生子，也是我們那群朋友中，唯一不經由媒妁之言而談及婚娶的，這一對自由戀愛的伴侶，最後卻因婆媳不睦而離異。後來，他們母子倆經由滇緬邊界，遠涉異鄉，從那時起，魚沉雁杳，吉兇未卜。故友星散，天各一方，午夜夢迴，每深梁月之思！

　　操場上也有沉悶的時候，那是早操後集中聽訓話的當兒。調皮的同學總會在下面偷偷合計，校長的口頭禪裡，又說了多少個「這個」。直到生管組長張老師講話，同學們的情緒才活躍起

來。這一位張老師精明幹練，才華橫溢。每次，他總是要言不煩地概括為幾點，然後第一，第二，第三，乾脆俐落，詞簡意達。由於他說話快，寫字快，走路快，辦事快，人稱張四快。文革時，據說也因他出身鯉城書香世冑而備受沖擊，在百般折磨中，他都咬著牙熬過來了，最後，卻因致命的癌症而撒手拋撇。英年早逝，使人不勝唏噓悼惜。

操場上的時光也有令人難堪的記憶，記得唸高三那年的一個冬日午後，在大操場上體育課。楊老師事先曾通知大家要把外衣除掉，其時，卻有一位女同學執意不依。大家暗地裡猜想，那粗心的女同學大概把上體育課忘了，而她的內衣定是破爛不堪難以示人。少女的矜持使得她不肯就範，因而惹得楊老師暴跳如雷。那時，操場上的空氣彷彿凝固了，那一個個呆如木雞的同學也凝固了。終於，倔強的女同學傷心地哭了，悲抑的嗚咽使得大家心裡好一陣黯然。

那一場史無前例的文革開始時，我已結束了六年多姿多采的操場生涯，告別了可愛的校園。據說，在那烽火連天硝煙瀰漫的日子裡，大字報的紙片曾在操場上空飛揚，不少老師在這裡被遊鬥。運動加溫升級以後，偶爾會有一隊隊配備棍棒竹盔的武裝小分隊巡邏而過，「誰敢武鬥，堅決鎮壓」的吆喝聲劃破夜空。而當武鬥大規模掀起時，大批農民進城，就駐扎在校園裡……

接著，學生們殺上社會，校園被砸爛了，像死水一樣冷寂。於是，學校附近的農民在大操場上各據一方，圍墾耕植。碧綠的地瓜藤蔥蔚茵潤，金黃的麥浪翻滾，秀野欲燃。操場就像一位穿著百綴裙的母親，以她的乳汁，哺育著豐盛的瓜果麥菜，默默地奉獻出自己的一切……

離開校門後，幾回想踏足操場，溫理殘夢，總因情怯而卻步。只是每當馳車從操場下的泉青路一掠而過時，都會回首依依顧盼。操場四周，當年手植的桉樹長成了，枝繁葉茂，迎風婆娑。多麼值得戀念的操場歲月啊！而操場是否會記得，那離開她的懷抱在社會上摸爬滾打的學子？

及至離鄉背井，才深切體會「校園不可見兮」的思念的劇痛。傳聞經過那漫長難耐的寂寞，新一代的學子，又以他們的喧鬧吵醒操場的酣夢，校園重現了她昔日的容顏。也許是迴蕩著更多歡笑，而無復再有逝去年代所遺下的不幸和辛酸吧？待到那鶯飛草長桃李芳菲的季節，千里明月照我還，我會雀躍著，先去探望久違的大操場……

四、友情篇

照片的憶念

那是一張泛黃的舊照，合影的七人，都顯得面黃肌瘦、營養不良。在那一個詭異逆轉的年代，現代社會引為健康食物的蔬菜，我們可是吃得膩煩，覺得難以入喉，甚至是望而生畏；而現代人所退避三舍的豬油、糖水，卻是那時不可多得的高級食物。當時盛行著「瓜菜代」，能吃上一頓大米飯已是多麼奢侈的享受。我們這一群小毛頭，就這樣甘苦以共地捱過三年的高中時光。

照片中，他和我同在前排，他的性格，就像他的名字一樣，樸訥忠厚。但自從誰探知了他的乳名後，我們都調侃地呼他以難聽的小名。他也不甘示弱，其時，對於聰穎非凡的同學，大家都會謔稱為「鬼生的」，他即常以此回敬。

那時，我們都醉心於文學，相同的志趣，使得我們無論在校園溫書、課餘切磋文藝，或是夏秋兩季下田勞動，都是形影難分。

大凡推心置腹的摯友，自然巴不得對方掬誠相對，容不得一點瑕疵。畢業班時，我曾為一點小故和他們鬧翻了，雙方「冷戰」了好一段時間。一俟驪歌響起，惜別之情終究深濃難化，於是，我們重歸於好地攝下了那張照片。

　　「肝膽照日月，千秋共一心。」當我們還在為題詞中的「共一心」抑或「共此心」孰優孰劣推敲時，攝影機的快門，已把我們多彩的校園生活擯除了。

　　我們這一群原有志於文學的窗友，就為了一句「學了數理化，走遍天下都不怕」的「經驗之談」，鬼使神差地報考理工，結果在那一年高考全軍盡墨。

　　同樣是名落孫山，而他卻屢次寫信為我不值，為我鼓氣。涸鮒相濡，那種關切之情，使我感動得難以自己，也使得幼稚的心靈復又重燃信心與希望。殊不知像我這種另入別冊的人，一切的努力都只是白費功夫，縱使有齊天大聖的本領，也翻不出如來的五指山。

　　記得高考落第後，在他盛情邀約下，我們曾經結伴到他鄉下的家，度過那一個十幾年一輪的「大普渡」節日。那時，才得知他早年喪父，在簡陋的村舍，他仁慈的寡母，是如何艱苦地把他們兄弟拉扯大了。

　　大概是為了離開那窮鄉僻壤吧，他應徵當了兵。那種抉擇對他來說不啻是幸運的，他從軍隊選送進了大學，終於遂了多年夢寐以求的夙願。

　　那一群窗友中，他可算飛黃騰達，我當時卻是落魄潦倒，在那「龍生龍，鳳生鳳，老鼠生崽打地洞」的金科玉律之下，飽受困擾。同鄉的一位官據要津的蔡姓老同學，為了表現他的立場堅定，劃清界線，竟然還狠心地落井下石。

　　在那史無前例的年代，片言隻語皆可賈禍。為了避嫌，為了自保，親朋戚友都形同陌路，甚至反目成仇。摯友的魚沉雁杳自不在話下，又有誰能苛責呢？但我相信，每當夜深人靜，端凝舊

照，除了追懷那失去的年華，重溫往日舊誼，都會幽思縈懷，默默地為對方馨香禱祝吧！

在神引領下，我終於得以飄然旅外。那年重返故鄉，絜婦將雛又要束裝上道時，聽聞摯友遠在榕城，當一所高級學校校長。隨後，來自家鄉的訊息，獲悉他應召南下，在群英角逐中脫穎而出，榮膺一新建市副市長。

幾年來，我雖常到港渡假，卻是近鄉情怯，視返鄉路若畏途，自是把晤無從。但私下，我常為這能幹摯友的出色表現暗自喝采。

前年揮別香江甫抵菲島，從一則通訊稿得知，在我離港前，摯友恰因公在港逗留。人生的軌跡，有時看似相交，卻是錯落得多麼令人惋惜！

睽違廿幾載了，假如有緣相見，或許我們都會驚異於對方容顏的劇變。

或許多年來他的宦海浮沉，我的羈旅異鄉，我們早已失去那份肝膽相照的赤誠，畢竟那只是年少的無心戲語。

但是，那蘊藏在心靈深處的人性火花，相信是難以湮沒，難以泯滅。

而那難忘年代所熔鑄的厚誼，定會勝卻俗情無數……

遙遠的懷思

那一年鯉城會考時，在街頭邂逅的。他在一家小餐館用餐後，心急打爛了一隻碗。其時他已囊空如洗，原就木訥寡言，戴著深度近視鏡，一付老學究樣相，在圍觀的路人中，更顯得

分外尷尬無助。我那時雖也阮囊羞澀，但總算能代他湊數賠償解困。

　　在那以前，我跟他僅是一面之善，算起來，他是早幾屆的學兄，搞不清為什麼還同我們一起應考。那次高考，他霉運當頭，自是出師不利。其後我們才知道，他的運途坎坷，亦為家庭成份所累，是以，我們成了同病相憐的知交。

　　他的毅力叫人驚異，那時他不斷地寫作投稿，當然投的不是報章，而是編輯的字紙簍。並不是他的作品水準欠佳，那時自由投稿能獲選用實比登天還難。他默記背念乏味的中醫典籍，但即使學會了中醫又怎樣，還不是照舊在鄉下摸鋤頭柄？

　　後來，他購買了一隻簡陋的照相機，到偏僻的鄉下為人拍照營生。那滋味也不是好受的，爬山過嶺，風吹日晒，四處奔波。碰上惡客，受盡奚落不必說，拿走照片又不給錢，還真的是血本無歸呢！

　　後來，他又添置了一把破舊的自行車代步，那輪胎破得百孔千瘡，補不勝補，一洩氣，只用鐵輪圈滾動。大家都取笑那簡直是老爺式的「鐵甲車」。有時晚歸途經我家，我們常邀他同進晚餐，然後是天南地北地閑聊。直到深夜，他才蹬著破車歸去。每逢星月不輝的夜晚，大家總擔心，高度近視的他會在路上出事。

　　有一夜，我們好心地請他留宿，不料碰上突查戶口。也就是那蔡姓同學，同是校友，竟翻臉不認人。於是他被帶走了，當然是折騰到天亮才放人。出乎我們意料之外的，他其後仍若無其事地常到我家來。

　　那時，正是哥哥在談及婚娶，左挑右揀，難以合意，真叫家人煞費苦心。由於故友和我們情同手足，那時相親的明查暗訪，

我們都請他幫忙分勞，他總是毫不推託盡力而為。因此，花費了他不少謀生時間，真叫我們過意不去。

他雖比我們年長幾歲，但令人詫異的是，從沒聽到他談到婚娶之事。後來聽他說起，早在集美念中專時，曾戀上了一位女同學。在那時，校園談情說愛被看成大逆不道。由於他的家庭出身，一上綱上線，就是本質問題，他終於被清除出校。那境遇，注定是一輩子難以超生了。

據說在其後落實政策之時，他曾屢次赴原校申訴，但當年的主事者依然身居高位，誰會承認當時處理不公而為他平反？時至今日，在他檔案中，還存留著那既不光彩又不公正的記錄。

一年給蛇咬，三年怕草繩，或許他對女性已有戒心和恐懼感？但其實是，在那年代，像這種人，有哪位女子能看上眼？

後來，突然傳來了他的婚訊。對象是偏僻山村的女子，目不識丁，當然不會有什麼多餘的憂慮。或許她還慶幸能從山村嫁到水鄉，從此不用三餐啃番薯。嫁雞隨雞飛，嫁狗跟狗走，一紙婚約，她就是你的了，乾脆俐落，省卻多少相識相知相戀的麻煩程序，這就是那傳統的盲婚啞嫁。

於是，像機器一樣，孩子一個個地製造出來了，不幸卻是弄瓦連連。在農村，不生個男孩誰肯善罷甘休？他為此大費周章，超生的小孩都是沒戶籍的「黑人」，經濟上窘迫自不待言，老婆懷了孕更是東逃西避，生怕被拉去強迫墜胎或施行絕育手術。

去年返港，聽剛從鄉下甫歸的媽媽說起，我們以前的擔憂，已變成冷酷的事實：故友真的在一個暗夜罹致車禍，肋骨摔斷了幾根，已瀕絕境。幸虧媽媽和友人籌措了一筆錢應急，醫生動了

手術，他才從鬼門關安返。媽媽在為他的額手稱慶之餘，也為他的厄運慨嘆萬分。

　　病多，子女多，艱困多多，想起他，總不由地想起「故鄉」中的閏土。

　　海天遙隔，思念起伏，積愫難舒。不知故友可已康復如常？但願他能在浩劫之後霍然奮起，繼續剛強地踏上人生未了的行程。

附記：小華屢次邀稿，盛情可感。大年夜，爆竹聲喧，夜不能
　　　寐，浮想聯翩，敷衍成章。

五、杏壇鴛鴦

記得是唸初二那一年吧，學校新來了一對夫婦，都是教語文科。男的姓林，乾巴瘦削，看到他那老學究式的型態，你也許會想起詩聖杜甫。聽說，他唸的是戲劇學院編劇系，曾經是曹禺或巴金的高足，肚子裡有料，但無奈口才不佳，正如水壺煮餃子，倒不出。上課時，他不似有的老師那樣滔滔雄辯，慷慨陳詞，卻像有的同學被提問一樣望著天花板瞪眼，張口結舌，他之不受同學歡迎，自不在話下，他的另一半陳老師的情況，更為不妙。當時語文分為文學和漢語兩科，不是有人說文學是藝術，語言屬科學範疇嗎？她教的，正是味同嚼蠟的漢語。陳老師身材高佻，據說原來還是運動員呢，後來因肺部毛病而割除半葉肺，身體變得衰弱不堪，講課時也是氣喘吁吁，上氣不接下氣，因此在上課時，經常把要點大段地板書。她一背過身，學生在下面更是吱吱喳喳，秩序嘩然。陳老師講課尚且氣力不加，當然也無力訓斥學生。記得有一次，我曾把那課堂上亂哄哄的情況寫入一篇「作文」，陳老師在評語中，曾提到對課堂秩序的描寫逼真，但為甚麼不協助維持，以求改進？可能她看到我負責收集文科作業繳交，以為我神通廣大，殊不知我當的「語文科」副代表，充其量只是收繳作業本而已，對於課堂秩序，當然是無能為力了。

　　這一對身體和教學環境均不如意的患難夫婦，自是相親相惜，伉儷情深，平時經常出雙入對，秤不離砣。記得他們的男孩命名永連，大概也是取諸並蒂連理，永結鴛盟之意吧。

　　當時，正值號召大鳴大放，所謂知無不言，言無不盡，老師學生一概要「向黨交心」，要「引火燒身」，在這一陣狂飆之中，有一位教師曾滿懷激情地寫過這樣一首打油詩：

　　　敢字當頭最重要
　　　思想顧慮要打消
　　　任務如果完不了
　　　今晚一定不睡覺

　　就在那種「完成任務」、「突破指標」的熱潮中，大字報一時鋪天蓋地。林陳老師這一對謹小慎微的夫婦，能檢舉揭發別人嗎？不寫又不行，他們合寫的一張大字報，檢討的是他們對運動不積極參與，平時經常互相告誡，要明哲保身，他們就以此作自我批判。結果就在那「引蛇出洞」的「陽謀」之下，不少對黨深信不疑的敢言的精英，在一夕之間變成「右派」，而林陳二師終於有驚無險地過了那一關。

　　據說後來，在文革前夕，林老師不甘寂寞，靜極思動，使出看家本領，寫成了名為「麻城奇案」的劇本，光看那題目，在當時不用說是離經叛道的了，結果在文革時成了箭靶子，被批得體無完膚。後來，夫婦雙雙調離縣城，到偏遠小鎮的一分校去了。而今，夫婦倆該都年逾花甲，已屆退休之齡了吧？他們在歷經劫難之後，是否還在雙飛相隨地安度平靜的晚年？

＊　　　＊　　　＊

「蘇秘書和江老師結婚了！」一傳十、十傳百，這爆炸新聞成了同學中間喧騰一時的話題。

蘇秘書，即其時學校政教主任兼校長室秘書，光看這銜頭，你就知道，他是操全校教職員工生殺大權的炙手可熱人物。他個子高瘦硬朗，顴骨高聳，眼珠凸出，可能是甲狀腺機能亢進吧，走路也是一股勇往直前的勁兒。一看到他，老師都敬而遠之，同學們更像老鼠見到貓似地，避之則吉，不敢吭聲。他當時也兼課，教的是高中畢業班的政治。記得在一次課堂上，他正講得唾沫亂飛之際，冷不防發問：「誰是ＸＸＸ？站起來！」叫的正是在下的小名，那一嚇真非同小可。但想不到的是，我竟受到蘇秘書的表揚，原來在作答政治考卷上的問題時，大部份同學都是照本宣科，把教師的講義照抄不誤，而我卻是用自己的語言重新組織，起承轉合，「不但」「而且」一番，就像作文一樣。不意竟受到蘇秘書的「青睞」，還得到「貼堂」的禮遇，當時，真使我這一貫飽受「白眼」的「黑兔崽子」受寵若驚。從那時起，也使得我對他另眼看待，他畢竟也獨具慧眼，並不是只懂得信守僵硬的教條啊！

而江老師，這一位瘦小的北方女人，面部扁塌，性格急躁。她教的也是高中畢業班的三角，那種抽象的函數，就像枯燥的日常生活一樣乏味和難以理解。面對著一知半解而又提不起勁的同學，江老師經常是面呈難色，嘖有煩言。一看到她那愁苦急躁的樣子，同學總在下面偷偷耳語：「江老師又苦氣了！」當時，單

純的同學既不知道江老師「貴庚」，更不明白她尚是雲英未嫁，而陰差陽錯，許配的更是政幹蘇秘書。雖然他們同在學校執教，但從未傳出「戀愛」的消息。是政治上的原因抑或是校長從中撮合，使他們紅線繫足，結合在一起？據說婚後感情不洽，其中原因，絕不只是政治與三角之不調和那麼簡單了。

　　文革一開始，蘇秘書由於首當其衝，亦備受沖擊。想想看，原先是剃人頭的，現在被人大剃其頭，那是什麼滋味呢？加上「反黨反人民反社會主義」的罪名，簡直成了萬世不得超生的大罪人了。他的那另一半江老師，當然不能給他諒解和溫慰，其實，她作為「反革命家屬」，處境也是可想而知了。那時候，多少人忍辱偷生，想得開的，咬著牙硬捱過去；想不開的，就如蘇秘書那樣，投繯而死，一命嗚呼，結束了他那短暫而轟轟烈烈的一生，把孤獨遺恨和罪孽，留給那瘦弱可憐的小婦人江老師。

＊　　　＊　　　＊

　　在我們求學的年代，像張老師那種「師生戀」的例子，可說並不多見。

　　張老師，教的是高三化學，積多年教學經驗，使他在每次高考猜題中，雖不中亦不遠矣！由於學生高考化學成績較其他科目優異，使得他能連續擔任畢業班化學科教師，不然，像他那種家庭出身有污點的基督教徒，是早該回老家去，而不僅是「留用」那麼簡單了。

　　因此，也使得張老師在每次政治運動展開之時，順理成章地成為「運動員」。由於張老師學有專長，當然不愁被「開除」

之後，會像有的知識份子那樣靠撿狗糞為生。在一次閑談中，他曾私下向一位較為接近的女同學透露：他會以製藥謀生，亦不會餓死的。想不到運動展開時的一次批判會上，上台聲色俱厲地指責他的，就是那一位如花似玉的少女。而揭批的內容，正是張老師向她說的私己話，一上綱上線，竟成了與黨作對，抗拒改造的罪名。看著台上張老師俯首無語的頹喪神態，大概那猶大式的出賣，使他深深悲嘆人心險惡吧！作為當時在台下的小觀眾，至今我還清楚地記得那位高年段女生的芳名。但那年頭，子女「控訴」父母者亦屢見不鮮，那自然大半是「導演」的成績。那位少女或許是為求自保，以免落個知情不報同流合污的罪名吧？

張老師溫文爾雅，華髮早生，行動慢條斯理，看起來，就像個不食人間煙火的儒雅長者。那時候，我們不清楚他患有心臟病，更不知道他尚未結婚。直到喜訊傳來，對象竟是上幾屆的一位篤信基督的學姐，大概是宗教的獻身精神吧，使這位鄰村少女變成了張師母。這除了說是上蒼的安排，你還能找出什麼解釋？

大概也是那種不息的信念和愛的力量，使張老師在文革時候，雖被當成「反動學術權威」，橫遭凌辱，但他終於在大風暴中，走過死蔭的山谷而沒有倒下去。

在東方之珠度假的那一年冬季，接到了張老師心臟病發辭世的噩耗，這一位歷經無數憂患和坎坷的老教徒，應會是那樣坦然安祥地蒙神寵召吧。而聽說在不久之後，張老師的妻兒，竟都奇蹟似地，在祂帶領下先後申請到港。張師母在一家成衣廠工作，子女都已長大，生活可算安適。張老師的兒子，也已到了談論婚娶的時候了。屈指算來，二十幾個寒暑了啊！張老師在天之靈，應可差堪告慰了吧！

六、又別香江

　　鐵鳥凌空而起，迅速爬升，沖入雲霄。親人的囑望，淡化了，港島的一切，遠去了。望著舷窗外變幻的雲海，一顆心竟自惻惻地痛了起來。

　　每年一度，總是在這時候返菲的，雨季還沒來，氣候悶熱得使人透不過氣。而香江，卻是細雨霏霏的清明時節呢。

　　是的，港島的天氣依然那樣陰晴不定，乍暖還寒。記得離港前幾天的那一次環島遊，剛從赤柱返來的嚮午，宿雨初霽，陽光微露，大家興致勃勃地想上煙霧繚繞的太平山。導遊小姐曾告誡：在這多霧季節，到山頂不但看不到甚麼，連衣衫都會打濕的。果真，車盤山迴旋而上，車窗外氤氳四合，霧氣凝重，眼前竟是一片虛幻！大家只得悵然而返。

　　在晴天，從太平山鳥瞰，也可以輕易地看到「家」的。在那幾乎已成了香港標誌的倒漏斗型體育館側近，那海岸的一隅，就是迴航的避風港，倦返的安樂窩，洋溢溫馨的親人聚居地。那一襲牛仔褲一雙拖鞋的閑雲野鶴的日子，是在這裡排遣的；那一百多個流蕩的晨昏，都和這瀕海的家居穿織在一起。

　　好慶幸家在海邊，能常常悠然坐對萬頃碧波。雖然這如黛遠山所圍繞的海灣，就像是一汪浩渺的湖泊。朝朝夕夕用這一泓清波汩汩淘洗那為混凝土森林囚禁的眼睛，可實在是太奢侈了。

　　在海邊遊目騁懷，最宜是華燈初上的夜晚。當火樹銀花跟星月爭輝時，黑黝黝的波面就如墨色天鵝絨綴上點點鑽石，來往的小輪把它熨成舞動的百褶裙。在燈飾燦亮的對岸，你能清清楚楚地看到那五光十色的霓虹廣告牌，那海邊新住宅區的萬家燈火。最起眼的該算新建的東區走廊了，逶迤一如狂舞的金蛇，火柴盒似的車輛蠕動著，就像是孩子們所鍾愛的電動玩具模型……。你彷彿置身於神奇的童話世界，直到帶有鹹味的海風撲面而來，才從渾然忘我的境界中醒轉──正是燈火黯淡的海傍，夜已闌珊。憑欄處，還有一對對牛皮糖似繾綣著的男女呢，是歐風美雨薰染使然，還是擠迫的環境驅使他們幕天席地？來港幾年，對這一切都因熟悉而麻木了。是的，港島的一切並沒有變，改變的是我們的心境……

　　清晨的海風是薰人欲醉的，習慣於晨昏顛倒的人卻無福消受。寢室在新村內座二樓，難得聽到車馬聲喧。但當晨曦透過窗簾時，囂囂市聲接著敲進耳鼓。先是晨運的惠安老婦閑話家常的鄉音，接著是一陣接一陣高跟鞋敲打紅磚路的急促音節，是上班女白領娉婷而過，匆匆上路？真是擾人清夢！但最好你不要探首，也不要推窗引望（有時候會讓你失望的），就讓綺思和著殘夢，隨那滴滴答答的腳步聲遠去。

　　新村裡的花圃草木蓊鬱，一些叫不出名字的花草甚至攀牆緣壁蔓衍而上，在窗外伸展腰肢，向你頷首。對於花草，我的知識是太貧乏了。開遍香江的洋紫荊，也是先從小女課本上知道的。一天，偕小女外出歸來，記不清為甚麼了，她正賭氣噘嘴，一言不發，忽地眼睛一亮，指點著前面一株矮樹喊道：「那就是洋紫荊！」哦，港島的市花，詩人筆下的「香港相思」，卻是寒

風凋碧，繁英謝樹，那麼光禿禿地兀立蕭索著，竟一點也不惹人情思。

最是燦然照眼的要數那妊紫嫣紅開遍園囿的杜鵑花了。有人低吟「杜鵑啼處血成花」，有人詠嘆「恐是征人滴淚成」，這些燦若煙霞的春花，烘染著那麼多淒婉哀艷的傳說，使人低迴不盡，浮想聯翩。故國的杜鵑花是否還爛漫如昔？而那泣血悲鳴聲聲迴腸的子規呢？客旅香江，家山變得恍如隔世般的飄渺了。

穿過花圃走出屋村，右側就是那家熟悉的酒家，只是現在已招牌斑駁，重門深鎖。這家潮州菜餐館，先是命名「國富」，再易為「松筠」，最後改名「富麗華」。一雞死一雞鳴，已經數易其主了。親人曾津津樂道在富麗華品嘗過的「佛跳牆」，據說那滋味和菲京「北園」是大異其趣的。那酒家的雅座面海，環境清幽，取價也公道，家人常在那晚飯和款客。但也許是過於僻靜吧，新村居民的消費力也太差了，酒家經常門庭冷落，食客寥寥。就像大家所預感的那樣，不久後，「富麗華」果然不支而「執笠」了。從那時起，家人也罕得上館子了。近的，不是口味不合，就是價格偏高；較理想的，又太遠了。大家自此失去了上館子吃飯的興致。

靠近碼頭的一家供應「精神食糧」的書店，是我經常流連忘返的地方。那位坐擁書城的櫃台小姐，秀顏如玉，清純婉柔，盈室的書香，把她薰沐得那麼富書卷氣。對你的偶爾惠顧，她總是會報以甜美的「多謝」。也許是那種「紅袖添香」的美麗錯覺吧，使得這家書店門庭若市。但不知從甚麼時候起，那少女芳蹤已杳。是另謀他就，還是洗淨鉛華嫁作商人婦？不得而知。書店裡讀者依然紛紛，只是那滿壁圖書彷彿都變得索然寡味。

　　天星和油麻地輪渡碼頭都近在咫尺，每逢有事過海，大家都喜歡乘搭小輪，既無塞車之虞，又可免受擠迫而安然就座。孩子們卻是不安於位的，他們總愛跑到船頭或船尾，看小輪犁起奔濺的水花，指點低掠而過的海鷗，把串串歡笑撒在波面，每一次輪渡對他們來說都是饒富奇趣的「海上遊」。向遠一點的外海進發吧！那是一個假日的離島遊，長洲海灘是他們嚮往的「聖地」。但在冷氣艙裡，大家都感眩然了。風浪鼓蕩的外海畢竟不同於母親懷抱似的港灣，嘔吐像是傳染似地擴散著，使那次旅行變得黯淡失色。回程路上，無精打彩的孩子們就像一隻隻鎩羽的小鳥。從此，大家都把長程的舟車跋涉視若畏途。

　　碼頭旁邊的紅色郵筒，在孩子們的心目中，是那麼神妙和不可思議。一封素箋，貼上一枚郵票，你就可以對千里外親人喁喁細訴。婉轉數十行，纏綿千萬語，山高海深的情意，都是從這裡遙遙牽繫。每次家書甫就，墨跡未乾，媽媽總急著要即時投遞，說是才趕得上翌晨綠衣使者收集。而孩子們會爭著，踮起腳尖把信函投進郵箱。

　　屋村裡有不少菲籍女傭，每逢假日，總是三五成群，帶備飯盒汽水，在消閑中紓解鄉愁。平時總看到幾位倚在屋村大門旁，等著接送乘搭校車的學童，呆滯失神的眼光，彷彿為離情別緒所燒灼。她們是來自我又要前往的岷市，還是家在山頂州府？她們說的，正是那既熟稔又生疏，既遙遠又聲聲入耳的「大家樂」！她們在異地的鄉思，大概也如遊子羈旅岷江那般濃烈吧……

　　時日在平淡中流瀉而去，又到了束裝就道的時候。在家時，你也許訴說不出家的好處，待「相見時難別亦難」的驪歌奏起，落寞孤寂在等待著你時，一顆心又惻然而痛了。

　　孩子們早就沉入黑甜鄉中，他們只記得接機送機的樂趣，哪會體味離散惦念的悲愁？輾轉反側中，聽到妻正在懇切祈禱：「求神使他一個人到了那裡不會感到孤單……」

　　鐵鳥從高空飛入雲層，又該繫起安全帶了。椰影在飛動，千島已映進眼簾了。舷窗回首，不勝依依！在瞭望台上目送鐵鳥振翼的親人該都回家了吧，他們也許又開始殷望遊人的歸程？說不定在上學途中，每當鐵鳥呼嘯而過，孩子們都會駐足抬頭凝望：「是爸爸又飛回來了？」

　　　　　　　　　　（此文轉載於《晉江籍海外作家作品選》）

七、幽明若相望

　　一九八八年五月一日晚八時許，編輯部黃老弟打來電話，告訴一個令人震驚的噩耗；詩人陳天懷辭世了！

　　怎麼可能呢？老詩人的一封由報社寄交「晨光」主編禮溥兄的稿件，在那天下午，才經由我的手轉去，還原封不動地存放編輯部，那文稿該是他遠行前夕疾書，晨早封緘投遞？信封上，照例留下他那蒼勁的字跡，那信函，一定猶有餘溫。

　　而在四天前，四月廿八日早晨，為歡迎香港何老家驊來岷，我們在花園大旅社共進早餐。在餐敘中，老詩人還是像住日一樣，言笑晏晏，毫無倦容。他提到他的莎翁詩譯，提到即將在「晨光」發表的譯作，我們還建議文稿應及早付排，使他能自己校正，以減少錯漏。

　　記得那天就餐時，他正跟我相對而坐，我們欣賞能炎兄的龍精虎猛商場馳騁，老詩人自謙他一向「不善拚搏」。其實，陳老也有過轟轟烈烈的創業年華，而今，後輩克紹箕裘，蘭馥桂芳，他是早就可安享晚年的了。他暮年在商務之餘暇，以寫詩譯詩自娛，以參與文藝活動為樂。誠如林健老在獻花禮講行述中所介紹的，老詩人幾乎每天與同好切磋推敲，為詩作遣詞用字斟酌再三，直到生命盡頭，依然奮筆不懈。這一切，年輕一代又豈能望其項背？

　　老詩人雖年逾古稀，但卻有一顆年輕活躍的心，記得在希爾頓旅社的一場婚宴上，晨光常務黃明德提到老詩人剛發表的〈美

麗的情懷〉，讚嘆那文中流露的情感和青年人無異。陳老的幾篇
自傳式的小說，確都是膾炙人口的佳作。而今，老詩人雖已離我
們而去，但那濃情蘊結的作品，感人的情懷，卻依然那麼鮮明地
存留在讀者記憶之中。

　　文藝圈中的不少文友大概都會了解，我和老詩人那一段引為
忘年的感遇吧！該從何說起呢？記得「藝聯」創刊號上，在拙作
「藝聯星群」中，我曾這樣地提起老詩人：

> 陳老天懷跟林老同樣學貫中西，對於這一位譽滿岷江的傳
> 統詩人，可說神交久矣！他可能不清楚，那年他在主持媯
> 汭大慶秘書處工作時，我曾客串記者為大會撰寫新聞報
> 導。第一次握手，是不久前在『欣欣』，由莊無我伉儷介
> 紹的。看過《晨光》上若谷的〈何去何從煩惱多〉嗎？有
> 誰能想像得出，那一篇纏綿悱惻的小說，是出於一位年逾
> 古稀長者的手筆？在會員大會上，陳老曾興奮地說，欣逢
> 盛舉，他『好像年輕了二十幾歲』。是的，文藝使人煥發
> 了青春，文藝使人變得鶴髮童顏胸次玲瓏。而今，老驥振
> 蹄，我們該怎麼奮起直追呢？

　　沒想到，我的這一段並非刻意褒揚的文字，卻在他心中引起
迴響，從而結下「藝苑存知己，文心憶故人」的「政章姻緣」。
　　那年，我滯留香江之時，菲華文藝界正開展一系列多采多姿
的藝文活動。亞華文星熠熠的盛會，台灣作家團的到訪，在菲華
文壇掀起陣陣熱潮。在愁城坐困寂寞難耐之時，我曾素箋遙寄，
略抒惆悵的離情，並感謝臨行時同工餞行的雅意。想不到在隔期

《藝文》，赫然看到老詩人情深意摯文采閃灼的「南島去雁」，在縈念翹企之中，那情文並茂的回函，借用他的話，真的是「其訊息何止值萬金」！

他在回函中也洋洋洒洒地暢談文藝創作，有一段是這樣抒發他的真知灼見的：

> 本人既不反對在文藝上創新，但也不鼓吹重用陳腔濫調，我所強調的是寫作上不要忘記我們民族的形象（Identity）和思想（Ideology），我們的皮膚畢竟是黃色的，頭髮是黑色的，眼睛不是碧的。一個民族沒有自己的形象，沒有自己的思想，那麼，我們等於沒有文化的民族了。

使我感到喜慰難言，而又汗顏莫名的，是老詩人在那情思湧溢覆函中，所表露的對一個後生晚輩的溢美，以及殷切的厚望。老詩人又是樂天而風趣的，記得他以「過來人逐漸消逝的記憶」，談起一杯在手「紅袖添香」的雅致和春眠遲覺的情趣。春寒料峭下的爐峰綠樹香江碧波，在他筆下都變得那麼富有詩意。該怎樣表達當時心中的感受？為怕尺素往返的酬答，佔據每月一次的寶貴版位，我終於按捺回信的衝動。而在甫抵菲島，我是那樣迫不及待地，用電話向他訴說積壓的思慕和謝忱啊！

以後，在碰面的各種場合，老詩人總殷殷垂詢，勗勉有加，我的封筆經年碌碌無為，定使老詩人大失所望的。而今，卻是以悼念文字，寫成在老詩人身後，幽明永隔，求教無從，思之分外黯然！

　　老詩人早期作品,大都收集在《若谷寫作集——空山秋菊》,他學識淵博,道德文章,蜚聲菲華。他曾任媯汭五姓聯宗總會理事長,菲華商聯總會全菲代表大會幾次宣言,都出自他的手筆。他的傳統詩造詣精湛,已臻爐火純青的化境。兩年前,「詞賦動江關」,他所譯黎剎絕命詩〈我的訣別〉五言詩,曾鑴刻銅牌,安放於名勝地聖地亞歌古堡,轟動一時。記得默飛日前來岷,在四川樓歡迎台灣詩人羅青及蕭蕭的宴會中,在我介紹下,與陳老握手交談,她即記起那年曾出席聖地亞歌古堡樹碑揭幕禮和馬尼拉大旅社的慶宴。當時,老詩人聽了,滿懷愉悅,為他譯作的口碑載道而欣慰異常。是的,老詩人雖已撒手塵寰,他的鑴刻於銅碑的譯詩,將跟聖地亞歌古堡,跟黎剎光輝的名字與不朽的名詩一起,千古傳誦,歷久常新。老詩人享此盛譽,當會含笑九泉了。

　　老詩人離鄉背井已整五十二年了,桑梓之情,伊誰能免?二日下午,正是他驛馬星動,整裝待發之時,但數十年歷史割裂的劇痛,恍如隔世的故園一切,肝炎驚魂和近鄉情怯,都使他感到困惑迷惘。面對著河山迢遞驚心動魄的漫漫旅程,使得老詩人在登機之前猝然不知,他終於未能一遂返鄉宿願,而匆遽地選擇了坦蕩無阻的「天國之行」。

　　這次香江歸來,聽到林健老說,老詩人在多年慕道之後,已受洗歸入基督名下,當時,我們都為這一位虛懷若谷的長者,在暮年終於作出明智抉擇而感到高興。五日晚,在文藝界聯合舉行獻花禮後,教會會友為他做追思禮拜,在悠徐和緩的聖樂聲中,老詩人顯得格外安祥,他確是在寵召之下,安息主懷了。

記得那天早餐時，老詩人曾提到，他在翻譯黎剎少年詩作時，「Infant Jesus」曾譯成「童年耶穌」或「童子耶穌」，總覺不妥。後來在教會中，他才頓悟到應該譯成「聖嬰耶穌」，這一在基督裡得到靈感，使他喜形於色，津津樂道。

老詩人數十年如一日徜徉於詩海之中，他的好學不倦，近幾年來對傳統詩的精益求精，對譯詩的深思力索，在在都是文藝者的榜樣。記得在那次餐敘中，我們都勸他乘「藝聯」設置中文打字之便，應即著手把近年譯詩整理出書，而今這願望，只有留待他的親人去實現了。

我們期待著，老詩人遺作早日面世，看到那綻放異彩的譯作，你就彷彿聽到他那雄豪悲壯的朗朗吟唱：

　　　綠草離離中　野花一枝放
　　　拈蕊吻君唇　幽明若相望

　　　昔日疲勞身　今朝將勇退
　　　別矣我良朋　啟迪謝慰再
　　　可愛諸生靈　長眠無罣礙

　　　　　　　　　　（此文轉載於《亞洲華文作家》雜誌）

八、悼文壇老兵朱雲

在港渡假時，偶從報端，驚悉詩人朱雲辭世的噩耗。

矮小瘦削，清癯得近乎乾癟，這就是朱雲。那一頭灰白而不服貼的短髮，並不刻意加以梳理，通常著一件白裡透黃的夏威夷短袖衫，上衣袋裡，總是脹鼓鼓地塞滿紙頭。

朱雲，本名朱維堯，擅長傳統詩詞，曾參與「海疆吟社」、「籟社」、「岷江詩社」的活動，主編過《海嘯》詩刊；他也寫散文、小說、劇作。文壇上能像他那樣傳統詩詞造詣精深，新文體又寫得極現代而流利者，可說極為罕見。早在文聯時期，他就因文藝創作而屢次獲獎，算起來，可說是文壇老兵了。

說是老兵，那可是名符其實，在文藝團體中，他總是不爭逐名位，而甘心隨附驥尾，當一名會員。據說當「文聯」發起之初，他正是炙手可熱的某副刊主編，但由於他不出風頭，拙於言辭，也缺少一份組織推動的才能，文壇領袖自然與他絕緣。

文藝復興初期，他即又勤於筆耕，那時的作品，大都投在報社副刊《竹苑》。記得有一段時間，《竹苑》由現居台詩人鄭承偉暫代編務。朱雲其時所投的一篇文稿，政治色彩過於濃烈，小鄭在徵得我同意之下，曾刪去其中一段。在朱雲心目中，那已不只是修削，簡直是大動剪刀了，況且操刀者又是名不見經傳的文壇新丁，難怪他因此大動肝火。曾在其後引為笑談的，是朱雲揚言要對小鄭動武。可見為了創作，他是怎樣竭盡全力了。

後來有一次，朱雲終於找上門來，一見面一聲「少年家！」大有意難平之慨。是的，作為忠於文藝創作的作者，有誰願意讓付盡心血的作品，在不明所以的情況下，給人「整容」或「施術」呢。但礙於傳播媒介的社會功能，編輯的職責所在，有些偏激之處，是需要忍痛割愛的。這並不意味著對作者不敬，或許，事先應設法徵求作者意見，但不用說溝通缺乏管道，要是朱雲事先了解到拒絕見報，那不是因小失大，使佳作失去了面世的機會？所謂「不打不相識」，在推誠相見之下，一切誤解都渙然冰釋。其後，朱雲不但仍續為《竹苑》提供稿件，對於偶有「削足適履」之處，也不那樣心懷芥蒂了。

朱雲其時在岷市臨時寄居處，就在自由大廈三樓某詩社會所，他在山頂一家木材行當簿記，常在兩地間往返。每逢有事找他不遇，我總會寫字條從門底塞進去，那種聯絡辦法，使他在返岷時就能到來一晤。

在每天清早，他都會到報社取閱剛出版的報紙。經常我也是那時到辦公室的，他總會跟著上樓閑聊一番，直到營業部職員陸續上班，他才離去。

那時，正興起一陣黎剎譯詩熱，他是寫傳統詩的，但顯然不存有同行相輕惡習，他極力推崇的，是黎剎詩首位名譯者李明堂，說是譯詩古樸暢達。翌日，即為我送來李明堂的譯本。我斷斷續續地研讀著，終於來不及還他，至今，那本譯著還存放在我的書櫃。李氏譯詩出版數量應極有限，那書，可能也是朱雲的珍藏本吧？

在言談中，得知他不少多姿多采的陳年往事。他在新聞界，允稱前輩，對於其間諸多人事，瞭若指掌，他的一篇〈窮報人潦

倒二十載〉，寫的便是新聞界趣聞逸事。但他的直言無忌，自然涉及許多人事糾葛，而使該文失去了發表的機會。

據說，朱雲在《大中華日報》編輯部，曾一度擔任社論時評的校對，實際上，乃是柯老俊智委託他代審閱之責，可說位微而任重。

其時，由於他的我行我素年輕氣盛，他的舛鷔不馴難以妥協，遇有不平事，他總直訴胸臆，他雖只是小人物，面對上司長者，他亦敢直言其非，是以，使他得到「王爺飛車」的謔稱。

在文藝界，他並不斤斤於名份，他只是一位藉藉無名的老兵，但在那一篇文藝史上所羅列密密麻麻的「作家」中，找不到他的名字時，他卻不能隱忍了，隨即是一通電話糾偏。他畢竟也是偶食「煙火」的圈中人，文藝界的風風雨雨，總不能不稍掛心啊！

他並不經常參加文藝活動，那年，文協在計順市體育俱樂部舉行中秋晚會，他也例外地去了。那天傍晚，一班人都在報社集中，由於人多，我們改乘一輛簡陋的客貨車。我和杰森老弟擠坐在前座司機側邊，車後廂都是女性，外加瘦小的朱雲，默飛是坐在海倫的膝上的，其擁塞程度是可想而知了。一路上歡聲笑語，夾在群雌中的朱雲自然成了大家調侃的對象，他卻像怕羞的女子一樣，嘿嘿地乾笑著，並不回擊大家的笑謔。

以後的一次酬酢場合，朱雲恰來報社，在我力邀之下，終於也結伴同行。在歡宴中，我才發現，他除了不修篇幅而畏於出席宴會場合外，還因他門牙幾全脫落，面對豐盛食物也只是一味枯坐。我不禁暗罵自己的迂腐，我的「盛意」換來他的「敬陪」，其實是害苦了他呀！

　　大家都說，朱雲在翩翩年少時，也是堂堂一表。看過《朱雲詩草》裡扉頁作者照片，你就會相信傳言不虛，慨嘆歲月無情地留痕。《朱雲詩草》是他自費在台出版的，由故旅台名作家蔡景福義務校對，但就是排字、印刷費用以及運費，對他而言，絕對是一份不菲的負擔。他上衣袋裡塞得脹鼓鼓的，畢竟都是紙頭而不是鈔票啊！

　　那一年，《竹苑》舉行「有情天地」散文徵文比賽，報社方面，當然希望能有眾多文友共襄盛舉。原先，朱雲總以為那種題材，格調和表現手法，都較有利於年輕作者，在我一再慫恿下，他終於寫來一文應徵。在文中，他以龍眼樹為經，以感情為緯，交織成一篇感人的散文。惜中間古典詩詞夾雜太多，開頭結尾部份似應再加調整潤飾，以作呼應並留下迴味。我有幸作為那篇佳作的第一位讀者，也不揣冒昧地提出淺見，他拿走原稿後，隔了不幾天，一份謄正的、字跡工整逸秀的稿子送來了，這就是經台灣數位名家評選出的掄元作〈龍眼花開的時節〉。

　　從那以後，開始少見朱雲的蹤影了。在《菲華文學》選編時，我忝為散文部份的編委，其時的稿件都是各文藝社選送，自然看不到朱雲的〈龍〉文，報社所檢存的文藝副刊成堆，一時也難於翻找。正苦思無計，恰好有一天，瞥見朱雲從報社門口走過，我急忙連跑帶喊一陣窮追，詢問之下，才得知經常找不到他，是因為他病了，大部份時間都在家中休養。第二天，他即送來〈龍〉文剪報，其中錯字都用紅色筆細心改正過。

　　有一天，一同事上樓通傳，說是朱雲在樓下有請，我心知不妙，果然他面白氣促，已不能登上樓梯了。交給我一大包他寫過

尚未發表的文稿，然後由他的兒子攙扶著離去，想到這不祥的徵兆，心裡不禁黯然。

　　總會有人記起他的，在一次文藝雅集中，林忠民先生曾問起「那麼久沒見到朱雲了？」是的，詩人那時也許正病體支離纏綿床第吧！但又何從聯絡探訪呢？一時大家默然。

　　我返回岷市時，詩人朱雲已西歸了。一天心血來潮，檢視壁櫃，朱雲所托寄的那包文稿赫然在目。自從辦事處祝融光顧，平日剪存的報章大都或被烘焦或受水漬或散佚，沒想到朱雲遺作竟奇蹟似地完好無損，待日後，當交給文藝園地整理刊載。

　　朱雲作品，除了偶爾在《菲華文藝》登載，大部份都是在報社副刊《竹苑》發表，其他文藝園地，他都無意問津。晨光曾刊登過他的傳統詩，他亦曾被聘為復刊後重新組織的《晨光》顧問，但由於在文聯時代，他與晨光之友即份屬不同營壘而成見未泯，他的小說散文，也未曾在晨光發表過。其實文藝創作，是不該分畛域的啊！這篇悼念文字，刊登在與他有過筆墨恩怨的《晨光》，朱雲地下有知，應也會釋然於懷吧！

九、燃燒的生命

　　那一個週日的午後，又停了電，當我照例用腳步丈量了王彬街返回報社時，廣告部戴主任在門口神色凝重地說：「我們的同事又弱一個。」一種不祥的預感緊攫了我的心，果然，是您匆匆走了，您的親人正強抑悲痛為您寫訃告。

　　那一個星期天，您所住進的崇仁總醫院正舉行第二座醫學大廈落成儀式，沒想到，在醒獅舞動、鑼鼓聲喧之時，您正竭盡全力跟死神搏擊。那儀式過後，我們又在醫院出席慶祝會，跟您只有咫尺之隔，然而，竟未能在您彌留之時再看一看您。在您走到生命的終點時，對著我這幾年來朝夕相處的後生晚輩，推心置腹的忘年知友，我想您該會有多少無盡的話語，欲訴無從啊！

　　聽您的親人說，在您住院之前，便血淋漓，您還不知是痼疾惡化，您還以為經過電療，體內的污濁排泄後，又會康復如常。您甚至還算計著，病癒之後，您會就住在計順市，您還是照樣工作，上下班由您的親人派車接送，您一心一意就只掛記著工作。在您生命的最後一刻，您掙扎著要離開醫院，大量出血使您血壓劇降，連視覺都模糊了，終於您搖頭長嘆，說您要休息了。您就這樣與世長辭，再也不回來跟我們在一起了。

　　在我們辦公室裡邊，綠色簾幕內的小床，就是您病前棲身的地方。每早，當我從家裡趕來時，您已在那床前書桌上埋頭疾

書，我怕驚動您，總是悄悄地走近您身旁開啟冷氣，您覺察了，通常只是那簡短而深情的對答：「來了？」「噢，寫文？」

　　室內的空氣是重濁的，醇酒的濃烈氣味和嬝嬝的煙霧，充溢其間。桌上擺著空酒瓶，煙灰缸裡滿是煙蒂。您也許又夜寐難安，大清早就起身了。文藝復興以來，您那些洋洋灑灑的篇章，情文并茂的佳構，都是在那小書桌上趕出來的。您瘦弱乾瘉的軀體裡，蘊藏著那麼多能量，那麼多從不枯竭的文思，您用醇酒引發，用煙蒂點燃，幻化成那麼多文采熠熠的佳作，輝耀了這黯淡的文藝荒原。

　　通常，您都是晨起用功，顧不得盥洗，打著赤膊，只穿著短褲，一如您在文藝沙場衝鋒陷陣無所遮攔的鬥士本色，而您的心懷，也是那樣坦蕩一無矯飾。您談論文藝，臧否人物，逸興遄飛，而我成了您傾吐的對象。您有銳敏的觸覺，人間百態在您慧眼下總無所遁形。您的意見容或稍嫌偏激，但在許多問題上，我們都是有同感的。有時我也談我的看法，您會側過頭細聽，那是因為您的右耳較為靈便。您有著善良的心地，耿直的胸懷，因此您對醜陋的物事嫉之如仇，對偶爾入目的瑕疵難以隱忍，以您剛烈的個性，經常是如鯁在喉，不吐不快。這世上的不平事也太多了，於是，您總愛借酒燒愁，使酒任性，在酒酣耳熱之時，更常常是金剛怒目嬉笑怒罵，由此也招致了許多誤解和嫌怨。您原來把醇酒視若瓊漿玉液，既可消除積鬱，也能引生靈思，沒想到您的醉鄉頻到，誘發了病魔纏身，它戕害了您的健康，直至吞噬了您的生命。

　　而今，我依然每天一早到辦公室來，打開房門，無復有刺鼻的酒味和侵晬的煙霧，再不能見到您伏案疾書，再不能聽到您慷慨陳詞，一切，都變成那樣難耐的空虛和冷寂。

　　記得那個星期一清晨，一群青少年男女一陣風似的來訪，使得斗室也充溢青春氣息。他們是青松國畫研究會的成員，您原先和他們並不相識，桃李無言，下自成蹊，這一群年輕人慕您的文名，聘您當他們的諮詢委員。星期天，您跟他們到瑪加智市去。那時，您進食已感不適，中午時分，為了不讓那些孩子們添麻煩，您借故「逃遁」，給他們一陣好找，以為您迷了路。他們翌日大清早就看您來了，您聽覺不靈，那位筆名「築筱」的纖弱女孩子，用娟秀的字跡，寫下了他們的心裡話：「我們以認識您為榮……好好照顧您的身體，不要再喝酒了……。」當時，您借助放大鏡看著字條，感動得淚眼盈眶，您一迭連聲地向他們說，您以後再不喝酒了。

　　但是，病魔卻不就此善罷甘休，您吞咽困難日漸一日。那天施穎洲總編輯打來電話，說您在編輯部又嘔吐了，似有膈食徵兆，是否能請您的親人帶您去看醫生。那時，我們都感到事態嚴重，但您就是那種鐵骨錚錚的硬嘆，您是不肯服輸的，您甚至自己嘗試用醋摻蒜頭的食療，當然那一切都無濟於事。您的病體使您性子更為火爆，您自比避世隱居的陶淵明，鬱鬱寡歡，憤世嫉俗。在那身心交疲的情況下，您提出辭去《晨光》編輯委員職務，當理事會就要討論您的辭呈時，同時傳來了您住進醫院的消息。

　　對於《晨光》，您可說勞苦功高。您原來不是《晨光》成員，但如不是您率先發動，何來《晨光》的重拾前緣？您的佳作，增光了《晨光》的篇幅，就是在您仙逝之後，您的遺作，還在《晨光》上大放異彩。您跟雲萍先生一聾一啞，但您們對文藝生死相許的繫戀和心血澆灌，使得《晨光》噴薄而出，顯露光

華，《晨光》已和您緊緊地連在一起了。記得在那次理事會上，我們終於作出挽留並持函慰問的決議，在岷里拉旅社的核心會議上，我又「讓賢」推您為編輯副主任。您對《晨光》的貢獻是永難磨滅的，您永遠是《晨光》筆陣中叱吒風雲的猛士，您永遠是我們隊伍中戰鬥的一員！

記得，當我到醫院看您時，您已病情嚴重，打點滴加上鼻飼，彷彿是英雄末路。一個筆刀千鈞的文藝鬥士，就那樣在病床上任憑擺佈，難以掙扎。那時，您只能借助筆談，您提到那麼多親友去探望您，恐怕是患了絕症。為了安定您的心，我只有善言勸慰，我說，假如不是住院，您不是還在上班工作，還會寫文章？好好安心靜養吧！我的話使您疑慮稍釋，您還以為是食道受刺激而發炎，您又算計著，病癒後要寫些其他文體的作品，您還關心著《晨光》的一切……哪想到天不假年，您已匆邊而去，再不回頭了。

出院後，您就住計順市，疾病的折磨，使您變得兩鬢蒼蒼，身體佝僂，老態龍鍾。您說連想坐著寫文也坐不穩了，但那幾個星期六，您還是撐著支離的病體，親自到編輯部為晨光校稿。我們在惻惻不忍之餘總是慨嘆：連生命都要賠上了，還顧得了那麼多？但您就是那樣，把文藝看得比生命更重要，您所內疚於心的，是在病中未能寫出更多文字。在您一息尚存之時，您仍勉力奮筆，煙飛灰滅之後，還散射那麼多餘熱，照徹沉沉暗夜，烘暖那一雙雙飢渴的眼眸。

記得您臨終前一個月的那個星期六，您又強揑著到辦事處來了。原先，您的書桌上小床上都堆滿資料，恰巧菲工人剛打掃房間，順便整理書籍。您一到時叫苦不迭，說是嵩岩社的一些特刊

資料就放在廢紙堆裡，是我連忙到樓下垃圾桶裡再翻找出來的。是啊，您還有多少事情要做，還有多少文章要寫，而今，您撒手拋撒了，留給我們的，是無限的哀思和悵望。

您在生前落落寡合，鬱鬱不得志，您甚至預言身後也會受到冷遇。不，菲華文藝界畢竟還是充滿溫情的，那麼多文藝同工都看您來了。在靈堂裡，我們沉痛地瞻仰了您的遺容，我們看到您竟是那麼慈和安祥，您的親人為您戴上眼鏡，他們說您素患眼疾，要您黃泉路上格外留心，您是可以放心地走了。

安息吧！蔡秀報先生。

十、哭祭爸爸

爸爸，在您遠行的時候，在獻花祭禮中，雖然沒有祭文，我們滴血的心，卻一直在重複著無聲的祭告……

爸爸，您離開我們，已過去一百多個晨昏了。在斗室中，坐在您曾經坐過的位置，望著您的遺照，總覺得您還和我們在一起，總覺得您是像前年底那樣到港渡假，還會再回到我們身旁。

院子裡的貓鬚草正在綻放，那是在您病重時種下的，當時是那樣生長緩慢，而今，正當伸枝展葉，您卻已不回來了。

爸爸，就在您住院的前一天，您還是撐著支離的病體，如常由我和媽媽陪同到報社辦事處。您為報業艱苦奮鬥四十年，把報社當成您的家。白天處理社務之後，每晚，您都風雨無阻地到編輯部去，不厭其煩地審閱稿件。您嚴於律己，寬於待人，您是報社人人尊崇的大家長，報社同事，都在為您的「不長命」而哀慟。您真的是鞠躬盡瘁，以身殉職，您是否聽到媽媽在您靈前哀聲痛哭：「您勞苦征戰幾十年……」原以為您能再捱三年兩年，哪知您就這樣遽然撒手，而今而後，我們痛失依倚，叫我們怎樣是好？

爸爸，您對菲華文藝的苦心呵護並沒有白費，您主導的園地開放借予文藝團體，促成文藝的復興繁榮，文藝界人士對您的功績，感念不已。他們稱您為舵手，為導師，為文壇壇主，為文化鬥士和前驅。他們中的年輕者，尊您為父執輩，為慈祥長者，

您的笑容，使她們感懷；您的病態，令她們傷痛；您的逝去，使他們哀悼巨星殞落，巨傘斷折。正如您的卓著建樹，銘傳於新聞業，您對文藝的推動和貢獻，也必定長存於菲華文藝史冊。

文友吳新鈿弟兄與您交往並不太深，但他知您何深！在悼文中，他說您有幾個優點值得大家效法：

> 您是守原則重正理的人。
> 您是以誠待人的人
> 您是以工作為重且謙虛的人
> 您是不計較名利的人
> 您是有遠見的人
> 您是內心富於感情的人
> 您是善於提拔後輩的人
> 您是不玩手腕不耍手段的人

爸爸，您的無私忘我，光焰四燭，使人稍一接近就能深感其熱，深體其誠。您的真誠良善而美好的風範，是一面澄澈通透的明鏡，後來人將更加惕勵自省，而一切假惡丑在您面前都無所遁形⋯⋯

爸爸，在您住進醫院時，哥哥妹妹們都從香港趕來探望，那天，大妹因為工作之故，買定機票先要返港。當大妹臨行之時，伏在您病床前慟哭，您催促她快點起行，以免誤了班機，您還向她說：「我會為您祈禱的⋯⋯」。

不久以後，您即進入半昏迷狀態，迷迷糊糊中，您也在祈禱上蒼：「萬軍的耶和華啊⋯⋯」

　　前年年底在港，您蒙感召，受洗歸入基督名下，返岷時，您帶著新約聖經、聖詩、荒漠甘泉，有空就翻閱。您對基督道理原已明瞭，您津津樂道於您在受洗前後的「證道」，您正是一位「及時的基督徒」，那美好的仗，您已打過，您已戴上義人榮耀的冠冕，而今安息在主大愛的臂膀間，那是另一種永恆的開始……

　　這個受難節的夜晚，我們第一次參加教會的音樂晚會崇拜，在聖樂聲中，紀念主耶穌的捨身流血，我們也悲悼您的犧牲奉獻。而在您安息百日的那個禮拜天，我們在教會主日崇拜中，為您獻上一盆菊花，聊寄我們的哀思懷念於萬一，菊花向稱花中君子，菊花的傲霜挺立凌寒不凋，正是您高潔志節的象徵。

　　爸爸，在上月底，您的靈骨，已安厝在香港基督教陵園。記得那年我們乍到港島，您前去會親，在美孚新村海傍，面對水光一色的海天，您說，那是多麼賞心悅目。您愛大海，也許是因為您具有大海一樣的胸襟吧！而今，您的安息處，正對著海灣的萬頃波濤……

　　爸爸，這個清明節，兒因社務纏身，未能前去祭掃，待到媽媽和哥哥返岷時，我會抽空去瞻仰祭拜您老人家的。

　　爸爸，您在世時，榮神益人，您走後，留下一世好聲名，您的豐功偉績不朽勳勞，將如長明燈光顯海外，炳耀千秋。不管前面的道路有幾多艱難險阻，爸爸啊，親愛的爸爸！我們深深相信，您的在天英靈，必會時刻照看我們，與我們長相左右，使我們能更奮然坦然地前行。

　　　　　　　　　　　　一九九四‧四‧五‧清明節於菲京。

十一、綿長的思念

兩年前爸爸撒手塵寰，離開了在菲朝夕以共，在港血脈交流的親人們，留給我們無盡的哀思，去年爸逝世週年時，我們曾這樣悲情流瀉：

> 您可知道　朝朝暮暮
> 我們的創痛逾恆
> 我們的悲抑無告
> 我們的哀慟不斷憂思綿綿

而今，風風雨雨又是一年了，我們的思念，依然綿遠悠長而濃烈。捧讀著媽媽哥妹寫來的心血淚痕交迸的文字，篇篇句句都引起心靈的震動和迴響。當年，爸爸飄洋過海南來菲島，我們還是剛學步的稚童，小妹尚未來到人間。在那淒風苦雨的年代，因為爸爸的株連，我們兄弟的境遇自不待言，兩位妹妹也只能偷偷地外出「代課」，打遊擊似地在東石、坑東、永寧、內坑、直至青陽的中學當臨時教師。媽媽整天提心吊膽，憂思苦悶，既介懷遠隔重洋的爸爸，也為我們的前程和終身大事牽腸掛肚，過著淚水泡心的日子。其時在爸爸難得一見的家書中，也曾傷感地喟嘆：「是上蒼的旨意，抑是命運的安排，使我們關海阻隔，兩地相思」？

　　往事何堪回首，在困頓的日子裡，在艱危的景況中，我們沒有懊惱，沒有怨懟，有的是期盼希求和追尋。而爸爸，正是我們心靈的寄託精神的支柱力量的源泉。

　　終於，耶和華用祂的杖和竿，扶持我們走過死蔭的幽谷。當爸爸和我們在港島相會時，我們都訝異於歲月無情摧殘，爸爸容顏格外蒼老，而我們也無復年少，都已步入為人父母的壯年了。

　　而後，哥哥妹妹帶領他們的眷屬相繼到港。而爸雖心疾初癒，也曾數度到港探親，祖孫三代同堂，譜寫了一章章和樂融融的天倫交響曲。

　　想不到，當媽媽和哥妹們第一次來菲，卻已是爸爸病重及住進醫院之時，我們守在病榻邊，看爸爸在昏迷中甦醒，在我們的呼喚聲中，強自睜眼苦笑，隨即淚眼盈眶。終於，我們涕淚交流地陪爸走過人生最後一程。

　　菲島是爸大半生獨自奮鬥的他鄉，家園是闊別四十五載直到老去都歸不得的地方，於是，爸埋骨在眾多親人安居的港島，那背山面水風光幽美的薄扶林基督教陵園。

　　　您蹤影雖杳
　　　　音容宛在
　　　您活在一片思念的心海
　　　　爐峰夕照
　　　　輕撫您安祥的容顏
　　　　港海濤聲
　　　　伴您入眠

從港島捎來的文稿，更多是來自孫輩的憶念。也許爸爸長期想像中的我們，正如新一代的渾然天真吧，也許他對我們無言的摯愛，傾注到第三代身上吧。通常爸到港時，我都在岷留守，但從港島親人的口述，從爸爸返菲的津津樂道，都會體會到忘年的祖孫情濃──每當爸像在岷一樣悠然不顧地橫過馬路時，孩子們都會簇擁在他身旁，指著不遠處緊張地大喊「有車！」而爸常問孩子們愛吃什麼，對「北京樓」「鹿鳴春」興趣不大，而又吃厭了「麥當勞」的孩子們不假思索地回應：「必勝客！」自此，十位堂表兄弟姐妹就成為「必勝客」的「常客」了。每天下午，爸爸都偕同媽媽到家居附近的「大班」麵包店，精挑細選各式各樣的糕點，以變換孩子們的口味，供他們早晨上學前食用。

芳揚姪女考進中大，爸爸也欣幸於她是我們家族的第一位女大學生，雖然對她選讀中文系不以為然，畢竟爸和我們都不是出身科班的「筆桿」。但是，新一代自有新的天地，芳揚姪女畢業後入行於富有挑戰性的廣告業，在那名聞國際的廣告公司大顯身手。芳毅侄和海毓甥也如願地進入大學校園，其他幾位正在進行衝刺前的熱身，而那和公公從陌生到親近，最受公公疼愛的最小的芳菲女，每年考試成績依然名列前茅，剛通過鋼琴試，接著就要選讀中學了。當爸爸知道了這一切，應會寬懷含笑吧！

從第三代的悼念文字，可看出祖父對他們的愛，已經在他們心中生根長芽，他們要以祖父為榜樣。是的，爸爸是家族的榜樣，也是社會的典範。為了軫念爸爸的不朽勳勞，弘揚爸的高尚志節，為了表達我們的崇敬，以爸爸光輝名字命名的「莊銘淵文教基金」，必將把爸的遺澤，永留人間！

如今　您安睡在
上主大愛的臂彎
您的親人們
謹以心香一瓣
禱祝您在天之靈安息

十二、傷逝已三年

　　爸離開我們，已三年整了。今天，爸逝世紀念日，恰是安息主日，香港和菲島兩地親人，靈犀相通，一樣在追思禮拜，一樣在憶懷悼念，一樣為爸獻上一盆素淡的鮮花，也敬獻一瓣瓣心香……

　　在家裡和辦公室裡，都懸掛著爸遺照。我們晨昏瞻仰，彷彿爸還在我們身旁，還在蔭庇我們，照看我們。在我們有生以來，經歷過兩次極大的悲哀，當我們少不更事時，爸離開家園，單寒羈旅。造化弄人，我們成為那大時代的犧牲品。這一場生別離，漫漫飄渺，遙遙無期，一別卅載，多少悲慘往事，不是過來人，說不出酸辛苦辣，不提也罷！

　　在那往後的十幾年間，爸曾經幾次到港，和家人度過短暫的歡樂時光，我們也才斷斷續續地得知，在那卅載漫長歲月中，爸的日子又何曾好過？那「食之無味，棄之可惜」的報業，緊張又富挑戰性的工作，刻版單調的生活，對高堂老母和嬌妻稚子的思憶掛懷，無時或釋，而在經濟上，又是慘淡經營，煞費張羅。但爸對那艱困的一切只是輕描淡寫，一語帶過。爸外剛內熱，並不輕易動容，而我們那在逆境中硬撐苦捱的性格，或許都是得自爸的遺傳？

　　夕照雖好，人生無常。當媽媽和哥哥來菲時，爸已隱疾頓發，良醫束手，就在三年前的今天，就在歲暮節日氣氛瀰漫之

時，爸離開了我們，與世長辭了。我們涕淚交流，悽惶無主，這一次死別，是那樣撼人心魄摧人肝腸。三年了，我們日日夜夜，痛定思痛，何稍寬解？

我是兄弟姐妹中最幸運的，往港不久，就來到爸身旁，十幾年耳濡目染，親聆教誨，受用無窮。早在擔任公理報社長時，爸以報社為家，白天操勞社務，晚上為編輯工作熬夜。爸是那種事必躬親，鉅細無遺，舉輕若重的實幹家。由於體力透支，缺乏調理，在我們到港不久，爸即因心臟病發，只在白天辦公，夜晚在家休息。二月革命之時，爸又坐鎮編輯部，以敏銳的新聞觸覺，洞燭機微，慎思善斷，及時迅速地對厄沙革命予以肯定。從那時起，爸照例每晚到王城內的編輯部去，爸的凜然正氣，使那時氣燄囂張的罷工者不敢逾規妄動。爸在編輯部，重新審閱要聞稿件，改正標題。要聞版可說是報紙的靈魂，多年來，在爸的求實求快求量的原則下，保持以新聞為上的傳統。而今，為了適應新的需求，為了爭取生存的空間，我們不得不「破例」偶爾接受廣告，這是多麼無可奈何的事啊！爸崇文尚義，亮節高風，堅守陣容，確是不折不扣忠誠敬業的純正報人！

報紙的文藝期刊，也是爸最關心重視的，文藝團體商借版位，爸有求必應，對於文藝園地，爸細心呵護，曲意成全，文藝團體的各種慶典場合，文藝團體要員或家屬的病喪，都能看到爸的身影。爸對文運的領導推動，對菲華文藝的卓越貢獻，贏得文藝界口碑載道。正如文友在悼念文字中一致讚譽的，爸是菲華文藝復興最偉大的催生者，最有力的支持者，最具親和力的導師。今天，向報社借版的文藝團體有增無已，我知道，也是帶念爸的勞績和遺澤使然。爸的高瞻遠矚公爾忘私，爸的默默耕耘不求聞

達，爸的「淵涵雅度」寬於待人，我們後來者難望項背，而那好
大喜功自吹自擂者又豈能相比呢？

　　記得在爸大祥紀念日時，我們所設立的「莊銘淵文教基
金」，曾致贈「菲華新聞獎」予資深質優報人，褒獎先進，並激
勵後起，當時的得獎者代表商報社長于長庚先生在致詞時曾推崇
爸是「豪爽坦率的正人君子」，「名符其實的文化人，聯合日報
能有今天的地位，莊先生功不可沒。」他又說：「我為莊先生慶
幸，他選擇離開的時候，正是菲律賓華報攀登歷史上最高峰的時
刻。」就在爸去世前幾年，報社正經歷幾次重大的動盪，諸如工
潮事件，裁減印刷部門，發行改制，以及從檢字過渡到手動打
字，並隨即進而實行電腦打字。在那段期間，王城內編輯部和檢
字房又慘遭回祿，沒有爸的堅強領導和驚人魄力，又怎能安渡這
許多難關，所有這些變革，在在都非財莫舉，當時的窘迫境況，
局外人或許難以想像。爸是報社的主心骨，統籌一切，總經理金
朝宗親輔佐配合，孫國兄、友裕兄和我組成一個三人小組處理一
應事務。爸在主事時，特別顯露溫情念舊的一面，檢字房不少舊
工友，依然留用。在電腦打字新階段，他們各適其適，他們的負
責勤謹，堪為青年人表率，這也印證爸的寬宏胸懷和知人善任。

　　是的，報社就像風帆，在爸帶領下，渡過激流險灘，越過困
境，剛上坦途，還有多少前路等著去征航啊！在爸既定辦報方針
指引下，報社同仁將會一如既往，同舟共濟，雲帆高掛，長風破
浪，直濟滄海。爸，您放心吧！

　　今天，在港親人們，會到薄扶林基督教陵園，去瞻仰遺照
和獻花。在他們中間，有著爸的十位內外孫兒女。爸在世時，我
們家族的第三代，只有芳揚姪女一位大學生，三年來，芳毅侄、

海毓甥、曉雄甥已先後考入中大和科大，海儀甥、恩娜甥女都有突出的表現，芳菲女亦奇蹟般地被一所中學名校取錄了，我想爸在天之靈，也會感寬慰吧！今年，芳豪侄、芳盈女、芳馳兒也都將「鯉躍龍門」了。記得，我曾沿用「將相本無種，男兒當自強」，來為芳馳兒勉勵。爸從小就走上社會，十八歲時即出任鄉長，服務鄉梓，其後，獻身報業四十載，創出偉績，立下勳勞。今天年輕的一代，海闊天高，有著良好的環境供他們馳騁，較之他們的父執輩，真是不可同日而語了。爸，他們都是您所疼愛關垂的，您的英靈，必定會在冥冥中祝福他們，給他們增添剛強的勇氣和能力，他們將不愧是爸傑出的第三代。

十三、無盡追思情難寄

　　五年前，爸撒手塵寰，訣別了親人們，安息主懷，五年來，爸的音容笑貌，常入夢中，我們的追思懷念，無時或釋。重陽節，也是香港人祭掃先人墳墓的時節，遙知媽和兄妹們，率領新的一代，前往薄扶林基督教陵園，瞻仰爸的遺照，獻上那心香凝聚的鮮花，我只有遙遙情牽。而菲國的萬聖節，人們都擁往義山，那裡照樣是人頭湧湧，煙火繚繞，我們仍然到辦公室來，噙淚對著爸的遺照，縱有千言萬語，也難寄寓無盡追思於萬一，充塞心底的，是悲抑無言的悼念。

　　又跨進十二月份了，爸是在九三年十二月八日，接近歲暮時，溘然長逝。今年的聖誕濟老慈善運動已提早展開了。這項運動，自始之後的二十年間，爸一直參與策劃統籌，而今，屈指一算，已過去五個年頭了。

　　香港基督教北角閩南堂正擬擴堂，北角堂會，是我們常去聚會的場所。此次，我們從紀念基金撥出港幣二萬元奉獻。爸是在香港堂會受洗，歸入基督的名下，同時受洗的還有維新兄和芳揚姪，堂會主牧李仰安在洗禮儀式後證道時，曾說他擔任牧師幾十年，從沒有為三代同堂一起施洗的，這是第一次。媽媽過後常形容爸受洗後的欣喜神態。在爸去世後，這裡的同一教會未能主持靈前追思儀式，據說是因為爸的會籍並沒有從香港轉來，這都是其時哀痛逾恆徬徨失措中的我們始料不及的。後來，請到了曾在

香港北角堂主持的洪康日牧師，在出殯禮拜中，也看到了那傳道文字靈動的潘再恩牧師，是的，在神的殿中，我們原是一家的，爸，在天父的國裡，應也不分彼此吧！

默飛日前自美來菲，餐敘之中，得知她和她的母親都在美信靠上帝。默飛赴美後涉足商場，整天忙於和孔方兄打交道，她母親原是佛教徒。默飛細訴其中端詳：那裡的教會是這樣呼召的，有什麼欠缺嗎？需要幫助嗎？來吧！於是，尋找的，就找到了，叩門的，就開門了，教會的大門，原應是敞開的啊！

爸，我們家鄉的教會正在奮興中，在我們縣城，也就是當年爸當過鄉長的那個地方，早先，我們就是在那裡接受主日學的啟蒙。文革時，教堂變成牛棚。開放以後，會所不敷應用，配合教會主事者，媽和幾位旅港會友多方奔走訴求，成事在天，終於教會得以易地重建。在那原是一無所有的情況下，全靠上主的帶領，會友的同心協力，終於堂皇壯觀的教堂巍然建成。今天，教會的成長，年輕信徒的興起和熱誠參與，和我們那時教會處於停頓的地下狀態相比，真有天淵之別！這一切，都是神的奇妙作為和恩賜啊！

晨光文藝社是爸一手促成而組織的，正如施青萍文友在一篇文章中所說的，沒有莊銘淵先生，就沒有晨光文藝社。晨光副刊和報社有著深厚淵源，今天，晨光仍然保持多樣化的風格，現在的編輯，是少壯派的許少滄和陳鴻山（夏牧），他們手筆勤快，有時缺稿，就自己撰寫補白。每逢週末，亦常遇見他們到編輯部校稿編排，晨光能每星期刊登一版，從未間斷且遊刃有餘，極為難得。晨光文選也快要出版了，應該是《晨光文選》第二集了，

一個文藝社能先後出版兩本文集，在這文藝淡風吹襲之下，彌覺難能可貴。

爸在世時，在十個內外孫男女中，只有芳揚姪在唸大學，現在，她和芳毅侄，海毓甥均已跨出大學校園，在各自行業工作了。而今，正在攻讀大學的有曉雄甥，芳盈女，芳馳兒，芳豪侄和恩娜甥女，海儀甥原亦被理大錄取，但他卻先為一政府部門所吸收，他的選擇，是果敢而明智的，時間將會證明一切。剩下的，就是正在就讀名校的芳菲女了，她的聰慧穎悟，升大學自是不在話下。在香港能升讀大學殊不容易，雖然知識不一定都在大學獲取，但在人浮於事競爭激烈的現代社會，能接受高等教育總是略勝一籌的。這一切，爸在天之靈，是足堪告慰的。

值得欣喜的，是新的一代，從小就篤信基督，從祖母算起，已經是四代人了，這可是我們家的傳世之寶啊！我們是在神的大愛中，經歷了千艱萬難走過來的，孩子們在神的光照中，走的將是光明的坦途。爸息勞主懷，應是可永遠安息的了。

十四、感恩寄慰

日前接到媽從香港打來電話，她在電話中繪聲繪影地講述，她在中華基督教閩南堂舉行感恩會的情景。

那是在剛搬遷的北角新堂舉行的第一次感恩會，前來參加的主內兄弟姐妹一百多位，濟濟一堂。爸的十個內外孫兒女全都向公司和學校請假，他們在台上唱詩頌讚。他們還自編自印了幾頁小冊子，首頁是「我們的獻詩」，然後是每人一篇感言，分贈與會者。

爸在世時，只有芳揚姪女在大學攻讀，現在，九個堂兄弟姐妹都已走出大學殿堂，而在各自崗位就業，只有爸在港時最疼愛的芳菲女，還在聖馬利就讀，現剛以高分升讀中六。她的中文與畢業於大學中文系的「大家姐」芳揚姪女一樣標青。在中五時，學校舉行百週年校慶徵文，她的應徵作品在年段比賽掄元，難怪有人稱讚說那都是出自爸的家學淵源。

那一個感恩會是為感謝神豐盛的救恩，奇妙的大能，使媽媽痼疾霍然而癒，獲得新生。兩位妹妹和芳揚姪女都上台作感恩見證，她們滿懷激情地講述在上主特別眷顧之下，媽媽病癒的過程，聲情感人，真是說不盡的讚美，說不盡的感恩！

去年十月份，媽還到菲律賓來，她跟哥哥十一月中旬返港。今年一月十二日媽感到胃部上方疼痛不止，媽原有胃出血，以為又是舊疾復發。以前胃部疾患，是教會長老杜醫生在法國醫院為

她治好的。恰巧那天杜醫生事忙，媽先住進法國醫院，至傍晚經杜醫生檢查，證實並非胃疼，竟是心肌梗塞之症。

據說心肌梗塞六小時就不能手術，媽心痛超過二十小時，居然還可以作通血管手術，不能不說是神跡奇事。

媽作心血管檢查後，經發現三條血管均有嚴重阻塞，當晚即通血管，手術尚稱順利，就在幾天後，即將出院時，媽媽的心臟出現雜音，後來發現是心膜有漏洞，引起左右心房血液對流，法國醫院已缺乏醫療設備，只好急送心臟專科的葛量洪醫院。

我們在一月廿二日，亦即除夕前一天趕返香港，媽在醫院觀察等待幾天，病情未見好轉。時值春節，醫生大都休假未返，手術前媽由於食量極少，身體已很衰弱。醫生說，開刀修補心漏只有百份五十希望，媽已七十八高齡，手術本身可能出現問題，手術之後，心臟復甦也是關鍵，而如果手術時間過長，還會影響到腦部，但是除了手術能醫癒，別無他法。我們兄弟姐妹在祈禱之後，只有把一切交託上主，深信祂會借著醫生的手為媽媽醫治。

手術進行了五個小時，我們兄弟姐妹和孩子們跪在手術室外的家屬等待室裡，懇切放聲禱告，求主憐憫，求主施恩。神是垂聽禱告的，終於，等待了五個小時，媽被推出手術室。醫生宣告手術成功，但危險期尚未渡過。

在深切醫療室外很遠處有幾條長沙發，幾個晚上我們輪流在那裡守夜。雖然，醫生隨時可用電話通知病人家屬，我們還是在那裡渡過那幾個難忘的日日夜夜，為的是能在探訪時第一時間進入病房，陪在媽身旁。媽向來膽小，聽說我們就待在病房外面，她也安心多了。媽媽是家庭的主心骨，不僅是我們倚重她，依靠她，愛戴她，孩子們對她也極有感情，媽媽病重，他們痛哭流涕，為了媽媽的病體得能痊癒，他們向神求告，求神應許。十位

堂兄弟姐妹在醫院裡籌組一個團契，至今活動不輟，是的，萬事都互相效力，叫信神的人得益處。

媽手術之後，身體狀況極差，復原緩慢，整天輾轉床笫，又不能久躺，坐都坐不穩。腳部又不慎被熱水袋燙傷，腳後跟傷口潰傷難癒，媽素有糖尿病，雙腳時感麻木。有的醫生斷言，問題會出現在有傷口的腳上。意即糖尿足如處理不好，會有截肢之虞。又說，媽在以後，生活恐不能自理了。其間媽又幾次進出深切治療室，那驚心動魄的過程，至今回想起來猶心有餘悸。但是，「在人是不能，在神凡事都能。」我們向神求告：媽是愛禰的，求禰也愛她，禰的眼目必看顧她。神叫我們學會一無掛慮，學會禱告祈求，學會順服讚美，學會喜樂謝恩，祂必賜出人意外的平安。

其間，教會張福民牧師暨長執及諸兄弟姐妹，亦曾多次到病房探訪禱告，在各種聚會和各自的禱告中，又有多少次恆切的代禱和題念！這一切都得到神的垂聽，神的悅納，神的賜福！

五月初，我再次到港探視媽媽時，媽正在作復健運動，身體已漸正常，並準備出院了，她的腳部傷口顯見好轉，結痂部份已大為縮小。主治醫生讚揚媽媽勇敢堅強，戰勝病魔。出院前，我們致贈醫生護士生果，並附一感謝卡片，在卡片上我們感謝醫生醫術精湛，護士細心調理，使媽轉危為安。我們又寫道：那一直在關愛看顧幫助我們的，是造物者上帝，我們樂意向你們傳送這個訊息，希望你們也能信靠祂。

媽媽於六月五日順利出院，媽媽的康復平安，彰顯影神的榮耀。主內兄弟姐妹最高興了，媽每個禮拜天照常到北角堂參加崇拜。還是說回那次感恩會吧，據說原來每次參加者一般有五、六十位。那天我們兄弟姐妹每家準備了水餃，壽司，各種鹵味，

茶葉蛋，五香卷，媽媽還買了一百個肉粽，六十份麥當勞鹵雞腿，媽媽的幾十年老友金婷姨站在油鍋邊，炸了三小時龍蝦片。那次感恩會參加者一百多位，食物居然還綽綽有餘。媽媽的寬厚大量，善於安排，從長計議，一向為人稱道。那天，也得到主內兄弟姐妹讚賞，這事媽一直滿懷喜悅，在電話中津津樂道。

　　媽在家裡，已能慢慢行走自如，腳傷已癒。她平常坐在客廳裡沙發上，旁邊有電話機，打到家中的電話，都是她先接聽。媽的十位內外孫兒女，大都到了應該談論婚嫁的時候了，她又整日為這些事操心掛慮，兒孫自有兒孫福，求神放寬她的心懷，也求神應許安排，使他們都能找到合意的另一半。美滿姻緣天作合，這個天，就是萬物的主宰上帝。

　　北角堂搬遷新址了，除爸的紀念基金略盡棉薄外，媽媽，我們兄弟姐妹和兒女們也都各自添了一磚片瓦。爸是在閩南堂受洗的，哥哥和芳揚姪女同時洗禮，三代同時歸入主名下，主禮的李仰安牧師說前未所聞，一時傳為佳話。我們慶幸，爸成為一位及時的基督徒。

　　在爸爸的辭世紀念日，香港親人們都會到薄扶林基督教陵園，去瞻仰爸遺照及祭拜。後天是週日，我們在中華基督教會為爸敬獻鮮花。在家裡和辦公室裡，都懸掛著爸的遺照。八年了，近三千個日子裡，爸和我們幽明相望，朝夕以共。每當抬望眼目睹爸遺照，悼念便時時襲過心田。我們相信，冥冥中，爸無時不在眷顧我們，照看我們，與我們憂樂相生，悲喜一念。謹以此感恩心懷，寄慰爸爸在天之靈，祈禱爸在主懷永遠安息。

二〇〇一・十二・七・先嚴逝世八週年紀念日前夕

十五、懷思聯翩

十年了，爸在那永久的天家，已安息十年了。

當年，在爸的紀念特刊中，故無我宗長曾在冠頭聯中寄託哀思：「銘志由來行大道，淵深何早到天堂。」

十年，在悼懷中，是那麼漫遠；十年，在思憶中，又是那麼短暫，一切的一切，彷彿都歷歷如昨。

近年，我和家裡人經常在數算主恩的莫測高深，爸在港和親人短暫相聚，起初，家人還不急於帶您到教會參加崇拜，沒想到，一提起慕道和受洗，您都一意應承，滿懷愉悅。您雖從沒有接受基督的道理，但我們一家的經歷，就是活生生的見證，那有淚水有笑聲的悲歡離合，爸都和我們靈犀相通，感同身受。爸在受洗後，還樂滋滋地為我們家的蒙恩經歷證道。是的，神是太愛我們一家了，使爸終於蒙揀選，成為及時的基督徒，比起在不少基督家庭中，尚有失喪的羊隻，我們一家何其幸運！

當年爸單寒羈旅，媽茹苦含辛拉扯我們兄弟姐妹，在徬徨無助、驚慌失措之中，受過教育的媽在沒有念過書的婆婆和鄰居阿婆那裡，接受了基督的道理，並專心歸倚神。於是，一個個神跡奇事出現了，神的竿，神的杖，時刻在保護我們，扶持我們，引導我們，使我們穿過乾涸的幽谷，來到水草芳茂的沃野。

如今，我們就在您和媽偕同我們參加過崇拜的教會聽道，兩年來，我和內子並分別參加兄弟團契和婦女團契，在團契裡，特別感受到兄弟姐妹情同手足的情誼和關愛。上月，是兄弟團契成

立五十週年金禧之慶，參與其中，才體會到五十年來，是神的恩
領，才使得兄弟團契走過漫漫長路，到如今如鷹展翅上騰，豪氣
干雲，風采飛揚。

　　以爸命名的紀念基金，曾在爸逝世五週年及八週年時分別獻
捐，此次，除對港教會和團契略盡棉薄，並顧及岷市教會兄弟、
婦女團契，播道團，以及菲聖經學院，青年福音社和中國團契。
中國團契是來菲留學和工作人士組成的團契，不久前，在甲美地舉
行的退修會，參加人數一百餘人。在聯合日報和菲華日報同時刊登
的「中華園地」，就是他們耕耘的期刊。我雖然不曾參加他們的
聚會，和他們並不熟稔，但我是過來人，我了解他們，也聽過他
們中幾位作見證和講道，對他們充滿敬意和欣慕。他們不少是來自
中國各地的傳道者，那是不能隨意宣道並且時時處處充滿危機的
地方，他們的堅定信仰，他們的無比勇氣，真不是生在海外舒適
悠閑環境中的人們所能理解的。他們肩負著傳揚福音，引人歸主
的神聖使命，願神帶領他們的腳步，賜給他們信心和力量。

　　報社已跨進第卅一年，雖然在經濟不景的大氣候下，報社亦
受到影響，所幸報社上下，依然協力齊心，同舟共濟。在「三駕
馬車」體制中，金朝宗長可說是識途老馬，他老當益壯，每天都
在營業部躬親督陣。孫國兄雖參與其他重要會務，但遊刃有餘，
顧及社務。兒現在搬遷的蝸居，離報社僅一箭之地，來往方便多
了。就像爸在世時一樣，幹這一行，風雨無阻，沒有節假日，一
年多來，也沒有出國或到港探親。馳兒前日打來電話，還埋怨說
我已那麼久沒到香港探望他們了，跟媽媽，也只能在電話中噓寒
問暖，絮話家常。

在爸扶植文藝，開放園地的既定方針下，報社文藝版面有增無已，各文藝社主編的文藝園地依然爭妍鬥艷，花繁葉茂。每年的聖誕濟老運動和聖誕慈善捐款，也是爸悉心策劃特別關注的，爸格外著意善款的及時分配，並公諸報端，以昭徵信。在一大批仁翁善長的熱心支持下，在廣大讀者的熱情互動下，就像爸在世時一樣，每年都締造新猷。這兩項運動，已成為華社人士心手相連，喜聞樂助的慈善運動。此次，為紀念爸安息十週年，紀念基金亦在這兩項目拋磚引玉，略表情意。

上帝保佑，媽雖然在前年心臟動大手術，但現在身體依然無礙，她整天都在為內外孫男女的工作和婚事操心。媽所掛懷的第三代，大都已在崗位上各顯神通，海毓甥和芳豪侄，分別得到碩士學位，並已參加新的工作。爸在世時最疼愛的，在十位內外孫男女中排列最末的小芳菲，這位名校聖馬利中學的高材生，也以優異成績，考取香港大學了。小妮子原有太多的理想，想念翻譯，想念傳理，後來是聽從家人的建議，報考香港大學中醫系，港大中醫系原來只招收理科生，今年開始接納文科生，在僅僅三十個名額中，經過面試，小芳菲得以躋身其中，在爸的十位內外孫男女中，終於有入讀香港大學的杏林才女了。

每年爸的安息紀念日，以及重陽、清明節，在港親人，都會到薄扶林基督教墳場，去瞻仰爸遺照和獻花，這個星期日，我們也在教會為爸敬獻鮮花。在妹妹倡議下，「淵澤永懷——莊銘淵先生紀念文集」正在編輯中，內中收錄親人及文藝教育各界人士的悼念文章，雖是薄薄的一本，卻寄託著寫作者的千般摯情，萬斛追思。

爸，安息吧！在那永久的天家。

二○○三年先嚴逝世十週年紀念而作

第二輯　銀漢馳星

一、岷江春訊
——為女作家訪菲而寫

十二月的岷尼拉，惠風和暢，冬陽溫煦。

曾經是一片荒蕪的菲華文苑，經過了蕭瑟的冬寒，終於得慶甦生。在文藝拓荒者默默耕耘、辛勤墾植之下，各種期刊園地紛紛問世。修竹成林，繁花呈秀，一片欣欣向榮。

而在這嚴冬臘月傳播岷江文藝春訊的，卻是來自寶島的女作家訪問團，這些奮翮千里的報春鳥，引亢高歌，放聲鳴唱，使得菲華文壇春意盎然，一片喧騰。

連日來，女作家們文藝活動頻繁，日程緊湊。這一系列文藝活動，如同春風送暖，掀起菲華文友心海的波瀾，如同久旱甘霖，孕育著菲華文藝廣原新的萌動。

因工作所繫，未能細聽女作家那幾次精彩的演講和座談，只是在「華國」的雅集和「頤和園」的歡宴等幾個場合，匆匆一面。然而，就在那驚鴻一瞥中，女作家們獨特的氣質，超卓的風度，如同她們風格迥異的文字一樣，也給人留下難忘的印象。

和婉如趙淑敏，有一種神清氣閑、從容淡定的「老大姐」風範。從她那深邃縝密的思路，娓娓動人的談吐，你會確知這位名作家的作品，應是到了那種天馬行空、爐火純青的階段。在幾次演講中，她如數家珍，如話家常，談到興起，還會摻和幾聲優美的吟詠，聽來清爽可耳。鄭羽書的睿敏機智，使人想起尹雪曼

筆下「老妞」的暱稱。看她開懷暢飲，面不改色的豪情，那筆鋒的潑辣犀利，可以想見。她的舉手投足，確有那種豪放不羈的鬚眉氣慨。她自稱是個為人排難解紛的大忙人，一個婚姻問題的專家。她的吐屬總以雋妙取勝，言簡意賅，使人回味再三。嫻雅沉靜的心岱，自言她是本性內向，沉默寡言。為甚麼取名「心岱」？是「因為心中有一座山」。從她那微帶憂郁和羞赧的凝睇，悠徐泄沓的言談，彷彿能覺察出她含蘊沉潛的心胸，感情凝聚的筆觸。至於李昂呢？她姍姍來遲，也走得匆忙。看到她那纖細而樸實的形態，你會以為她是菲華的書院女，想不出她竟會是新一代「女性的意見」的代言人，一位精於哲學和戲劇的小說新秀。書展揚幕禮上的邂逅，偶語寒喧，她在誠摯純真之中，隱含一股逼人的靈氣。本想建議文協諸君敦請李昂參加今日的文藝座談會，可惜她因碧瑤之行，未能如願。

　　霧裡看花，我只能浮光掠影地攝下她們淡朗而浮泛的剪影。我想，和女作家朝夕相處的文友，當能以深刻鮮明的描畫，呈現於文藝同好面前；而細心的讀者，更可從她們那濡漬心血的作品中，去感知她們熾灼心房的搏動，去體認那字裡行間所顯影的蕙心麗質……

　　後天，驪歌聲裡，女作家們就要興賦歸去。看到幾天來菲華文壇所引起的這一陣文藝激盪，我們相信，她們嘔心瀝血的澆灌不會白費。展望明日，菲華藝林必定是百花競放，碩果纍纍。

　　再見，傳播文藝火種的女神們，祝妳們一路順安！為繁榮文藝的同一目標，我們堅守在各自崗位，隔海守望，靈犀相通，又豈在朝朝暮暮！

一九八二年十二月十九日急就

二、晨光又染岷江畔

　　那是一個悶熱的停電的中午，在翠華廳的一角，幾位晨光舊友午間小敘。臨街的窗戶洞開著，不用借助那微弱的燭光。偶爾，從窗外飄來一陣陣重濁的熱風，輕拂著瀰漫其間的文藝氣息。

　　承無我賢伉儷雅意，筆者在那次小敘中叨陪末座。余生也晚，遠未能投身「晨光」筆陣，一道揮毫列錦繡，譜寫那逝去時代的華章，然而，從僅見的緬懷既往的文字，從歷劫而倖存的作品，還有從那依舊馳聘於文藝疆場，雄風不減當年的原「晨光之友」身上，都能看得出，這一在戰後崛起，以公理報「晨光」副刊為陣地的文藝團體，在當年崢嶸歲月中，是如何筆驚風雨，詩泣鬼神，用他們的心血，在菲華文藝編年史上，寫下了不可磨滅的一頁。

　　值得一提的，是原為晨光之友中流砥柱和晨光學校創辦者的莊無我君，儘管多年來，由於疾病糾纏，使他行動不便，也拙於言辭，但他為文藝獻身的滿腔赤誠卻與時日俱增。正如他的賢內助杜瑞萍女士所說：「看到他為文運而廢寢忘餐，自己一顆心也被感染得熱烘烘的。」從寶島的國際詩人聯吟到菲京的文化交流晚會，都能看得到他們奮不顧身比翼雙飛的儷影。為復興菲華文藝，他們一直是默默地勉盡一份心力。

　　在小敘中邂逅的，有風塵僕僕遠道而來的王夏星和陳扶助。陳君常以「小英」、「楚復生」為筆名在報刊上發表詩

作，是《晨光》三數個詩思不匱的文友之一。王君已是商場翹楚，但對文運的熱忱，一如既往。他對這次晨光之友雅集，獻替良多。當天在座的，有著晨光的兩員大將若艾和林泥水。據說在晨光後期，若艾君曾接手編務，獨力支撐編滿百期，後囿於時勢，急流勇退，善刀而藏。一陣轟轟烈烈過後，絢爛歸於平淡。在那晨光暗淡的時日，以及其後的文藝冬眠階段，一些晨光同仁終於刀槍入庫，馬放南山，擲筆長嘆！而更多的文友卻馬不停蹄，移師轉戰，繼續活躍在菲華文藝戰地。在席間，泥水君無限感慨話當年，他追憶其時晨光之友，大部份都是乍別故國的海外遊子，有如浮梗萍蹤，飄零難安。因而，那種去國離家無所適從的情愫，鬱結蘊藉，鄉魂旅思，躍然紙上。對此，我想當年「晨光」的讀者，應是記憶猶新的。而今，時過境遷，雲開日出，重又握起筆桿的晨光之友，除了重撫那辛酸苦澀的記憶，應也會以甜美的筆觸，去抒寫扎根的喜悅和成長的歡欣！

那天為主人邀約的，還有曾主編過《椰風》月刊的王宏榜和文壇驍將蔡秀報。打從文聯時代起，蔡君一直站在文藝戰線最前列，特別是文藝復興的今天，他更是筆力雄邁，寶刀未老。近年來發表於各期刊上的文字，數量之多，質素之美，菲華無人能出其右。這次因緣際會，就是他的一篇〈懷念〉，喚醒了人們塵封的記憶；王夏星君的〈也談〉，遙相呼應；莊無我君以「重會」，吹響了集合的號角；而在那次小敘中擬議的「雅集」，卻如鉦鼓頻催，聲聲召喚！是以驚蟄過後，萬物萌動，展望菲華藝林，已是萬紫千紅、百花盛開，晨光之友終於在酣睡經年悠悠醒轉後霍然奮起。

　　之後，就是那星期五晚翠華廳的盛會，龍虎室滿堂龍吟虎嘯，笑語聲喧，多年睽違的文友，互道契闊，互通款曲。在那叱吒風雲的年代，他們正當少年氣盛，雄姿英發，到如今時光流逝，他們中間有的已是星鬢華髮，兒女成行了。然而，離離原上草，春風吹又生，那一份對文藝生死相許的執著和繫戀，是不曾消弭的，稍經觸發，感情的火花便不可抑止地重燃飛迸，那是一種歸隊的愉悅，認同的欣忭，征途上邁步重越的豪情勝慨！是的，晨光之友是不甘寂寞的，他們又在重整旗鼓，披掛上陣，他們又將揮動生花妙筆，續寫出花紅葉茂的篇章。

　　夜闌走筆，浮想聯翩。遙望天際，已是晨光熹微，曙色將展。這一抹晨曦，又照染了千島的椰林蕉叢，照染了無數朱閣綺戶，也照染著那一顆顆滾燙熾烈的文友的心。

三、藝文聯會今崛起

最近，菲華文藝界喜事連連。一是有著三十多年歷史的《晨光》重拾前緣，以再出發的姿態正式結社；一是菲華藝文聯合會在醞釀多時後終於萌動，異軍突起，蔚然稱盛。

藝文聯會之所以引人矚目，是因為這一綜合性文藝團體，係由文學和藝術工作者聯合組織而成，它的活動範圍，包括文學、美術、音樂、戲劇等文藝領域。

菲華文藝史上曾出現過「藝聯」，那只是部份美術、音樂等藝術界人士的組合。今天的藝文聯會，組織規模更大，包容範圍更廣，參與成員更多。說它是菲華文藝史上的大手筆，藝文界的空前盛舉，實不為過。

寶島的「文藝會談」，大陸的「文聯」（文藝工作者聯合會），同樣涵蓋文學、音樂、美術等範疇。菲華藝文聯合會之所以簡稱「藝聯」，是為了同以前的「文聯」在名稱上有所區別。它是一個不折不扣的文藝團體，殆無疑義。

在菲華文藝復興繁茂的今天，文藝園地姹紫嫣紅，百花盛開，群芳鬥豔。音樂、美術、戲劇等領域的藝文工作者也躍躍欲試，不甘蟄伏。他們也要展開各種藝文活動，他們也要有一個利於開展活動的組織，他們也需要有互相支持援助的聯合陣線，藝文聯會於焉應運而生。它并非因人成事，形勢到底比人強！它是菲華文藝新浪潮派生出來的，是文藝發展新形勢下的必然產物。

　　這一代菲華文藝工作者所肩負的重大使命，是怎樣用我們獻身文運的赤誠，去點燃瀕於熄滅的多姿多彩的藝文慧炬，豐盈精神生活，提振社會風氣。

　　今天，以服膺這崇高理想為職志的菲華文藝工作者，無論是文壇先驅，抑是藝文後起，都是同氣連枝的陣線中人！風雨同舟，任重道遠，實在應齊心協力，守望相助，共為拓創菲華文藝燦爛前途而竭盡全力。

　　藝文聯會已向報社商借版位，其「藝文」專刊將於每月第四個星期四跟讀者見面。藝文聯會是繼耕園、辛墾、文協、青藝、晨光、千島之後，第七個與報社合作耕耘文藝園地的文藝團體。

　　在明天推出的「藝文」創刊號上，除代發刊詞〈時代性的任務〉外，尚刊載王禮溥〈藝文獻辭〉，林健民〈對藝術應有的認識〉，陳天懷〈藝文聯會成立頌〉，莊維民〈藝聯星群〉，施能炎〈松水微波〉，吳湧泉〈迎接新年代〉，莊子明〈藝聯群英會側寫〉等作品。

　　除出版專刊外，藝文聯會將舉辦有關音樂、美術、戲劇的活動。藝文同仁曾鄭重相期；為推展菲華藝文活動，藝文聯會將不計毀譽，默默耕耘，它將和各兄弟文藝團體同舟共濟，坦誠相待，攜手共進。

四、藝聯星群

　　角黍飄香的端午節前，孕育多時的菲華藝聯終於破土而出。筆者不敏，追隨藝文界諸先進之後，忝為藝聯一員。幾次盛會，欣見藝文界舊雨新知，濟濟一堂，真個是文星熠熠，璀璨迎眸……

　　王禮溥可說是菲華藝文界的「超級巨星」了，這位荷花畫家的幾次個展，曾風靡了寶島畫壇，震撼了菲華藝林。他也寫過繪畫隨筆和美術理論，只是畫名掩蓋了文名。在文藝界集會上，他總是風度瀟灑，口若懸河，辯才無礙。為藝聯籌組的數次接觸和電話長談，更使我嘆服他那非凡的交際藝術和組織才能。藝聯首次聚會，在他介紹下，認識了許多藝壇宿將。除商總秘書長陳國仁已有數面之善，和在不久前偶然結識而一見如故的楊玉成外，其他如名導演吳文品、音樂家蘇志祥、黃禎茂，以及現任秘書長施茵，都是久仰其名而初次識荊。

　　林健民堪稱菲華文藝界元老，當他主編《天馬》而叱吒文壇之時，我們是否已來到這世上了？流光逝水，彈指而過，他數十載如一日勤奮不懈。不久前那場筆戰方酣之際，我正渡假香江。遙見戰塵瀰漫，恍如置身陣中。林老匹馬單槍，信是雄風依舊，寶刀不老！那天會後，林老引用了基督裡的話語說：「所有這些向報社借版的副刊，同為報紙的肢體。」說得多麼得體！是的，當文藝社把期刊粧點得婀娜多姿地送過來在報上出現時，她們也

是報紙不可分割的組成部份！她們同報社整體是休戚相關榮辱以共的，是互相彰顯交相輝映互為榮耀的……

陳老天懷跟林老同樣學貫中西，對於這一位譽滿岷江的傳統詩人，可說神交久矣！他可能不清楚，那年他在主持媯汭大慶秘書處工作時，我曾客串記者為大會寫新聞報導。第一次握手，是不久前在「欣欣」由莊無我伉儷介紹的。看過《晨光》上若谷的〈何去何從〉嗎？有誰能想像得出，那一篇纏綿悱惻的小說是出於一位年逾古稀長者的手筆？在會員大會上，陳老曾興奮地說，欣逢盛舉，他「好像年輕了二十幾歲」。是的，文藝使人煥發了青春，文藝使人變得鶴髮童顏胸次玲瓏。而今，老驥振蹄，我們該怎樣奮起直追呢？

林文思可算是文壇前輩了。從風雨飄搖的晉江，到椰雨蕉風的岷江，以後是人文薈萃的寶島，千里轉戰，馳騁文壇數十載。那次盛會他介紹會員時，如數家珍，妙語解頤，可見他和菲華文藝界從未脫節。此次為籌組藝聯，他重出江湖，可說勉盡心力。記得那天我正在宗聯出席會議，自由大廈因慘遭回祿而停電，他在報社久候後，直上五樓不遇又折回四樓，真難為他了。好在他身體依然硬朗，但願他筆力老而猶健，文采老而愈醇。真的，在這些文壇老將面前，你會感到自己的幼稚和不成熟，感到藝術生命正如剛引燃的燭火，你也會感到，長路漫漫，來日方長，我們依然年輕！

當然，藝聯也有真正年輕的一代，大家都知道活躍於藝文界的梁家三姐妹吧？梁家小妹俊齡亦在報社期刊幫手，印象中的她是文靜而略帶拘謹，現在可不同了，女孩子總是善變的。這次她也脫穎而出，後生可畏，信然！

藝聯是有不少女將的。記得端午節召開複選會議時，正當「邱寧」施威，會場一帶水淹路斷。據說那天頂風冒雨最先到達會場的，即是小華、范零和黃梅三女將。自從慶祝兄宦海得意台菲奔忙，《竹苑》的重負是卸在黃梅肩上。對於《竹苑》，我們可算是同一條戰壕裡的戰友了。范零在她的「閒情瑣語」中，已先為藝聯擂鼓助陣了。王若物故的噩耗，我是在港島驚聞的。詩人身後的哀榮，足以使他瞑目；而剛強的小華矢志文藝，勇往直前，此次身膺重寄，王若有知，也當含笑九泉了。

白凌在文藝界集會時經常碰面，他參加的文藝社團，不知是否要伸出兩隻手來數？若艾與紫茗兩位高手，經常在徵文比賽中掄元，那天我曾說：「這次《竹苑》散文徵文，可別忘了來捧獎牌！」

翻開會員名錄看過去吧，又有那麼多為人們所熟知的文壇星辰：王熙熙（心楓）、王鴻基、李維宣（白雁子）、林勵志（勵）、施柳鶯（小四）、陳一匡、黃碧蘭（亞藍）、黃棟星（棟木星）、蔡長賢（至津）、蔡偉民（艾鴻）、李培基（墨客）……他們都在不同的方位爍爍生輝，不必我饒舌一一介紹了。只要打開報紙，就可以看到他們各自發出燦灼的亮光……

乙丑年端午節後菲京

五、青松勁挺又一春

　　青松國畫研究會經過兩年風雨歷練，正以嶄新的姿態，雄踞於菲華畫壇。

　　昨天，這一支丹青勁旅成立兩週年紀念泊新屆職員就職慶典，佳賓盈門，盛況空前；歡聲笑語，使文藝廳滿堂增輝。

　　記得，兩年前當「青松」破土而出，曾舉行會員作品展。在開幕禮過後的傍晚，我曾抽空到展場參觀。那時佳賓俱已星散，僅有立委慶祝兄和現已去美的梁淑賢女士尚在現場。看得出，那一些畫壇新秀甫殺上社會，對於他們的作品和隨後兩天的展會，都懷著惴惴不安的心情，那充滿懇切期待的眼神彷彿都在訴說：「請給我們鼓勵吧……」

　　在草草瀏覽一番後，我在翌日見報的一段報導文字中曾這樣為他們推介：

　　　　青松國畫研究會此次參展作品達一百零九幅，這些作品或濃墨重畫，或工筆細描，可謂精彩紛呈，琳瑯滿目。參展會員二十五位，大都為在學的大、中、小學生。這些青少年國畫愛好者初試啼聲，一鳴驚人。他們寫山水人物，筆酣墨飽，畫花鳥蟲魚，栩栩如生。對於涉足畫壇未久的初學者而言，可說是難能可貴的了。因此，盡管他們的技巧未臻純熟，畫藝有待精進，但這些參展作品，就像他們那

113 ▪

純真而幼嫩的生命一樣，給人予清新可喜的感受，也展示
其蓬勃的活力和充滿希望的未來。

　　兩年來，青松萌生茁長，已不可同日而語了。據知，青松小
將除了勤奮揮毫，還經常四外臨摹，巡迴展出，與畫壇同好交流
切磋。是的，只有博採百花，才能精釀佳蜜；只有胸蘊滿盈，才
能筆走風雷。相信青松會員必已深體此中真諦。

　　在青松會員籌備慶典的幾天前，與他們中幾位小將有過偶然
數面機緣。他們的熱情而謙恭，朝氣蓬勃，幹勁十足，都給人留
下深刻的印象。「青松」能迅速成長壯大，能有今日的一切，絕
非倖致。

　　長江後浪推前浪，祝願青松小將百尺竿頭，更進一步，能有
更多更好的作品，呈現於菲華畫壇。

　　「新松恨不高千尺」，我們也期望菲華藝文先進和各界有心
人士，一本關切愛護之衷誠，不斷地扶植澆灌，使這一株青松更
加挺拔繁茂。

六、樂韻激揚歌中華

菲華培青學會為慶祝成立三週年，於前晚舉行了規模盛大的「歌我中華」演唱會。

培青學會，顧名思義，即為培育青少年新一代之意。正如該會常委、立法委員蔡慶祝在演唱會前所指出的，要為這些純真無邪涉世未深的年輕一群，提供燃料和養份，使他們的青春年華增添姿彩。

培青學會在這三年，是一步一個腳印地走過來的，而今，該會已擁有一百多個會員，屬下有合唱團、弦樂隊、歌唱團、田徑隊、藍球隊等機構。他們的田徑隊在不久前的一次對抗賽中，嶄露頭角，一下子奪走了五塊金牌。

前晚，颱風餘威猶烈，天氣陰霾，但音樂廳全場爆滿，足見菲華各界對這一支音樂新軍的矚目、關懷和期待。

全場近二小時的演出，緊湊連貫，一氣呵成。一個個豐容靚飾的青少年男女，載歌載舞，以他們落力的演出，贏得聽眾熱烈的掌聲和心底的讚嘆。

使人激賞的是他們的團隊精神。那繁複而和諧的旋律，齊整而多變的排位，優美的群體造型，需要有怎樣的默契，心照和合作，才能達致？

使人難忘的是他們感情的投入。在演唱會進入高潮的第三部份，他們唱「唐山子民」「思故鄉」，他們歌「我所愛的大中

華」，聲情激奮，交心融感。那從心靈深處流瀉而出的歌聲真叫人熱血翻滾，引生共鳴！

　　據知，為了這次演唱會，合唱團成員數月來積極籌備排練，會前又進行了幾次彩排。這一次演出，可說是他們汗水的結晶，勤奮辛勞的成果，也是這一群熱衷於藝術的音樂幼苗對社會大眾的最好獻禮！

　　這一群青少年不僅能歌善舞，他們詠懷表意，也見文采斐然。在前一期《竹苑》的演唱會特刊中，合唱團團員揮筆上陣，抒寫出那一支支動人心弦的「心靈之歌」。

　　除了籌策演出，培青學會為出版特刊及會刊，亦花費不少精力和心血。這全靠演唱會籌備小組成員通力合作，特別是該會常委蔡慶祝擘劃指揮，總幹事莊杰森辛勞奔走。

　　為了這一支音樂新軍的成功演出，為了她的茁長壯大，也為了她那充滿希望的未來，讓我們給予她更多的掌聲吧！

七、寒梅飄香報春來

　　每當滿懷激情地唱起〈梅花〉時，眼前就會浮現出那象徵著
「巍巍大中華」的堅貞國花。

　　在春寒料峭、瑞雪紛飛之時，是梅花迎霜破雪，獨步早春；
在朔風凜冽、寒威猶烈之時，是飄拂的梅香，為人們傳來春的
訊息。

　　島國沒有凌厲的冰霜，卻有著蒼勁挺秀的寒梅，它盛開在芳
香浮動的《梅苑》。

　　《梅苑》原是菲華培青學會的會刊，昨天，她以新的姿態、
新的陣容，第一次面向廣大讀者。

　　培青學會的組織，旨在通過各種有益身心的活動，培養撫
育青少年，為他們的成長提供養份和熱量，把他們引導上康莊坦
途，使他們的青春年華更現姿彩。

　　培青學會成立以來，績效卓著，為青少年一代的茁長獻替
良多。屬下的歌唱隊、弦樂隊表現優越；田徑隊在運動場上嶄露
頭角，戰果輝煌；而合唱團的兩次演唱會更是初試啼聲，一鳴驚
人。那一群青少年男女用嘹亮的歌聲，火樣的熱情，為菲華社會
獻唱出一支高昂激越的青春頌歌。

　　假如說，培青學會此前比較偏重於開展青少年音樂體育方面
的活動，而現在寫作、國畫、數學、書法、樂理等一系列研究社
的成立，表明了培青學會已開始了可喜的巨大飛躍。它的組織範

圍拓寬了，涵蓋了文學藝術各領域和自然科學；它的活動層次提昇了，以多姿多彩的藝文活動，使青少年得到薰沐啟迪，使那些潔白無瑕渾然未鑿的年輕生命，得以涵泳濡育於包羅宏富的中華文化海洋。這份寶愛傳統文化的赤誠，這種薪火相傳的壯舉，真使人由衷感奮，使人歡欣鼓舞，使人情不自禁地為他們喝采！

　　「不受一番寒徹骨，哪得梅花撲清香」。培青學會成員及負責人籌策擘劃，曾作出巨大的努力。正因為他們有著凌霜傲雪的堅貞志節，和傳承文化慧炬的使命感，從而激發出不畏艱險的鬥爭精神，終使得故國寒梅，勁枝不屈，冰蕾尤香，盛開在千島的梅苑，也勁放在炎黃華冑的心田。

八、《竹苑》六百期有感

　　從一九八一年八月至今，《竹苑》已出版滿六百期了。六百期，標誌著《竹苑》已走過漫長的戰鬥歷程；六百期，一個多麼使人感奮的數字！

　　記得當《竹苑》草創時，菲華文藝廣原還是一片荒涼。幾年來，菲華文藝工作者前赴後繼，披荊斬棘，迎來千卉競妍、百花鬥豔的文藝春天。在這期間，《竹苑》同各兄弟文藝社通力合作，並肩前進。作為菲華文藝戰地，報紙的副刊，《竹苑》既有著各文藝期刊的共性，也有自己獨具的特質。《竹苑》同仁在前幾次百期感言中已略有述及，余不揣淺陋，特就犖犖大端，稍作補述：

　　《竹苑》園地之大，是眾所週知的。每星期出版三次，有時是全版，除各種文藝作品外，更有培青學會、緝熙雅集等參與筆陣，特輯專刊錦上添花。可謂林林總總，雅俗共賞。串文字為珠璣，集佳作擬金玉，六百期《竹苑》，該是一座多麼琳瑯滿目的寶山！

　　自創刊以來，《竹苑》先後舉辦「第一次短篇小說徵文」，「大時代故事短篇小說徵文」，「愛的故事徵文」，「極短篇小說徵文」，以及現正在徵集稿件的「有情天地散文徵文」。幾次規模盛大的頒獎典禮，除菲華各兄弟文藝團體代表參與其盛外，更曾邀得亞華作協訪問團光臨頒獎觀禮。歷次徵文比賽的得獎

者，不少已成了兄弟文藝社的中堅。事實證明，舉辦各種徵文比賽，是促進文藝繁榮的有效途徑，對激勵創作興趣，提高作品水準，推動文藝發展，功不可沒。

　　《竹苑》基本上是菲華作者的園地，它的作者群，除歷屆比賽參與者，兄弟文藝社成員，學生園地成長的新秀，留台大專學生文藝愛好者，還有許多僅為《竹苑》撰稿的作者。事實上，《竹苑》不僅是徒具形式，它擁有一支壯盛的筆部隊，但由於《竹苑》並不注重組織，使得部份《竹苑》作者變為散兵遊勇，在某些文藝活動中成了被忽略的一群。為順應文藝發展趨勢，為激發《竹苑》作者的創作熱情，也為了《竹苑》的青翠繁茂，《竹苑》文友，確是到了揭竿而起嘯聚成群的時候了。

　　快速節奏和戰鬥風格，為《竹苑》的一大特色。從中華女作家訪問團，到以陳紀瀅為團長的亞華作家菲港訪問團，從司馬中原率領的作家團，到文藝協會訪問團，以及其他文藝活動，《竹苑》總是調兵遣將，在第一時間內採編校一氣呵成，除刊載作家作品介紹及文藝講座紀要外，更快速而適時地推出特輯，以迅捷的步履，銳敏的觸覺，攝下作家豐采，擷取瞬間閃現的吉光片羽，為奔迸飛逝的歲月留痕。特寫專訪即為報告文學，有人稱之為文藝的輕騎兵，實非過譽。在未來的亞華作家會議召開時，《竹苑》仍將發揮專長，擔當獨特角色，為那歷史性會議的進程留下鮮明的印證。

　　六百期，是《竹苑》前進中的里程碑，也是一個新的起點。前路漫漫，永無終止。我們深信，《竹苑》仍將和廣大讀者作者一道，在文藝征途上繼續奮勇向前。

九、緝熙的傳奇
──兼賀雅集喬遷之慶

　　緝熙雅集係由一群愛好文藝的青少年組合而成，早於八二年八月間，他們在《竹苑》推出處女刊「七夕特輯」，以後大約每月刊登一次專輯，主題分別為「九月與記憶」，「驟雨下的陽光」，「狂想曲」，「冬之旅」，「早春的消息」，「三月走過」，「柳蔭下的絮語」，「回首」以及自由創作等。當時的發起人和編者為現在台大攻讀的鄭承偉（他曾以甘棠、胡胡等筆名發表作品），另一發起者為黃棟星（柬木星），成員有許時彥（詩雁），張瑛倩（娃娃），蔡銘，張斐然，陳天星（稻草人），曾文明（小藍），洪榮真（心宇），莊水萍（莊楓），孫瑞華，王偉祥（嵐影），柳佳林（心簡）以及在台詩人鴻鴻等人。自鄭承偉、詩雁、張瑛倩相繼去國後，緝熙雅集曾停頓了一段時間。

　　今年三月間，緝熙增添了新血，帶來了新的衝勁，又重整旗鼓了。先是出半版，緊接著是全版，依然遊刃有餘（今日的版面就是生動的例證）。復刊的幾期主題為「航」，「書裡江山」，「八千里路雲與月」，「燈」，「又見童年」和自由創作。看過以上羅列的節目表，就可以記起他們曾作過多麼精彩的表演了。

　　在他們的專輯上，沒有煌煌長文，不是字字珠璣，但卻短小精悍，篇篇可讀。他們那綺麗年華的綺麗情思，鮮活的文字，相

信許多文壇老手都會自嘆弗如。而那姿彩各異的作品和精巧的版面設計，比起其他文藝期刊來，可說也毫不遜色。

據了解，這些文藝青少年好多人來自港台，大部份還在求學階段，走上社會的，都是收入不豐的受薪者。他們的集會，或訪問文藝先進，或就教於文壇高手，或商討專輯主題，大都只以清茶、汽水、簡單的點心自奉，餐館午餐經常要各自計數掏腰包。他們孜孜矻矻，淡泊無求，而饗以讀者的，卻是那麼豐盛的詩文佳餚，這種許身文藝的忘我精神，實在太難能可貴了！

今日緝熙的要角王熙熙（心楓），黃棟星，曾文明，陳天星，柳佳林，蘇榮超等人，都正在或曾在報社參與工作，他們中有些人還負責其他文藝園地的編務，對於他們的幹勁和才識，我們是深所了解的。由於緝熙的青春氣息和閃灼文采引人矚目，連「陳大哥」一匡、一樂、文志、王勇等人亦揮筆助陣，而新近加盟的李文文（小霞）、劉代萱還只是二八年華的女孩子。這一群雅集同仁都正當年輕，在他們身上寄託著希望，相信只要假以時日，勤奮磨練，菲華文藝的未來是屬於他們的。

緝熙甫於本月初假《竹苑》出刊，今日他們獨立地推出「傳說」，而從下個月起，雅集的作品將於每月第三個禮拜四刊登。這樣，每個月的四個星期四文藝園地，分別為菲華文藝，千島，緝熙，藝文，都是陣容壯盛，佳作如林，那真是多姿多彩的星期四！

值得指出的是，讓緝熙「門戶獨立」，是報社方面提出來的。緝熙同仁不計名份、默默耕耘的精神，確值得擊節讚賞；而報社扶掖文藝團體，推展文運的苦心，亦當為菲華文藝界人士所共鑒！

　　緝熙的自立闡發了成長的意義，她可說是從呱呱墜地時即寄居《竹苑》，而今出脫為亭亭玉立的少女，女大當嫁，今日是她的出閣之喜，但她仍然是關係親密的《竹苑》文友。今日的新張也可看成緝熙鶯遷喬木之慶，他們羽毛已豐，去到新的環境大展拳腳，當然還是在報社溫暖的大家庭裡！作為報紙的幼嫩而又充滿活力的肢體，報社仍將一如既往地，為她的繼續茁長克盡獎掖扶持之責。

　　值此緝熙以新的面貌出現之際，僅綴數語，略敘緣由，並對雅集同仁寄予良好的祝願──祝他們在往後歲月裡，能有更優越的表現。

　　讓我們拭目以待吧！

十、香江書簡
——遙寄藝聯同仁

鴻雁在雲魚在水　惆悵此情難寄

　　暫別了菲島，暫別了親愛的藝文同工，帶著九重葛似蔓延的懷思，來到香江，弦光又已幾度盈缺了。韶華易逝，常於午夜夢回驚覺：我怎麼已在香江擔待了這麼多時日了！在這寸陰尺金的彈丸之地，我是這樣地揮霍著金黃的日子，新曆年節已匆匆而逝，舊曆年關又君臨了。記得好友來鴻，曾要我在「享受天倫樂趣」的溫存時光裡，信守「早去早返」的諾言。「天涯豈是無歸意？爭奈歸期未可期。」我不能算計還要在香江羈守多少日子，只因那留著我的，不是「河東獅」，卻是「跛腳鴨」。

　　香江歲月是岑寂落寞的，一如嚴冬天氣那樣清冷。而這城市卻是一闋急管繁弦、音調嘈雜的樂章。在塵囂中，總會不期然地回味起那一杯在手談文說藝的清雅悠閒，於是，對千里外文友的思念，就像維多利亞海港激蕩的波汐。我不能忘記那整裝待發的前夜，正是我們在西班牙俱樂部雅集，那豐盛的自助晚餐，還有比自助晚餐豐盛幾多倍的情意。我知道，那次會議是特地為我的離菲而提前召開的。當天晚上，我們在談論籌策藝聯的一切之外，並熱烈地祝賀黃老楨茂在歷史性巨構「文天祥」的卓越建

樹，蘇志祥同工的指揮演出成功和來城兄的出色表演。而特別應提的，是吳文品同工導演「釣金龜」的技巧。後來才得知，蘇志祥同工在翌日就要先我而出遠門了，說是為他餞行會更貼切些。但是，你們的珍重雅意，那深比桃花潭水的濃情，我是深深心領的。那晚，雖沒有長亭折柳的依依，西班牙俱樂部的氣氛卻也顯得格外濃郁溫馨，記得，陳老天懷不也是在興奮地說，那樣的夜晚是美妙的，羅曼蒂克的……

就在那離菲之前，朋友們都知道我會在港過年的，大家總說：「香港的舊曆年關要熱鬧多多吧！」而今，時近歲暮，可哪有一點節慶的跡象？尖沙咀東部的燈飾還未燦亮，學校還沒放假，工廠寫字樓照常上班。只是在街上，偶爾可看到出售揮春的攤位，還有那提早出現的花市，你才可捕捉到一點春的芳蹤。在花市攤位裡，有亮麗的芍藥，盛開的菊花，剛從郊外擷取的香豔桃花，遠道而來乙乙欲抽的漳州水仙，最耀眼的要數那象徵吉利的金桔了，一盆盆的金蛋果、四季桔、小品桔排列成行，只是，選購者還是寥寥無幾……

而菲島呢？聽說最近天氣冷暖不定，白天還是烘爐似的酷熱難當，清晨時卻是冷氣侵肌。今年岷市的農曆年節，唐人區有過年的氣氛嗎？我想，應還那麼冷冷清清吧！但濃烈的人情味是足以使那一切變得熱乎乎起來的。記得在聖誕節前，當我在一家文具店選購賀年卡時，有一張音樂卡上的場景重重地撥動我的心弦——在風雪迷漫的郊外，白雪茫茫覆蓋四野，遠方，依稀能看到教堂的通明燈火，這燈火亮光延伸而出，撒進白色莽原。打開賀卡，錚琮的樂音，彷彿是教堂鐘聲在迴響，兩行金色的小字躍動而出：「環境使人迷失，誠摯的友情卻能互相帶領。」是的，親

愛的藝文同工，也許我們也曾陷進那淒迷的境地，週圍的一切叫人迷惘而無所適從，然而，我們都有一個共同的信念，那神聖的使命讓我們聚集在一起，那高潔的志趣使我們變得誠摯無私。縱然在我們前行的道路上有挫折，有艱險，我們卻一無所懼，互相引領，互相扶持。我們也願意和一切先進或後起的同路人攜手並肩，奮力向前，就像藝聯成立之時我們所相互期許的那樣！

正是這種誠摯友情的充溢，使我們之間縱然遠隔千里，卻依然肝膽相照，魚雁頻通。雖我在港也能看到我們的報紙，林老還是每期都寄來了。捧讀著那滲透同工心血的期刊，我總會回憶起我們在一起時，那出版前編輯部校改大樣的熬夜，於是可以估量得出，你們在這兩三期中所付出的辛勞。近兩期中，亦見佳作迭出，琳瑯滿目：林健民同工的煌煌感言和東瀛遊記，紫茗的拿手極短篇和難得一見的詩作，燕子情文並茂的書簡，若谷別具一格的新詩，白雁子的近作，黎風的小品，但英的名詩英譯和攝影作品，還有若艾那「活色生香」的特寫「藝文季」……

是的，我正錯過了那一個多姿多彩的「藝文季」，西班牙俱樂部的詩文雅集，香滿樓酒家的歡宴，亞華文星熠熠的盛會，那一切，都叫人翹首浮想，神馳難禁！

在寄給摯友的短函中，我曾玩謔地借用了「巴山夜雨」中的佳句：「香江夜雨漲春池，君問歸期即有期」。是的，在那春暖花開的時節，我就會飛返千島的，那時，西窗剪燭，把臂話舊，我們又會引生多少感觸呢！

　　　　　　　　　　　　　　　乙丑春節前寄自香江

127

【附文】

南島去雁

文／若谷

藝苑存知己　文心憶故人

　　伊敏同工：很興奮地讀你發表在二月廿七日《藝文》的〈香江書簡〉，真是情文並茂，給我們在南洲的遊人有熱烘烘的感覺，何況當這「時難年荒世業空」的時代，「神洲溫暖蠻荒送」，其訊息何止值萬金？

　　你的來鴻，本來我應該早就要看到的，無奈我祇在「藝文」門外袖手旁觀，何嘗偕林健老、王畫家、和梁小姐到王城內做編校的工作？說來慚愧，我的編務委員一職，實際上是虛有其名而已。

　　林老畢竟精力充沛，不減當年天馬行空的雄風，兀兀終日，埋首在寫作上，莫怪一班老少作家，對他刮目相看。

　　想到寫到，林老現在正著手把唐詩和其他中國名詩詞譯成英文。他的散文，大家認為已臻登堂入室的境界。他對英文文學的修養，又有獨特的造詣，照他現在翻譯的速度看來，我想今年年終以前，也許可以把所有譯詩印一單行本與讀者見面，這應該是文壇上一大喜事。

　　去年《藝文》創刊號上，你曾提及跟我神交已久，且早年在一個偶然的場合亦曾與我握手過，同時對我的拙作，推崇備至。從那個時候起我對你就有深刻的印象，何況你有那般豐富的才華和瀟灑的風度。

　　〈香江書簡〉你又提到當晚「藝聯」同工在西班牙俱樂部給你們二三位同工的餞行，我無意中口裡溜出一二句俏皮語，更給我感覺到你不遠在遠的熱情和忘年交的感遇。

　　文藝場中，寂如沙漠，咬文章似嚼蠟，枯燥無味。但能得「藝苑存知己，文心憶故人」的一份政章姻緣，雖然彼此生活有點蕭瑟，卻總希望有詞賦動江關的一天，除非你我沒有那種的雄心，因為人是不可以料想的。

　　自怪老朽昏庸，你對我的青睞，我竟然不知不覺，雖說你年齡比我輕一半多，論理應該向你賠個不是才對。

　　伊敏！你待人的風度，跟你寫作的飄逸，同仁等均寄以無限的厚望，倘能乘這黃金年華的時期加倍努力，那麼，來日的光輝燦爛是在等著你去享受。像我這「麗服映頹顏，朱燈照華髮」的老態，就是有千里乘風破浪之志，也是等於伏櫪的老驥。

　　你寫的文章，以我個人的眼光看來，很著實，沒輕浮，行文流水，且富情感，我認為這種作風，是新舊藝海中的一架橋樑。我們初墾的藝圃，急待你早賦征程，重返菲京，跟我們這班同工，共耕共耘。

　　我曾注意到現在華文作家，無論是國內國外，都以新時代的筆法為時尚，也許是我年高過於迂拙，不識時趣，還是別有問題？特別是些遊過歐美的作家，返國後，提起筆來，遣詞造句，

漸趨洋化，甚至標新立異，文法倒置，捨己逐人，真令人有莫名其妙的感受。

　　把歐美有建設性的思想介紹給國人，是極合理的一件事，欲表達外人的事物或情感的技術上，中華文字，浩如淵海，可以用之不竭，取之不盡，何必假惜外國詞語來代替？

　　因大凡對中國文學稍有修養的人士，在寫作上，便能夠指揮若定，沒有捉襟見肘的困窘。歐美學者的著作，抑是介紹新的理論，在用字和造句方面，都力求簡易，由淺入深，務使讀者一目瞭然。就是詩歌寫作，即有創新的意境，在文法上並沒有離經叛道的傾向。

　　本人既不反對在文藝上創新，但也不鼓吹重用陳腔濫調，我所強調的是在寫作上不要忘卻我們民族的形象（Identity）和思想（Ideology）。我們的皮膚畢竟是黃色的，頭髮是黑色的，眼睛不是碧的。一個民族沒有自己的形象。沒有自己的思想，那麼，我們是等於沒有文化的民族了。

　　我嚕嚕囌囌，說了一大堆，不曉得你是否有同感？言歸正傳，且來談些比較甜蜜的話吧！

　　你因年紀青青，人緣尤好，天涯賦歸，和家人重溫天倫之樂，難免給這裡同工有酸溜溜的豔羨。假使在天寒地凍、夜闌人靜的時候，在寓所裡斟一小杯熱酒，細讀名人詩詞，加以身邊有紅袖添香的雅致，那種難以描寫的情趣，更不是第三者所能夠了解的。我們一二個過來人也祇有午夜夢迴逐漸消逝的記憶。

　　你讀到這書信時，想故國寒食節快要迫近眉睫了。港九雖是工商區域，沒有「春城無處不飛花」的景象，但至少在小巷、在

花市，都可以看到各色各樣的花朵，特別是肥大的黃菊，和冰肌的水仙，蠻可愛的。

尤其是在這時節，港九仍是城開不夜，銀花火樹，點綴得一番清平氣象，後庭花的歌曲正跟著管絃嘔啞一起地響個不停呢！

值得一提的就是在去年除夕前後，我們這班海外中華兒女們險要過著「支離南國風塵際」的不幸遭遇，雖然僥倖地雨過天青，有驚無險，可是四天四夜精神上所受的煎熬，迄今我們心裡猶有餘悸。

本來藝聯原訂於二月間舉行的迎春晚會，因受這一陣驚蟄的春雷，也就取消了。

也許你返菲後，我們能夠一起準備在藝聯成立週年日，開個慶祝晚會，也未遲呢。

爐峰的綠樹，香海的碧波，在春光明媚裡，春寒想必料峭不堪，早晨遲起些時也別有一番風趣的。伊敏，珍重吧！再會。

十一、《詠馥詩文》序

　　《詠馥詩文》（陳詠福著）出版了，菲華文藝天空又飄來一朵五彩雲。

　　收到本集的陳詠福詩文，是他大半生工餘筆耕的心血結晶，包羅宏富。陳詠福是文學的多面手，他寫過小說，也寫過新詩。（分別輯入本集〈路向〉與〈難中自有成長路〉）。他的散文（本集〈一片夢土的重現〉）文思雋永，其中論文〈黎剎──中山思想比較〉，曾在菲華一次徵文中掄元。他的隨感式小品（本集〈春夜沉思〉），短而精，言淺而意深。

　　在這朵五彩雲中，最瑩心眩目的是他的傳統詩詞（即本集〈耿耿千古同縈〉與〈尋覓人間溫暖〉兩輯）。他是菲華碩果僅存的幾位傳統詩人之一。他的傳統詩詞清新平明，妙造渾成，在本集中份量最重，技巧最精。這些詩詞，不僅是酬酢唱和，而是詩人著意擷取漫長歲月中的吉光片羽，抒情言志，寄托深長的心懷意念。其中鄉魂旅思之吟，動人心魄，而數首悼亡詩和親人久別重逢之詠，抒發大時代中生離死別之悲情，感人至深。

　　陳詠福獻身教育數十載，敬業樂道，潔身自持。在本集中，他屢以舌耕者心語，直抒胸臆，並在詩中以炭與蓬草，設言寓意，具見其淡泊清高之志節。近年，他雖從教育崗位退隱，但退而不休，筆力猶健，仍常有詩文散見於報章。他與先嚴聯合日報故社長莊銘淵原為知交，我每以「福伯」稱之，在各種文藝場合

和社交活動中，因時相交往而結為忘年。此次，他以詩文結集相
託，我在報務倥傯之中，勉為其難聊盡棉薄，其間得黃棟星老弟
助編洽印，使這部詩文集順利面世。謹誌數語，藉致祝賀微忱，
並向文藝同好鄭重推介。

一九九六年三月杪於菲京

十二、《菲華散文集》序

　　菲華文藝自八十年代以來，發榮滋長，文藝團體相繼萌生，文藝期刊爭妍鬥艷。由於華文報園地開放，菲華文藝工作者協力耕耘，形成文藝百花競放、萬紫千紅的空前盛況。

　　在菲華文藝作品中，散文可稱一枝獨秀，作者最多，數量也最為可觀。菲華小說作者寥寥可數，他們並不獨沽一味，也都有散文作品。菲華現代詩人堪稱出類拔萃，而繆思的左右手同樣伸展裕如。在菲華多種文藝選集中，惜因篇幅所限，詩人往往只選登詩作。在本選集中，詩人、小說作者的散文佳構亦同熔於一爐，這說可是本書的一大特色。

　　毋庸諱言，菲華文藝團體由於在不同報刊開闢園地，兩大派系從來壁壘分明，出版選集，一般亦各自為政。此次，以亞細安華文文藝營在菲國舉行為契機，出現文藝界前所未有的攜手合作，並以此豐盈充實的散文集，作為菲華文藝界代表作品，展現於亞細安華文文藝營各地區作家之前，此可謂本書的又一特色。

　　《菲華散文集》於去年年初開始徵集稿件，經過在報端刊登啟事和寄送徵稿函件，本集所輯錄者，大都為作者選送自認滿意的作品，允稱菲華文藝興盛時期優秀散文作品之集大成。散文是最直接表情達意的文體，選入本集的七十多位作者的作品，從不同側面，生動反映菲國華人的心靈世界，以及時代的嬗變和社會的脈動。

　　為了閱讀之方便，本集作品依性質略作分類：「愫懷雅韻」
以抒情為主，「細撫清芬」偏重於敘事，有關菲華題材，收在
「情繫千島」，「雪泥芳痕」為記遊之作，論文與評介之類輯入
「縷金析玉」。

　　附錄之一「鉦鼓轟鳴」，是近年菲華文壇風雲實錄，從翻譯
論評，到對文藝專橫霸道等不正之風的抗爭，首啟菲華文壇民主
開放風氣，標誌菲華文藝工作者的覺醒和菲華文藝的成熟，這是
菲華文藝史極其重要的篇章，是治文藝史者不能忽視和抹煞的重
大課題。

　　附錄之二為王禮溥的〈菲華文藝　十年豐收〉，正如他在
該文導言所說：「歷史真相的淹沒不彰，每由諱飾所致」。為文
藝編書寫史，忌在扭曲史實，黨同伐異；忌在盲目跟風，不實吹
捧。王禮溥此文，公正客觀地記錄菲華文藝興盛時期的文壇實
況，特予選錄，與本選集作品相印證。

　　巴石河流水，滾滾東去，激浪淘沙，菲華文藝正蓬勃而健康
地成長，廣大的文藝作者是文藝史的真正主人，他們正在續寫花
繁葉茂的菲華文藝新編。

　　　　　　　　　　　　　　　　　　　一九九四年五月於菲京

十三、荷花世界夢皆香

　　古今中外畫家作畫幾乎都有自己偏愛的題材，有的精於風景，有的愛好花卉，有的則擅長人物。在無數的題材中，王禮溥對荷花卻情有獨鍾。

　　一九三一年生於福建廈門，一九四八年學小提琴，擔任華文學校音樂教師，五四年，當他到聖都瑪斯大學報名時，由於意識到在菲律賓音樂發展的空間相當有限，最後終於進美術學校。五九年舉行首次個人畫展，六四年開始與荷花結緣。「以愛美人之心愛花，則護惜倍有深情」，卅年一往情深，他對荷花朝夕神馳，繪畫技法也漸臻成熟，這種執著好學的精神在負笈聖大時就已表露無遺，那時期同學中有洪救國，丁平來，王文言與林瓊鳳等，在五十年代，不論是菲律賓美術協會或蜆殼公司全菲美展，幾乎每次畫訊都有他們的名字。長時期的苦心鑽研和孜孜不倦的努力向學，使得他們在四十餘年後，都成為同業中的佼佼者。

　　撰寫美術評論，對王禮溥的繪畫思想產生了極大的影響。六十年代他是「週日畫家」，直至一九七五年，一位來自台北的畫家朋友忠言獻議，他才毅然決定全神貫注於多彩多姿的藝術生涯，從此成為專業畫家，而更積極、更深入地描繪他情所獨鍾的荷花。

　　一九八二年台北版畫家畫廊舉行個人畫展，接受《中國時報》記者訪問時，他談到熱愛荷花的三個原因：

一、我愛荷花令人陶醉的色彩。荷花自菡萏、初開、盛放
　　至凋謝，由深紅到淺紅，變化無窮，這種特徵是芸芸
　　眾花所沒有的。

二、我愛荷花與眾不同的形態。有的花中看不中畫；有的
　　花中畫不中看，惟有荷花，遠觀近賞皆相宜，中看而
　　且又中畫。

三、我愛荷花高雅聖潔的性格。她潔身自愛，樸實無華，
　　光明磊落，與世無爭。

　　荷花，《詩經》中稱為荷華，《說文》中叫夫渠，在《楚
辭》中是夫容；《群芳譜》中稱水芙蓉，其後又有水芝、澤芝、
玉環、深友、淨容、溪客、六月春等雅稱。而現代散文大家朱自
清的〈荷塘月色〉，更是膾炙人口的名篇，綠波映蟾光，艷影照
清漪，荷香四溢，難怪王禮溥一再聲言，他永不厭倦對荷花的迷
戀，這種感情是深刻、強烈而永世不渝的。

　　有人說，他運用西方油畫的工具材料，巧妙地表現中國繪畫
的意境，在這方面，王禮溥是非常成功的。一九八四年，他在台
北「今天畫廊」展出時，有人問說，荷花畫家已是這麼多了，為
什麼還要畫她？王禮溥答道：「言為心聲，畫為心形，我每次作
畫，總是一片虔誠，希望做到人人意中所有，人人筆下所無。我
的荷花，所要表現的，不只是外表形態的美，而是企望表現另一
生命，雖然，時至今日我從未曾對自己的畫感到滿足，但，我還
是認為：不一樣就是不一樣，從題材判斷一幅畫的優劣，是鑑賞
藝術作品一種最大的錯誤。」

中國人物畫在公元三世紀就有東晉明帝的〈輕舟迅邁圖〉，衛協的〈宴瑤池圖〉，山水畫有顧愷之的〈雪齋五老峰圖〉；而最早寫荷是五代的黃筌，那是在公元九世紀，兩者相較，山水畫的創作較之荷花畫早六百餘年。在西洋，意大利畫家喬托（Giotto 1266-1337）〈聖法蘭西斯之死〉壁畫和波提拆利（Sandro Botticelli 1445-1510）的〈眾聖圖〉，〈春〉都是完成於十四、五世紀，法國印象派大師莫奈（Claude Monet 1840-1926）的睡蓮卻是完成於廿世紀初期，兩者相差同樣是六百餘年，為什麼現代畫家畫山水人物畫不覺題材古老？這是觀念問題，這種觀念的形成，如果不是對繪畫發展史缺乏常識，便是因為繪畫思想仍然停滯於一知半解的階段。

王禮溥作畫歷程大約可分為三個時期：

一、一九五四至七六年，學習時期。

二、一九七七至八七年，試驗時期。

三、一九八八——創作時期。

談到王禮溥的畫風，六〇年代的荷花是屬於寫意，筆法奔放自然，構圖格式深受國畫的影響；七〇年代色彩對照強烈，有極其顯著光與影的效果；八〇年代筆觸細膩，九〇年代融合寫意的技法和明暗的效果，畫中荷花有不少是盛放的，古人說：「美酒飲到微醉後，好花看到半開時」，然而王禮溥卻說：「荷花最美麗、最動人卻是將凋謝的時刻。淡淡的白色，隱約顯示著淡淡的哀愁，這種美，只是一刹那，在悠忽之間，她便褪落得無影無蹤，靜悄悄地消逝。」

在繪畫創作道路走過漫長的四十年，完成的作品數不勝數，有人問他，為甚麼作品中只有列號，沒有命題？他引述王國維

《人間詞話》作答：「詩之三百篇，十九首，詞之五代北宋，皆無題，非無題也，詩詞中之意，不能以題盡之也。」

　　藝術生涯是沒有止境的，我們期待，在未來年月裡，王禮溥的畫作能再有不斷的突破和創新。

原載於聯合日報
《耕園週刊》一九九四年十二月十三日

十四、憶昔撫今道報慶

　　時光流馳，歲月容易，聯合日報創刊至今，已歷經卅六春秋，憶昔撫今，略有感觸，謹誌一二。

　　際茲資訊高速發展，「地球村」已成趨勢，基於傳播媒體的功能和溝通瞭解的理念，近年來，寶島僑務高層，以及大陸和駐港新聞機構，均來本報禮訪探視，而去年以來，本報代表亦先後分赴兩岸參訪。此亦為克盡傳媒橋樑和紐帶的點滴功用。

　　世界中文報業協會早在一九七五年（第八屆），一九八七年（第廿屆），在菲國舉行年會，各地傳媒首腦雲集菲京，本報為東道主。最近幾年，世界中文報業協會每兩年在香港舉行一次年會，本報均就近指派代表赴會。日前，本報負責人亦赴滬參加第五屆世界華文傳媒論壇，藉資協調交流，尋求機遇，共謀發展。

　　報紙的文藝版面，為本報一大特色，為使菲華文藝群芳競秀，眾舸爭遊，自文藝復興以來，本報免費借出版面，先後供十數個文藝社，發表以菲國作者為主的文藝作品。這些園地亦是報社的文藝版面，同為報社的肢體，與報社唇齒相依，榮辱以共。文藝社擁有經營權，但主導和所有權在於報社。本報前此多次舉辦徵文賽和學生園地作文比賽，催生和造就了一大批文藝新秀，這些文藝生力軍至今活躍在菲華文壇。大批文藝工作者孜孜矻矻，辛勤耕耘，菲華文壇呈現百花齊放欣欣向榮的景象。特別是近幾年來兩岸文藝界的密切交往，此次菲華赴台作家團成員，均

　　為向本報借版的文藝團體中人，賦歸後隨筆感言，亦大都發表在本報文藝版面。本報扶助菲華文藝所作的努力和付出的代價，是菲華文藝史上不可低估的篇章。

　　華文報在宏揚中華文化，促進華社團結和諧以及加強民族融合和同胞情誼等方面，責無旁貸，義不容辭。誠然新聞自由是社會發展的指標，是自由民主的基石，彌足珍貴，但新聞自由應是負責理性守法，應以社會大眾利益為依歸，以社會公序良俗為原則。媒體的功用固然在於發掘弊端，破除舊俗；但更重要的是鼓勵善行，歌頌新風。基於對團結和諧的希求，和安定祥和的期待，本報對於新聞取向，讀者來稿，甚或付款廣告文字，向以嚴謹態度，溫和立場，有所取捨。區區微忱，期為各界人士共鑒。

　　本報評時論政，亦以公正平和，理性建言為圭臬，本報專欄文章不多，但均為名家執筆，風格迥然，各放異彩。從寫作年資算起，龍傳仁（施穎洲）的「隨思錄」可說與本報創刊同生，他的文字平實如話，人人可懂，不管是否贊同他的觀點，都會一讀。塵逸（陳一匡）為菲華名作家，他的時評均為工餘急就，文筆暢順，亦莊亦諧。禾木（陳和權）為菲華優秀詩人，他的專欄「海闊天空」，無論是抒懷文字，抑或冷嘲熱諷點評新聞，詩意禪趣，兼而有之。新近加盟的王文選「笑談古今」，題材廣泛，思緒縝密，文字鮮活，為本報最近一大亮點。再加上菲律賓華文作家協會向本報借版的「薪傳」，每兩期即有一版由其專欄文字小組撰寫的專欄文章，精彩紛呈，使本報的專欄文字更富特色。

　　說到報紙的社會功能，本報自創刊以來，即每年在歲暮發動聖誕濟老及慈善捐款，三十六年來從不間斷，在菲華各界熱心人士鼎力贊襄下，去年兩項捐款總數即達四百二十二萬元，其中聖

誕慈善捐款濟助範圍，涵蓋菲國數十慈善部門，惠及大批菲國孤苦病患，這種慈善義舉，影響深遠，意義重大。

再舉犖犖大者，一九九二年九月至十月間，本報發起救濟賓那杜布火山災民捐款運動，在各界社團和人士支持下，善款總數達二百五十萬元，此善款於一九九二年十月卅日，由本報故總經理莊金朝，偕同副總編輯莊維民、故副總編輯吳友裕，呈交藍慕士總統。

一九九八年十月間，本報與菲律賓華僑善總會，菲律賓中華總商會聯合發動羅玲風災救濟捐款運動，獲各界人士熱烈響應，創下八百萬元的捐款佳績，嘉惠萬千災民，此三單位負責人於十一月四日，將部分善款二百萬元呈交伊實特拉總統。

本報慶祝特刊之印行，荷蒙各界社團、工商寶號、友好人士惠登廣告賀詞，勗勉有加，感懷殊深，本報同仁在未來歲月，必將一如既往，奮發惕勵，力求精進，以不負各界殷殷厚望。

二〇〇九年三月一日

十五、百年華報話滄桑
──《菲律賓華文報史稿》讀後

　　《菲律賓華文報史稿》是本四百餘頁，三十萬字的煌煌巨著，堪稱為菲華報業史的大手筆和空前創舉。

　　廈大校長朱崇實在該書序言簡潔明快地表述：「為海外的華文報寫史，也就是在為海外的華人華僑作傳」。艱苦卓絕、前赴後繼的海外華報成長歷程，也就是海外華人華僑蓽路藍褸、札根成長奮鬥史的縮影和寫照。

　　誠如《世界日報》社長陳華嶽在諸論「秉筆直書」，寫歷史不容易，如事已久遠，資料匱乏，自是下筆不易；現代部份寫到近年，牽連到發展中的人事，舉筆維艱；而要達到客觀公正，求真求實，可說難上加難。但編撰者知難而進，吃定了這隻大螃蟹，為菲華百年報業史寫下濃墨重彩、洋洋灑灑的篇章，績效卓著，精神可嘉！

　　在史稿中，本地作者深刻感性的筆觸，和大陸學者嚴謹科學的論述，相得益彰，在半年時間即殺青付梓，可見其拼搏精神和工作效率。

　　史稿中每編均分有社會概況、報紙與期刊、報人小傳、結束語幾部份，脈絡分明，每篇章都綴有文彩斐然的標題，使史稿增色不少。

〈蓓蕾初放〉寫的是年湮代遠的時代，在僅存的資料中整理篩選，這部份由廈大學者擔綱，是理想的選擇。其中西治後期及美治時期的社會概況，也就是報社草創、胚模初具的歷史背景，書之甚詳，與其時慘淡經營的報紙期刊相印證。

菲華報人說到報紙資料，均感手頭拮据，本報歷經幾次回祿之災，舊報資料大多散佚。不久前清點故莊金朝總經理遺物，發現尚有六十年代《公理報》倖存，如獲至寶，驚喜奚如，使史稿中的《公理報》圖照不至留白。

〈潮升潮落〉寫的是菲島淪陷至光復前後的歷史進程，這也是健在者記憶中的彩頁，在這個大時代，鳳凰浴火，名人輩出，既是報業興衰史，也是悲壯的抗戰史，編撰者寫得有聲有色，情文並茂，請看結束語中這段動情文字：「……一旦有外侮來襲，卻表現出強烈的一致對外，共赴國難！」「一部抗戰的菲華報史，見證著華僑不泯的民族意志和故國情懷……菲律賓華僑報人以其驚天動地的氣節與精神，延伸著中華民族的脊梁，時至今日仍鼓蕩著我們的胸懷，鼓舞著我們前行的腳步！」誠哉斯言！盡管有過戰前戰後的豆箕相煎，兄弟鬩牆，但畢竟曾是同在一條戰壕的戰友啊！編撰者以歷史的角度切入，正確對待，是值得肯定與讚賞的。對於不久前的商總爭議，不知是否能以此為鑒？

〈欣欣向榮〉寫的是五十年代至七十年代菲華報業，由於華校尚未菲化，華報讀者眾多，促進報業興盛發展，但由於戰後國共兩黨鬥爭，引發左右兩派對抗衝突，其間發生震驚海內外的商報案，編撰者是過來人，繪聲繪影地敘說驚心動魄的過程，使人如歷其境。

在史稿編撰過程中，書欣與江樺能虛心動問，博採眾議，反復求證，本報數位同仁都提供過一些資訊，廈大教授來菲，亦邀往餐敘。江樺所撰〈再創輝煌〉部份，牽連到眼前人事，眾目睽睽，眾口悠悠，平時自信的江樺，對於「十月懷胎，一朝分娩」亦感誠惶誠恐。其實，在目前和解代替對立的大環境中，菲國新聞同業雖有競爭，但不會是惡性；同行盡管有過筆戰，但並非敵國。華報人員之間，無論是管理階層，還是編採人員，都能和諧相處，這種報業史上罕見的融洽局面，是必須寫上一筆的。

有人說，文壇即在報紙上，在專欄文字大行其道之時，一批文藝社已從報紙上銷聲匿跡了，本報除副刊《竹苑》和學生園地外，借版的文藝期刊方興未艾，有增無已，計有菲華文藝協會的「菲華文藝」，耕園（誤為耕耘），辛墾，晨光文藝社和千島詩社的同名期刊，現代詩研究會「萬象」，藝文聯合會的「藝文」，原為「緝熙雅集」的「人文專集」，文經總會的「翠亨村」，中正學院的「文粹」，生存期都長達二十幾年了，值得一提的是書中漏列的以吳新鈿博士為首的菲律賓華文作家協會，是崛起十年的文藝生力軍，他們出版文學雜誌和文藝選集「岷灣曉唱」，舉辦文藝講座，參與國際文化交流，在本報借版的「薪傳」純文學期刊及專欄特刊，已達二百多期。

記得筆者來菲之時，正值菲華文藝萌動復興，筆者曾向先嚴莊銘淵獻議，統一出版文藝副刊，一些文藝社亦表同意。但先嚴考量的是讓各文藝社群芳競放，各顯神通，各具特色，如此構成多元風格的文藝園地。各文藝社擁有經營權，但各個園地同屬報社有機組成部份，唇齒相依，榮辱與共，二十幾年來，一大批文藝工作者孜孜矻矻，辛勤耕耘，迎來文藝奮興的局面，本報扶助

文藝推動文運所作出的努力和付出的代價，當為文藝各界人士所共鑒！

　　誠然，在菲華報界，專欄文字形成潮流，菲華專欄已趨向先進的香港式快餐文學，余光中在世界中文報業協會的一次年會時譽之為「井田制」。這些專欄擁有一部份讀者，特別是筆戰期間，更具有吸引力，其中有些專欄文章寫得活脫靈動，頗具文采，結集成書當然值得提倡。但菲華有這樣錯覺，發表文藝作品只稱作者，亦稱文藝工作者，一有專欄便成為作家，有位專欄「作家」把專欄文字詡為菲華文藝主流，令人不敢苟同。本報總編輯施穎洲在新加坡國際文藝營主講「專欄」，他也不認同專欄文字為文學創作，施老說過，假如他數十年來數以千萬的專欄文字都是文藝作品，那他是著作等身的雜文大作家了。

　　去年，由嶺南大學、明報月刊、香港作家協會和新加坡文藝協會等單位主辦的世界華文旅遊文學征文獎，吳新鈿博士與筆者同被聘為榮譽主任，柯賢毅及蔡友銘為海外委員，菲國作者羅安順的「遊蹤驚奇岷多洛」獲選為入圍作品。

　　史稿中有不少筆戰資料，墨煙滾滾，揮筆如刀，為此書添光增彩，這可能跟書欣江樺二君都久經筆戰有關吧。

　　九三年本報一場有關文藝史的爭論，當然也收錄其中，其意義並非只是報社「一言堂」之爭。筆者在主編之「菲華散文集」序言寫過，這是對文藝不正之風的抗爭，「首啟菲華民主開放風氣，標誌菲華文藝工作者的覺醒和菲華文藝的成熟」，史稿所提「促進研究的專家學者以更寬廣的角度來審視菲華文學及文藝活動，促使撰寫菲華文學的史家們下筆時更須慎重。」誠為此場風波所達致的效應。

　　「展望」部份，首提中國經濟政治影響力上升的影響，忽略了重要的文化層次，中國報刊的境外發行，就屬於文化的影響力。菲華新詩之所以出類拔萃，亦受到台灣現代詩的薰陶所致，這種文化交流的作用是明顯可見的，在本報闢有園地的文藝團體前曾邀台灣作家司馬中原、陳紀瀅、余光中來訪，近邀王蒙和劉再復舉辦講座，對菲華文藝和報業有深遠重大的影響。

　　在推進對外漢語教學和菲華社團重視華教方面，的確用心良苦，但在菲華教育把漢語當作第二語言的情況下，以口語交談尚且有困難，要能看懂華報，談何容易。

　　至於中菲關係趨好的有利影響，遠的不說，最立竿見影的，莫若高層來訪的歡迎祝賀廣告。

　　今天，世界已趨向於「地球村」，訊息無時不有，無遠弗屆，傳媒為受眾之「耳目」與「喉舌」，擔負著傳播訊息，薪傳文化，宣導教化之責，在菲中兩國兩民族之間，在與各國各地區的溝通交流方面，發揮橋樑與紐帶的重要作用，殆無疑義。

　　綜觀「展望」，令人頗有大處著墨，不著邊際之感。其實華報的前景，取決於菲國及華社經濟的發展和社會對報業的需求，經濟是基礎，生產力發展才是最重要的客觀條件。

　　當然，採編印刷水平的提高，科技的運用，服務層面的改善，能提高競爭力，由是讀者增加，報份增多，報份與廣告息息相關，廣告是報紙的命脈。經濟起飛，才有商業廣告，社團活動頻繁，才有慶典和祝賀廣告，加上華社特有的紅白廣告，還有超值的報紙所收的報資，此即為維持報紙生存的原動力，編撰者對此卻是有點到即止。

　　近年來新僑增多，是華報新的讀者群，盡管新僑少有看報習慣，但他們的消費能力，確能提高報紙的廣告效應。一大批中國留學生的到來，亦為菲華文藝增添新血，本報耕園、藝文、晨光等園地，都登載過不少中國留學生的作品。

　　華報之隱憂，除了採編人員缺乏，讀者群體斷層之外，更重要在於報紙經營不易。歷數年來，白報紙騰升，印刷成本劇增，員工薪資亦數度遞加，但由於某些緣故，五、六年來報資一直維持原價，廣告收費亦原地踏步不前。加上菲華報紙由於銷量問題，廣告價格比起各地至為低廉，更由於歷史慣性使然，菲華報紙廣告大都是先登載後收費，這也造成廣告費鳩收不易，爛賬堆積的局面，可說是華報經營的一大隱憂。

　　拉雜成篇，略抒管見而已，敢請教正。

　　（此文曾為菲律賓華文作家協主編《菲華文藝》月刊轉載）

第三輯　萬里芳菲

一、台北五日遊小記

　　上月中旬，隨菲全國記者公會訪問團小遊台北五天，行色匆匆，參觀訪問活動緊湊，首次赴台，又是走馬看花，蜻蜓點水式的遊覽，得到的只是浮光掠影的印象。

環亞飯店　首屈一指

　　記者團下榻於台北首屈一指的五星級環亞大飯店，這座位於敦化北路和南京東路轉角的城堡式建築物，果然雄偉壯觀，氣派非凡。步入大堂，卻是另一番景象，左側是新近啟用的名品店，右側即是咖啡大廳，咖啡廳周圍是十幾層高的白色環廊，其間綠蔓婆娑，兩部觀景電梯通往各層環廊，使咖啡大廳顯得更加寬敞明麗，別具情調。

　　我們住在十四樓貴賓房，每間房送有水果籃，顯然是飯店主人的特意安排。抵埠當天中午，鄭周敏長公子鄭偉煌即偕飯店要員在二樓英雄殿擺酒接風，鄭偉煌曾就讀於靈惠中學，現是飯店執行副總經理，從接待到送機，他自始至終親力親為。他雖年紀尚輕，但卻顯得沉實穩重。那頓川粵名菜，使菲記者大快朵頤，有人還執意不拿刀叉，而純中國式的以筷用餐。

　　環亞的餐廳名菜，可謂林林總總，除以川粵菜著名的英雄殿外，還有諸如大將軍日本料理，小武士鐵板燒，紅葉台灣料理，

江浙菜的錦華樓，湘菜的彭園，粵菜的雅苑，以及滿漢宮等等，不一而足。國內機構宴請外賓時，很多時候都是光顧環亞。

歡迎宴會　場面盛大

　　記者團訪華的高潮，可說是十八日晚上，享譽國際的金融工商女企業家鄭綿綿小姐主持的歡迎盛宴，我們一抵會場，即受到軍樂儀仗隊的隆重歡迎，並在宴會上把記者團成員一一介紹給應邀出席二百餘位台北金融工商界人士。該晚歡宴是在環亞五樓文化中心舉行的，滿場衣香鬢影，冠蓋齊集。主人鄭周敏和記者們一一握手寒暄後，又忙著在貴賓中週旋，鄭綿綿小姐在招待會上作熱情洋溢的演講。她先以字正腔圓的國語開場白，然後以流利的英語致詞，這位被選為全球十大最有身價單身女郎，和被台灣新聞界選為最受崇敬女性的風雲人物，呼籲台灣金融工商界人士到菲國投資，她的演講情懇意切，聲情並茂，贏得一陣陣熱烈掌聲。

　　在盛宴中，並表演民族舞蹈、雜技和流行曲演唱，為歡迎會平添熱烈歡愉的氣氛。

參觀訪問　馬不停蹄

　　像所有初次到台北的旅行者一樣，記者團曾參觀位於風光明媚的陽明山山腳的故宮博物館，該館收藏有世界上最多最珍貴的中國藝術品，包括書畫、陶瓷、銅器、翡翠、雕刻、錦屏、刺繡、歷史文物等國寶。我們亦參觀了中正紀念堂，中正堂佔地達

二十五萬平方公尺，建築風格極富民族色彩，顯得格外肅穆莊嚴。我們到過那現代建築的世界貿易中心，那裡的展銷產品使人眼花繚亂、目不暇給。記者團也參觀市郊土地改革成就，除此之外，就是緊湊的禮訪邀宴。

十八日中午，參觀中央通訊社後，社長潘煥昆假美麗華大飯店宴請。原駐菲特派員鍾行憲，現是外文部負責人，也是那天接待的要角。十九日中午，僑委會副委員長柯文福在福華大飯店歡宴，宴會中段因有要事先行離開，太平洋經文中心組長許以豐就成了當然的主人。那天晚上，外交部新聞文化司長陳毓駒設宴於富都大飯店，陳以前曾在駐菲使館任職，對菲情況知之甚詳，現擢升的新聞文化司，是外交部排首位的「第一司」，他作為外交部發言人，名字亦常見諸報端。該晚，僑委會正在富都舉行僑務會議開幕禮，陳毓駒與許以豐都忙著分別往來敬酒。

廿日中午，新聞局副局長鍾振宏假來來大飯店宴客，那天的菜色除排翅鮑魚外，蚧黃荀衣、竹節鴿盅，都是岷市難得一見的佳餚。十九日下午，中共空軍飛行員劉志遠駕機投奔，那條新聞自然成了熱門話題。

廿日晚，僑選立委蔡文曲假立法院會所擺宴，並邀台北數名流作陪，席間巧遇世伯陳老德規，殷殷詢及他所編著「菲華芬芳錄」出版後的反應，他特別提到，編入第一輯為資料先到者，第二輯即將出版，好多重要僑領都將在以後陸續推介。一席餐敘，真是獲益非淺。

廿一日，記者團禮訪台北市長許水德，隨後參觀聯合報系，由王必成社長接待宴請。

台北街景　熱鬧非凡

除了參觀酬酢，自由活動的時間已不多了，大商場只能是匆匆地兜一個圈。原是環亞的一部份，現租出名為鴻源百貨公司，幾層樓都是賣進口高檔貨品，在我們看來當然價格奇昂。政府三十餘年來在台灣勵精圖治，銳意革新，創造了經濟奇蹟。台北市建成現代大都會，好多以前僻靜地點，現都成了高樓大廈林立的旺區。由於外匯存底激增，人民生活水準和消費能力大為提升，餐館酒樓三步一家，五步一閣，高級食肆每席價格上萬，令人咋舌。特別當華燈初上時，車水馬龍，霓虹燈閃爍變幻，真使人目眩神迷。在街道上，難得看到標語、張貼等政治色彩的東西，有一次驅車從宏偉的總統府前經過，看到那經常舉行重大慶典的廣場，剛好遇到下午五時的降旗儀式，整齊的儀仗隊操過，鮮明的青天白日滿地紅，才使你意識到是身在寶島了。

原來聞名的夜市圓環已趨式微，食肆等排檔多已收場，只剩下一些賣水果的攤位。人民生活富足了，都跑到高格調的場所去花費，而不願在交通要衝之地吃小檔，於是造成圓環夜市的衰落。

台北還有不少賣廉價貨的夜市，士林夜市和火車站的攤位都無暇光顧，臨江街的夜市有點像九龍的廟街，只是規模較小。印象最深的是有幾位殘疾人匍匐而行，推著帶有收錄音機的小車，在推銷檀香等貨品，以求博人同情光顧。小食攤的菜色確實價廉味美，可惜滿載的胃已無法再消受，午夜零時了，還是燈火燦亮，聽說要到凌晨二、三時才收檔。

西門町夜市的擠擁，據說是計程車也難以進入的，我們是午後去蹓躂的，自然車輛稀疏，不見特色。華西街有不少蛇店，一大堆人圍著在看宰蛇，推銷貨品的攤位在表演魔術之類玩意，食肆餐館經營者都站在店口招徠生意，這是其他國度難以看到的。在台北，即或是環亞的名品店，莫不是店員競出招徠，充分顯示經濟高速發展中所呈現的激烈競爭。

除了廉價商場和地攤貨品外，菲記者們特別鍾情的是世界貿易中心的展銷產品，一次採購意猶未盡，臨時取消了參觀台北美術館之行，而再次跑到展覽場去選購。

計程車內　細說端詳

由於台幣不斷升值，在台幾天，每天總聽說台幣對美元又升幾分了，加上菲幣貶值，使得菲國遊台者大失預算，比起幾年前菲幣兌換台幣的比率，真不可同日而語。在台北，乘搭計程車動輒上百元，比起菲島價格是高出不少了，台北人卻說便宜呢！

大凡到寶島旅遊者，最常接觸到的台北人，可說是計程車司機了。他們中有的還是滿有人情味的，聽到你的「鹿港腔」，都會主動同你搭訕。當問到計程車是否有外傳的拒載現象，他說那只是個別的，他本人是從來不會拒載的。據他說，他們每天八小時工作量的收入顯然太少，因為租車、加油、日食三餐都要花去不少錢，他每天都工作十幾小時，吃過午餐後，到北投洗過溫泉浴後再接載。台北人的勤奮和競爭，促進工商百業繁榮，經濟起飛的原因亦可在這裡找到註腳。

　　像所有現代城市一樣，台北的交通顯然是一大問題，特別是下午下班的時間，交通繁忙，車輛擠迫，計程車停車時間一般是不跳計錢錶的（要跳需另按時間掣）。塞車時，只有急得司機猛按喇叭。加上摩托車特多，走在路旁，有時摩托車會擦身呼嘯而過，真是驚險萬分。有些「鐵騎士」顯然也多不理會紅綠燈。午夜，還可看到新潮青少年駕著摩托車成群結隊銜尾相接飛馳而過，聽說是到淡水飆車去了。

五天訪問　圓滿順利

　　五天匆匆過去了，又順著高速公路駛往機場，這條公路透迤向南，聽說也是十大建設成就之一。旅遊車奔馳著，淡水河隱去了，圓山大飯店掠過了，山光水色在車窗外變幻著，又抵達國際聞名的桃園中正機場了。入境匆忙，在寬敞整潔的機場大堂等候驗關手續，才看到中正機場規模之大，海關通道之多，都是港菲等地所難比擬的。

　　在機場免稅店裡，菲記者們又在打發手中剩餘的台幣，盡情搜購。在飛機上，俯視那乍一踏足又要揮別的寶島河山，大家心裡都在默默叨唸：再見台北，後會有期！

一九八六年十二月十二日

二、訪台散記

五月廿七日至六月四日，筆者應僑委會之邀，參加亞非歐澳中南美華文傳媒人士回國訪問團，赴台作為期九天的參觀訪問。

參訪團成員包括五大洲廿四個國家和地區的傳媒人士近四十人，其中女性佔十二位。菲國華報參訪者除筆者外，還有菲華日報副董事長許志僑先生。

距上一次隨全國記者會訪問團赴台——那是一九八六年底，時光如白駒過隙，彈指間，久違台北，已達十二年半了。

實際上只是七天的台灣之行，行程緊湊，有些參訪項目可算見所未見，聞所未聞，這種感性直接的認知，比從報上看到的更為鮮明。

返菲之後，俗務蝟集，意興闌珊，本已不想訴諸筆端。幾天來，發覺此行所見所聞所思並非明日黃花，興之所至，本著有聞照錄的原則，信筆塗寫，供關心時事的讀者諸君一閱。

拜會僑委會　歡宴溫馨夜

焦仁和出掌僑委會，其施政理念為「加強僑教，輔助發展，充分溝通。」作法上則著重於溝通和服務。不久前，焦仁和出訪美國，葛維新到馬來西亞，洪冬桂去加拿大，朱建一走訪日本，僑委會要員風塵僕僕，悉數外出。

　　出任菲僑務組長達九年半的許振榮，現為僑委會第二處處長，即主管僑校、僑教和文化傳媒，亦是此次接待的要角。他還是那一貫作風，精明幹練。

　　廿八日下午，參訪團拜訪僑委會並舉行綜合座談會。洪冬桂副委員長先作全球華文網路教育中心的介紹，其他有關部門負責人則分別作全球華商資訊網，宏觀電子報，以及僑務的簡報。

　　在與參訪團座談時，僑委會委員長焦仁和，副委員長洪冬桂及屬下各處負責人全部出動，焦委員長在致詞時特別強調：「華僑是中華民國得天獨厚的資產，這樣的觀念要給國內各黨派了解，以爭取各方資源，將僑務工作做得更好。」

　　聯想到中共主席江澤民在不久前所說的：「華僑是中華民族資源寶庫。」兩岸當局對華僑和僑務工作的重視，實有異曲同工之妙。

　　焦委員長並指出，僑委會正全力讓國內各黨派了解，僑務工作並不是花錢的工作，而是中華民國政府工作的一部份。華僑對國家的創建，發展及維護國家安全，發揮了極大作用。

　　焦仁和委員長所說的話是有所指的，蓋因民進黨「裁撤僑委會」的呼聲甚囂塵上，他們心目中只有「台僑」，沒有華僑，他們指責僑委會推動僑教等工作是花費台灣納稅人的金錢，是拉攏收買海外中國人，這在下文自會提及。

　　另一方面，那幾天，立法院正審查僑委會預算，他們都必須出席，洪冬桂副委員長說是被搞得焦頭爛額。記得以前祝基瀅來菲參加亞華年會時也提到，僑委會預算需立法院通過，屢遭削減，這可能是民主所帶來的「弊端」。焦仁和委員長透露，他剛給立法院長通電話，請求「通融」。據說今年的預算，情況尚稱如意。

　　焦仁和委員長特別指出，在海外開闢戰場，和大陸競爭，並不是中華民國的政策。他表示，目前兩岸的敵意已經在慢慢降低，希望海外僑民也能對中國未來有前瞻性的了解。他說，目前的僑務工作，就是要讓海外僑民能充分、正確了解中華民國對未來兩岸統一相關政策及國內各種情況。

　　焦、洪兩位在座談中，並詳細解答參訪團員所提出的問題。

　　當天晚上，僑委會假來來大飯店大吉廳，舉行歡迎宴會，由於焦委員長身體違和，由洪冬桂副委員長，林主任秘書，許振榮處長等主持。

　　在晚宴中，筆者與菲華日報副董事長許志僑分別被排在其中兩桌主賓位置。

　　菜出數道，酒過三巡，照例是卡拉OK歌唱節目，賓主各抒歌喉，音韻繞樑，氣氛溫馨。洪副委員長是歌唱能手，我笑稱她菲律賓「走透透」，在海之隅三寶顏，一曲「雙人枕頭」，使人聽出耳油。當晚她仍然演唱拿手名曲「月亮代表我的心」和「雙人枕頭」，纏綿悱惻，聲情並茂，「雙人枕頭」和許振榮處長合唱，贏得陣陣彩聲。

晉見劉兆玄　首訪二機構

　　六月二日上午，參訪團赴行政院拜會，因蕭萬長院長遠在國外，由副院長劉兆玄接見。劉副院長原亦為寫武俠小說高手，擔任副閣揆，自是屢出高招，得心應手。因僑委會委員長焦仁和身體欠安，由副委員長葛維新及許振榮處長陪同，劉為參訪團所晉見的層次最高的長官。他作了簡短而精闢的演講，與全體團員合

照後，即因有要公先行離去。僑委會隨行人員說，劉副院長因有要事在身，未克和大家一一拍照。

文建會為第一個拜會的機構，由副主委吳中立接待。文建會職掌，包括統籌規劃及協同推動、考評有關文建事項，兼及發揚中華文化與充實國民精神生活。

文建會每年預算費用近廿五億元台幣，其中百分之七十至八十用於委辦業務。有人提到，對於公共藝術外傳文建會是雷聲大雨點小。吳主委回答說，因文建會職權所限，如台灣的名勝古蹟方面，古蹟屬內政部，古物屬教育部，文建會只是協同地方政府開會研商而已。

至於台灣「城鄉風貌」展現計劃，也是衛生署、經建會、教育部各做各的，出版和廣播電視則主要屬新聞局，而在南投草屯平林九峰山麓擬創設的國家藝術村，文建會也只是提供軟體設施。他說，通過行政組織再造，明年年底，將成立文化部，屆時就可以統籌管轄了。

他介紹文建會籌設資金採雙軌制，既有法國式的中央主導，也有美國式的私人捐助。其財團法人國家文化藝術基金會擬籌集一百億，其中政府六十億，民間四十億。政府現已提供四十六億，預計在二〇〇一年即可補齊，民間方面兩年多了，只捐助四千多萬，或許是國內缺乏捐款風氣使然。文建會曾創設「文馨獎」，恭請總統副總統頒獎，藉示隆重，用以表揚工商界贊助者。基金籌措之後，每年可孳息兩億多，供獎助民間文化藝術之用。

從文建會贈送的公文袋封底，赫然看到印有「端正行政風氣，促進廉能政治」的字樣，並附有政風檢舉信箱和檢舉電

話，僑委會的公文封亦然，發揮民眾監督功能，確有助於廉政的推動。

訪問新聞局時，接待的是國際新聞處王壽來處長，他詳細介紹新聞局和國際新聞處在應付計劃性和突發性事件的作業。他提到，新聞局駐外人員負責國際文化宣傳，聯係對象為外國媒體，對於當地國華文報，他說，當然也在聯絡範圍之內。

對於未來的總統選舉，王壽來表示，不管誰當選，新聞局絕對維持行政中立，他們會就此媒體焦點，提供服務工作。

（筆者按：下一節為「訪海陸二會，聽形勢分析」，說的是其時選舉態勢，時過境遷，特予刪節。）

談熱門話題　訪華僑會館

五月廿九日上午，赴外交部拜訪，接待者為外交部國際司司馬長烏元彥，他已調派捷克任代表，不日即將成行。他引述從錢復、章孝嚴到胡志強幾任外長對外交政策和大陸政策緊密關係的指導性言論，他說，務實外交是中共在國際間打壓、孤立、排斥、矮化之下的因應措施。自從九一年五月一日，政府宣佈終止勘亂條款後，即不再堅持中華民國代表全中國而承認中共對中國大陸有效管轄。兩岸為隔海分治的政治實體，中華民國擁有台澎金馬的主權和治權。他詳盡介紹，中華民國在台灣地區有二千一百八十萬人口，現有廿八個邦交國，在全球六十三個國家設有九十八個代表處和辦事處，加上三個總領事館，現在計有一百廿九個駐外館處。參加政府間國際組織十六個，非政府國際組織達九百四十五個，中華民國是全球第十六大貿易國，第七大

投資國，在全球一百八十五個國家中，台灣地區的人口比其中三份之二國家為多。每年出國經商旅遊開會者計達一千二百萬人次，在國際間的形象是良好的正面的。而務實外交的精髓為廣結善緣，化敵為友，一切以國家尊嚴，人民福祉為依歸。

　　烏元彥司長接著問道，是否有菲律賓參訪代表，然後就「目前的熱門話題」，即宋楚瑜訪菲所引起風波的始終作了解釋。他是隨胡志強接待媒體的，事件的來龍去脈如數家珍，娓娓道來。參訪團員提問時，許志僑先生提到菲國層峰對台友好，對李總統訪菲意願，不致於作出完全否定表態。烏元彥司長也坦認此與媒記提問方式誤導有關。筆者則問道：外交部對宋楚瑜訪菲如何評估？此行對雙方實質關係是否有積極意義？他在略一思索後說：第一、宋楚瑜訪菲一事，外交部並不知情。（他並以陳水扁訪美，先知會胡志強作比較，說明外交部只有「一把尺子」。）第二、宋楚瑜是以一介平民身份到菲，正如我們要求國人旅外時不要隨地吐痰，不要大聲喧嘩，要保持禮儀一樣，「這種事，我們是樂觀其成，越多越好。」

　　至於對雙方關係造成的影響，他避而不談，因提問者眾多，時間有限，我也不再追問。握別時，我笑稱他回答得很「週延」（胡志強前曾指謝遜外長的表態「欠週延」。）他聽了很高興。

　　原定六月二日參觀華僑會館，改於一日上午提前進行。華僑會館前身為建於一九五二年的僑園招待所，專為接待歸國華僑所用。走過了溫馨而又甜蜜的四十個春秋，於一九九八年十月改建完竣。以嶄新的面貌，完備的設施，為全球五大洲僑胞服務。

　　華僑會館地處山明景秀的台北市新北投，緊鄰景觀為得天獨厚的陽明山國家公園，北投溫泉博物館近在咫尺，交通暢達，往返台北市金融商圈僅需三、四十分鐘車程。

　　會館包括可容納一千多人的大禮堂，以及簡報室、交誼處、會議室和近十間教室及研討室，供出租使用。

　　住宿部則包含貴賓套房、雙人套房、四人套房等各種規格住房近七十間，內有一百四十五個床位。

　　參訪後個別團員尚需留台小住，都從第一飯店移往華僑會館下榻。因為海外僑團、僑胞住宿，均享有折扣優待。

　　華僑會館並附設中餐廳，當天中午，華僑會館即在餐廳設宴招待，菜式獨特可口，參訪團員一快朵頤。

　　會館裡的贈書部，接收國內各部門捐贈，內中包括各式各樣的書籍，任參訪團員各取所需。有的團員忙著裝箱打包，筆者如入寶山，只是酌情小取，因為加上參訪資料，行李肯定超重很多，行前，有些資料都「割愛」留贈予本報駐台記者張孫沙。

訪問民進黨　氣氛火爆

　　六月一日上午，訪問民進黨中央黨部。訪前，僑委會隨行人員曾透露，前幾次海外記者團到訪，因提出問題尖銳，民進黨人竟責怪是僑委會著意使之。

　　當天，民進黨由副秘書長李旺財接待，李原出身新聞記者，同時出席的還有國際事務部主任蕭美琴，以及文化宣傳部周代主任。蕭、周均為三十幾歲的年輕人，他們說的，都是平時對外宣傳的一套，自是得心應口。

　　他們說，台灣各黨派對國家定位和兩岸關係已取得共識。經過幾十年演變，主流社會已經形成。他們分析曾經「風光一時」的新黨，以及建國黨，新國家黨和新國家聯線，都已處於得票率低的邊緣地帶。他們並不諱言，唯有站在中間地帶，才能尋求支持，才有可能執政。民進黨黨綱明文規定：要建立「主權獨立的台灣共和國」，這個政綱並未改變，只是最近以決議文的形式，表明「在現階段承認中華民國」，這是競選策略，是權宜之計，其長遠尋求獨立的目標並未改變。

　　他們標榜，唯有民進黨能解決「黑金問題」，他們擁有十八萬多名黨員，有在十五個縣市執政的經驗。陳水扁在中南部極孚眾望，民調有可能上升。陳須待七月份代大召開，才能正式提為候選人，至於副總統人選，需與派系大老，黨內各階層協調，後由總統候選人提名。

　　有人提到，三年前中共對總統大選的反應。他們說，現在看不到任何跡象，他們認為，中共已經從三年前文攻武嚇中，「學到挫敗的教訓」。

　　有人問起民進黨的競選經費，他們說，根據國家法律，黨派憑得票率得到政府補助，目前已足可應用。他們也接受國人和宗教團體獻捐，現較多用於文宣，有打算借助專業人士，作形象的宣傳包裝，以及和輿論界加強合作。筆者在民進黨總部看到其一宣傳單張，一面的標題是「疼惜民進黨，相招來入黨。」另一面是「捐助民進黨，就是投資台灣的未來」。

　　記會剛召開時，民進黨人就以舉手的方式，統計從台灣出去的參訪團成員（除東南亞等地外，自是舉手者眾）。在民進黨

心目中，只有「台僑」才是「華僑」。有人問：那就是只要「新僑」，不要「老僑」了？

他們回答說：中國大陸有十一億人口，把他們外出的僑民都當成中華民國的華僑，是「浪費台灣納稅人的金錢。」

他們力主裁撤僑委會，因為世界上沒有一個國家有這樣的內閣機構。有人即反駁，華僑是中國所特有的，國情不同，不能一概而論。許志僑先生也提到，華僑歷來對中華民國的貢獻，菲律賓華僑大都是福建人，台灣人不少是從福建過去的，以說明大陸和台灣的臍帶關係。有團友亦提出，他們的先輩是從大陸移居出去的，這些人已逐漸消失，作為新的一代，沒有去過大陸，而只認同台灣。蕭美琴答道：「重點是認同，只要對台灣友好，台灣要尋求各國人民包括中國人民的支持。比如對大陸民運人士，台灣也願意和他們接觸，尋求支持，但不是需要有僑委會這樣的機構，不需要用金錢去收買拉攏這樣的一些人……。」

有人強調說：認同台灣，是認同鄉土，不是認同政權或政黨。又有人提問，不認同民進黨，算不算認同台灣？民進黨人為之語塞。

民進黨人士在會上一再宣稱，中華民國已是主權獨立的國家，「台灣已經獨立了」，來自法國的法華報社長黃育順博士起而責問：「中華民國不是越來越小了嗎？」蕭美琴回應：「新加坡也是小國……」黃育順說：「但新加坡是開國即如此……」

蕭美琴接著談論：獨立需要內部先取得共識，大概需要二、三十年時間。黃育順氣極插話：「國際上是不會承認的，你們是自我安慰！」會場氣氛至為火爆。我與坐在旁邊的許志僑先生私

下笑談，民進黨一旦掌權，這些血氣方剛的年輕人都會成為部會
首長的。

　　當時是不想舉起相機，後來才後悔沒有照下他們的「尊
容」。

　　筆者注：民進黨執政八年，並沒有像他們一貫所力主的裁撤
僑委會，可見其口是心非，無事生非。

訪傳媒同業　聽市府簡報

　　參觀台灣報社，可說是海外傳媒人士的「必修課」。到《聯
合報》和《中國時報》，都是看簡報為主。到中國時報之時，恰
逢其晚報發行，也參觀了廠房。台灣由於金融風暴影響，引致廣
告衰退，加上電視成長的衝擊，台灣報紙正經歷「經營上的冬
天」。在註冊的三百多家報章雜誌中，能賺錢的不上十家。據
說，現半路殺出的《自由時報》，連賣帶送，銷路極大，但虧損
不少。離開《中國時報》時，正遇上所發行的舊書大傾銷，買上
二十本，每本只售十元台幣，團友紛紛合資購買。

　　參觀《中央日報》時，情況大不一樣，上自社長、副社長、
總編輯等重要職員空群出動，接待規格之高，使團友深為感動。
《中央日報》文藝副刊富有特色，編排上也有長進，但為黨報色
彩所限，一直難以放開手腳。由於《自由時報》明顯的擁李色
彩，社會上曾流傳「自由很中央，中央很自由」的說法。社長詹
天性解釋說，現在是「中央很主流」了。他亦擔任《中華日報》
董事長，兩報均為黨營報紙，《中華日報》在南部發行，經營處
於邊緣地帶。《中央日報》則有虧損，不久前曾把七百多員工，

裁減三百多人。現在黨報亦要自負盈虧，以後《中央日報》海外版贈閱部份，亦需由海工會出資購贈。近從報端得知，《中央日報》正出售其華夏大廈中數層物業，以資挹注。

有人說報紙是昨天的新聞，電視是今天的新聞，而電台卻是現在的新聞，隨時的新聞，但廣播業亦乏善可陳。中廣總經理李慶平介紹，廣播亦受報紙、電視和網路沖擊，現在台灣已有一百五十多個頻道，其中合法頻道有九十多個，加上近期新增加的七十二個，合法及非法頻道達二百多個，可見競爭之激烈。

李慶平說，拜交通擁塞所賜，因為塞車，聽廣播的時間較多，廣播業得以倖存。現在，中廣提供多元化服務，創設投資部，擬發信用卡，開辦空中郵購中心，出版書籍，最近擬推出的健康小百科，預定已達四千四百本，銷售必定可觀。

訪問中華電視台時，由總經理楊培基接待。他說電視是無時、無地、無人不看的媒體。由於大量有線電視崛起，影響到電視台的生存發展空間。以前，在中視、華視、台視三台鼎立之時，有的廣告都因沒有時間播放而推掉，現在是不可同日而語了。加上劣性競爭，使人無所適從。他比喻說，高明廚子做的菜，也不能適應所有人的口味，而「有味」製作，正如適量的糖和鹽巴，是需要的，但不能降格以求。

楊培基說，華視的幾個連續劇，婦孺皆知，老少咸宜，無遠勿屆，甚至遠至華中。他曾回鄉探視老母親，家鄉人對華視連續劇亦津津樂道，知之甚詳。他說，我們的視播並非刻意去深入腹地，中共也沒有進行資訊干擾，這種文化的傳播是沒有國界及思想界限的，雙方面應是同中存異，異中求同，相輔相成，相得益彰。楊培基思想開放，言談詼諧，博得團友好感，有人說他來自

軍方，翻開中央社分贈的名人錄一查，他在政戰系統，曾官拜中將呢！

　　台北市政府所播送的介紹台北市的新聞片，頗有文藝味，它是由幾個單元組成的，分別是：聚寶盆／善變的台北人／失憶的城市／恢復失去的記憶，和大自然共存共榮。

　　台北新聞處長吳慧美作市政報告，她即為市政府發言人。事先，幾位團友曾告誡：前次有人提出尖銳問題，她竟淚灑講壇。她頗年輕，言談流利。她說台北市政府機構亦將作相關調整，未來的文化局，即涵蓋新聞、民政、教育幾方面。台北市年度預算達二千七百億台幣，接著，她談流浪犬、談棄土、談廢公娼……，她說馬英九出掌台北僅六個月，現已漸入佳境。

　　長談之後，她說有要事先行離去，由工作人員陪同參觀市政資料館。

　　台北市曾同世界上三十個國家四十三個城市締結姐妹市，其中於一九六六年及一九六八年，分別同馬尼拉市及計順市締結姐妹市。

　　台北市曾進行基隆河改造工程，從南湖大橋至中山橋河道，截彎取直，以利防洪及改善美化環境。

　　即將實施的萬板方案，保留龍山寺古蹟，改造萬華及板橋，而仁愛路及中山路至車站的路段，將建成如同法國的香榭麗舍大道。在市郊僅存的九百多平方公里的關渡平原特定專區，亦將大興土木，大有作為。

　　在凱悅大飯店對面，正在興建的台北國際金融中心，地下五層，樓高一百零一層，高度達五〇八公尺，預計在二〇〇二年十月建成，將是下世紀初世界上最高的大廈。

據說由日本人興建的上海金融大廈，亦正在考慮增加高度，在興建摩天大廈方面，兩岸亦在私下較勁呢！

優劇場演出　巧遇馬英九

由於鄭承偉老弟的力荐和堅邀，五月廿九日晚，我們相偕到大安森林公園，觀看優劇場十週年鉅作〈聽海之心〉。

鄭承偉與幾位搞音樂、舞蹈、設計的藝術家朋友，合作開設名為ODEON的咖啡店，該店位於師大附近，不遠處就是師大夜市，入夜燈火通明，小食店成行成市。

鄭承偉說，那天晚上，他們的咖啡店一定門可羅雀，因為年輕人對優劇場的演出趨之若鶩。果然，當我們七時許到達露天的星光劇場時，已是人山人海，座無虛席，只好在台側找一空位站立。

五月初至六月初，台北市政府主辦九九台北藝術節「菁華再現」，其中大安森林廣場星光劇場演出的，有台北市立交響樂團的精選音樂之夜。有鄒與布農部落之聲「大地的禮讚」，那是來自山地原鄉，原汁原味的部落之音，是第一手生命之歌，是最自然的大地禮讚。據說法國音樂家千里迢迢為的是聽郭英男的一聲吟哦長嘯，其八部和音，即將成為絕唱。從台中至台北途中，導遊曾播出音樂片斷，引起女團友極大興趣，查詢在哪裡可買到原聲帶。

此外，有明華園歌仔戲團演出的《濟公活佛》，國光劇場的《八仙過海》，和紙風車兒童劇團的精彩演出。

優劇場原是位於台北木柵老泉山上的「優人神鼓」，原以祭儀和民間技藝為出發點，復在靜坐和專一擊鼓中，回歸自然和原始，在「自己的寧靜中」擊鼓，是為「優人神鼓」。

他們的舞台道具，包括五十面大小鼓、三十面大小鑼。他們的演出，融匯鼓與鑼的打擊，肢體動作，吟唱，舞台氛圍於一爐，是超越歌劇、舞蹈與音樂範疇的激情表演。

《聽海之心》包括「崩」、「流水」、「傾聽」、「聽海之心」、「沖岩」、「海潮音」六個片斷，由九位優人與大鼓大鑼，和武術的身體語音演繹。幾位男優人裸露上身，不斷旋轉、跳躍、撞擊，筆者佇立台側，清楚地看到他們真的揮汗如雨。

優劇場曾到過紐約、倫敦、新加坡等海外地區表演。去年八月，曾赴韓國參加「第二屆亞洲戲劇節」演出，今夏，又先後應邀參加法國亞維儂藝術節和巴西聖保羅藝術節演出。

優劇場也到過菲律賓，可能也是參加藝術節表演吧，為什麼不順便在華社演出？

當晚表演之後，掌聲彩聲四起，優人們欲罷不能，一而再地謝幕，一而再地作片斷演出。

台北市長馬英九坐在台前二、三排位置，全神投入地欣賞演出。本想趨前拍照，工作人員勸告：表演不能拍照，也不能對觀眾席拍攝，只好作罷。

演出完畢，「小馬哥」蹦上台，他一身便裝，腳穿球鞋，與優人握手致賀，隨即，並作勢擊了幾通鼓點，然後離去。

跟鄭承偉到後台去，因他曾為優劇場拍過紀錄片，和優人頗為稔熟。交談了一陣，才到停車場取車，想不到在路上又遇到馬市長，他正沿途為觀眾在演出宣傳單上簽名，筆者乘便趨前問候，並與他留下合照。

此為在台渡過的饒有情趣之夜，在台北的幾個晚上，多是雨天，只在飯店房間枯坐看電視。本報台北辦事處主任張孫沙家居

即在附近，幾個晚上過從傾談。張君對台灣政社情況瞭若指掌，評時論政，對台灣未來選舉大勢，亦深感憂心。

參觀文化村　走馬看展館

五月廿一日，傳媒訪團被安排參觀九族文化村，文化村位於魚池埔里附近，離日月潭不遠，距台北約需四、五小時車程。

在車上，導遊即提問：「九族是哪幾個族？」考倒了全車團友。原來九族即為雅美族、阿美族、泰雅族、賽夏族、鄒族與邵族、布農族、卑南族、魯凱族和排灣族。山地文化村分別建有各族的村舍民居。

九族文化村除山地文化村外，還有「未來世界」現代遊樂中心，其中包括緊張刺激的馬雅探險，和精彩的太空山，夏威夷巨浪，侏羅紀探險等遊樂設施。

午餐地點水沙連宮，為巴洛克式建築，餐廳外面則是歐式宮廷花園，意大利羅馬式雕象，各式噴泉，綠草如茵，翠柏似屏，鮮花爭妍，小火車環繞宮廷花園緩緩開動，別具風情。

天不作美，訪台期間，氣候不佳，在九族文化村遊覽時，細雨霏霏，使人遊興大減。

娜魯灣劇場看表演，是遊覽文化村的重頭戲。該劇場三面臨水，配合劇場演出，不時有花舟川行水上，山地姑娘在舟上載歌載舞。數十名山地青年男女，表演各族的民族舞蹈。觀眾除中外遊客外，有一大部份是來自歐洲的回國青少年觀摩團，表演者在台上歌唱時，觀摩團少男少女自動自發上台去伴舞。最後的節目竹竿舞，欲參與跳舞者，須手執吊繩由池邊盪過水面直達舞台。

首由數位少女先試，大部份都失手跌落水中，好在水深只及膝，但她們前仆後繼，無所畏懼，至為感人。青少年參與回國觀摩團，既接受中華文化薰陶，又能培養獨立能力，並參加各種團隊活動，誠為一舉數得之好事。

三義木雕博物館屬苗栗縣，附近一條木雕街，賣的是林林總總的木雕產品，大都為實用性的傢俱擺設，和宗教性的人物雕像，以及手工藝品。至於博物館則以展示木雕的藝術特質為主，並呈現從傳統到創新的變貌，作品從寫實具像到半具象、超現實和抽象，形式繁多，琳瑯滿目。

緊接著參觀台灣藝術博物館，午餐後即趕回台中。台中為文化城，國立自然科學博物館和台灣省立美術館都設在該市，自然科學博物館包括科學中心，生命科學廳，中國科學廳，地球環境廳，植物公園和放映劇院，劇院內影片均從美國引進，配合現代化聲光電化設備，展現立體、太空、鳥瞰等各富特色的效果。

美術館著重展出數位畫家的作品，在書法方面，有「民主牆」式的大幅隨興塗寫，也有「九龍皇帝」曾灶財的書藝。內中有一專館展出毛澤東書法作品，包括「卜算子」（詠梅），「沁園春」（獨立寒秋），「長征」三幅詩詞作品，以及「奮鬥」，「世事洞明皆學問，人情練達即文章」兩條幅，講解員解說此館甫於上月開設。筆者問道為何要展示毛澤東作品？答曰美術館該次展示主題為「文字的力量」，她並指出其中數個字，筆力雄邁，難以摹仿。

在台中，團友下榻於皇冠大飯店，內中房間比起台北寬敞而舒適。附近飯店林立，有元帥、聯欣、合利太等數家，由於競爭

激烈，據說有的飯店從日本引進軟體，改善服務，較受歡迎；有的在飯店門口燒香求佑，有的派送紙巾用以招徠。

台中市寺廟特多，香火鼎盛，據說娛樂場所也是既大又多。聽導遊介紹，台中在時裝流行方面都是走在潮流前面，比台北更為前衛。入夜，可看到不少台中辣妹，梳著奇形怪狀的髮式，奇裝異服，招搖過市。

台中之夜，碰巧亦是下雨天，偕同澳門華僑報蕭德釗君，冒雨到中華路，公園路夜市去，雨越下越大，自是街景蕭條，只得掃興而返。

在台北下榻的飯店看電視，可以很輕易地看到清晰的大陸「中央台」，據說在台北一般民居亦然。而在大陸特別是沿海一帶，可能也很早就能接收到台灣的視播。看來在正式的文化交流開始之前，廣播電視早已在兩岸民間靜靜對流。記得在台北下榻的第一飯店，各樓層都張掛書畫作品，筆者住房所在的六樓，有一幅對聯深有寓意：「秦嶺遙望阿里山，渭水情戀日月潭。」血濃於水，遙相呼應，豈止是山川的顧盼關情！

一九九八年六月中旬

三、廣東之旅飲食談

　　筆者於九月末杪參加東南亞華文媒體訪粵團，作為期十三天的參觀訪問活動。其他方面先按下不表，先談飲飲食食。其實，飲食也是一種文化，值得大書特書。君不見，好多旅行團隊，往往以美食作招徠。飲食確是旅行不可或缺的重要組成部份。

　　有道是廣東人無所不吃。信然！無論飛禽走獸爬蟲游魚，能端上桌面的都吃。此次，主辦單位的省僑辦用心良苦。在穗期間，想方設法使我們一試「冶」味。在天河附近的一家餐廳，就來了一道炸蜥蜴（即俗稱「四腳蛇」）乍一看，尾巴好似炸魚條，肚腹卻與炸青蛙無異。一聽說是壁虎，小姐們都嚇得花容失色。商報董事柯芳楠學兄誤聽為「蝙蝠」，大喜過望，蓋因他所在的黎市蝙蝠特多，回去盡可照辦煮碗。待筆者把原委和盤托出，眾皆捧腹。此道美食男士們吃得津津有味，假如不是心理障礙，任何人都會大快朵頤的。

　　在廣州市郊一家餐館品嘗「龍虱」，曾見到市面上有龍虱出售，此物壯陽益腎，能止夜尿，俗稱「水蟑螂」，外表跟蟑螂大同小異。芳楠兄可能是心虛膽怯，夾到龍虱不慎掉落地下，筆者戲稱他夾到活龍虱，更增加一份恐怖感。剝去腳翅，咀嚼一番，果然別有滋味，殘渣卻須吐出。此一「補品」亦為男士所專用。

　　切成薄片的駝蜂炒西芹，駝峰嫩西芹脆，口感極佳。醉蝦是活蝦加入啤酒烹煮的，當然是用手抓剝，吃了齒頰留香。

　　廣州人逢年過節，都時興闔家上館子聚餐，省卻許多在家煮食的麻煩。中秋節，好多餐館都在外面空地增桌，排隊輪候者大有人在。那天晚上，市人代暨市僑辦在珠江邊的江灣大酒家宴請。入門，看到兩個足有一米半高的巨型月餅，大家紛紛在月餅前留影。

　　位於荔灣步行街的陶陶居，是一家老字號名店。每天下午茶時分，該餐館一貫保持「講古」的項目，吸引到眾多茶客捧場。鎮江風味雞為其金牌美食，其中一種甜品巧製成小艇模樣，新加坡電視台詹玉珍小姐急忙拿出相機，拍照留證。吃下那種精緻的藝術品，真使人有暴殄天物之感。

　　我們下榻於華廈大酒店，有一天晚上該酒店潮州館客滿，移師到食街用餐，原來那裡每晚都有舞蹈表演，一大群北國佳麗，時而民族舞，時而現代舞，雖然令人眼花繚亂，卻也頗感秀色可餐。

　　至於外出就餐，亦常在大酒家，因此一應野味欠奉，不無遺憾。諸如禾蟲，蠍子，螞蟻，蠶蛹，還有在港受到禁制的三六（狗肉），只有待諸來日了。

　　在東莞入住的華僑大廈，由於有婚宴預定，好多來自農村便裝拖鞋者紛紛湧進酒店赴喜宴。市僑辦無可奈何，只好在舊大廈宴請。舊大廈亦將舉行婚禮，為免受其影響，只有提早「開飯」。東莞特產三黃雞，頭黃毛黃腳黃，肉嫩味美。青豆、粟米、松子、肉碎大雜燴，取名金玉滿堂，食療價值頗高。飲料名為「天地一號」，那是汽水加香醋配製而成，微酸帶甜，甚為可口，之後在其他地方，都點不到這種健康飲料了。

　　惠州為客家人聚居的地方，但款客卻是以粵菜為主。粵菜選料豐富，注重鮮活，烹調方式講究，善於變化，制作精巧，花色

繁多，為中國各大菜系後起之秀。秋風起，三蛇肥，那狀如剖開鰻魚的大塊紅燒蛇肉，筆者倒是不太恭維了。有人示範要用手拿起來啃才夠味道，循眾之請，只是淺嘗而已。那裡的飲料，則是主人極力推荐當地釀造的香醇糯米酒。

惠州的博羅，是著名的農業縣，當地特產仙螺，據說在污水裡不能成活，只能生長在山溝清渠間，不受污染。其湯據稱能清毒消痔，大家都毫不矯情，連飲數碗。其中一道菜是南瓜野菜，他們說以前這些東西是不能上桌的，時尚不同，現在都成了時髦的健康食物了。至於筆者頻頻舉筷的山豬肉，味香肉嫩，在豬皮瘦肉之間沒有肥肉脂肪，滋味是家豬肉所難比擬的。

潮汕話屬閩南語系，但潮州菜卻脫穎而出，一枝獨秀，閩菜不能望其項背。在汕頭國際大酒店，我們品嘗到地道的潮州菜。那天在港時路過尖沙咀東部，看到以「汕頭牛丸」作招徠的餐館。在國際大酒店韓江春，我們嘗到前所未見特大的牛肉丸，當然是香Q彈牙。我們常在韓江春青雲廳用膳，那裡服務良佳，餐後都分發意見卡填寫。菜色不斷更換，除魚蝦海產外，還有蠔烙，有梅菜扣肉，有燒田螺，有當地特產鹵水獅頭鵝，有各式潮州腸粉，有鼠殼草磨粉做成的粿……

最近，以曾為江澤民、李鵬、李嘉誠等人調製精巧小菜而聞名的國際大酒店高級廚師，赴港獻藝，其中一味拿手甜品蘿蔔絲糕，我們也品嘗過，酥脆而不留油，甜度適中，確為美點。

汕頭市委負責人在市委會旁邊迎賓館歡宴，餐桌上擺放菜譜，並以XO款客，隆重其事。當晚菜色有冬蟲水鴨，蒸鯧魚，蕃茄焗珍珠鮑等。在汕頭常見的炸芋頭地瓜條，則雕成元寶形狀，取名金銀元寶，別具匠心。主人殷勤敬酒，芳楠兄因腳傷得

以幸免，筆者不勝酒力，只好左推右托，大打太極。好在菲華日報副董事長許志僑先生酒興大發，一一遮擋，幾杯下肚，面不改色，談鋒猶健。後來才獲知他得自其先尊豪飲的遺傳，難怪許夫人在敬酒場合淡然由之，並不勸阻。那天晚上看文藝表演，他時而如老僧入定般瞌然睡之，遇有精彩節目，還會拿起照相機卡察連聲。

由於主人盛情邀飲，同為潮州人的新加坡《聯合早報》李慧玲小姐遂以水代酒，連飲兩大杯，博得滿座彩聲，讚其不愧為潮州兒女。握別時，主人還不忘叮囑筆者：「下次來時，可得多喝點。」

澄海市歸汕頭管轄，市政府假開業甫一天的花園大酒店宴客。潮州菜特色之一，為餐前小菜特多，有的多近十小碟，其中包括海蜇、花生、腰果、核桃以及雞翅鴨掌鵝頭牛腱等鹵味，此外尚有酸菜數種，酸菜是餐後白粥的配菜。一路上大宴小酌，最後都端出白粥。原來正宗潮州菜有三大特色：一為白粥，二為工夫茶，往往茶出數巡，再就是所謂「護國菜」，此名亦出於「御賜」，原是用地瓜葉，現通常把菠菜搗成菜泥作羹。

澄海之宴除珍珠鮑，小龍蝦外，還有日月貝，貝殼呈扇形，大而晶亮，食用日月貝有明目之效，由於貨品有限，香港市面上多是用魷魚仿製偽品。女副市長說，有的客人把日月貝殼洗乾淨帶回去作紀念，當時心中大不以為然。想不到幾天後路經灣仔香港展覽中心，在門外擺賣的工藝品中，赫然發現一片裝在小木架上的日月貝殼，標價一百四十八港元。至此心裡懊悔不已，暗忖下次有緣再到澄海，一定要把那晶瑩剔亮的日月貝殼帶回來。

四、三年一變説廣州

廣州，珠江環抱的歷史名城，毗鄰港澳的中國南方第一大都會，「三年一中變」的標語到處張揚，在邁向新世紀之前，她的迷人風貌，又展現幾許新顏？

軸線東移

從廣州北端的廣州火車站，向南經越秀公園、中山紀念堂、市人大、人民公園、市政府，形成南北向的中軸線。由此軸線向東西面幅射，即為包括越秀區、荔灣區、東山區在內幾個歷史悠久，發展成熟的區域。這裡有省、市政府部門，有金融文教機構，有名勝古跡、旅遊景點，也有現代化的五星級大酒店。但由於老城區缺乏整體規劃和發展空間，未來廣州市中心，將東移至天河區，形成廣州車站、中信廣場、天河體育中心、珠江新城的主軸線。廣州車站為九廣直通車終點站，中信廣場是廣州最高建築物，而珠江新城則為新城區的核心。它南瀕珠江，北至黃埔大道，東起廣州大道，西達華南快速幹線，佔地六點五平方公里，計劃建成金融、商貿、文化、旅遊中心。九二年開始規劃，九四年正式動工，近年來大興土木，珠江新城已初具雛形。廣州慶祝五十大慶煙花晚會，主場就設在珠江新城。目前，多個新樓群正在興建中，樓價已達每平方米七千元人民幣。我們

的旅遊車一掠而過，看到以駿馬奔馳為標識的華駿花園，華麗
壯觀，已建築完竣。

天河新區

　　天河區為一新興城區，也是未來的廣州中心區，地域廣闊，
為廣州市範圍最大的城區。位於天河區的廣州高新技術開發區和
天河科技園，多家國際大企業在此設廠，規模宏大，潛力無限。
天河是廣州通往珠江三角洲包括深圳、珠海、汕頭等特區的重要
交通樞紐、九廣直通車和廣州地鐵的起、終點站，都設在天河的
廣州火車站。

　　廣州地鐵是繼北京、天津、上海之後的第四條地鐵線，也
是大陸最先進的地鐵線。正在營運中的一號線，東西走向，以西
南面的西朗為起點，穿越人口稠密、交通繁忙、商業鼎盛的廣州
市中心，直達天河的廣州東站，全長十八點四公里。由於車資廉
宜，每天幾十萬人流經由地鐵疏導。天河站出口，就是現代化設
施的天河城廣場商業中心，內有日本百貨公司「吉之島」，以及
不少售賣高檔進口貨品的商店。五樓為美食廣場，東南亞及粵、
淮、京、滬各地特色快餐競相招徠，每天食客如雲。我們訪粵
時，那裡正舉行「食在廣州」美食節。商場對面，則是高達數層
的「書城」，每天都有大量愛書者在那裡徜徉留連，滿載而歸。

　　天河體育中心為廣州最大的綜合體育場地，下一屆全運會將
在穗召開，由於天河體育中心不敷應用，正在另覓場地，興建新
型配套體育場所。芳楠兄和許志僑先生說：「下一屆全運會，當

你擔任菲華體總理事長率團前來參加之時，我們必定以記者身份奉陪，跟隨你來參與盛會！」

訪長湴村

長湴村是天河區的一個百戶人家的村落，一進村就看見一排排三層高的別墅群，整齊有致，前有花圃，後留空地，原來這就是當地的民居。該村把賣地所得的款項，興辦企業，由村裡統一興建住宅予每戶村民。在集體企業裡，每戶農家擁有一定的股份，企業盈利按股份分配，村民足可衣食無憂。年老無依者由集體供養，疾病也酌情予醫療補助。村民如不在企業打工，亦可自行外出發展。此外，村裡還開展各種文娛活動，組織婦女歌詠舞蹈隊，經常自編自演節目娛眾。

我們參觀其中一戶民居，三代同堂，好客的主人，拿出花生水果，熱情款客。電視機放映著香港小姐競選的錄影帶，小孩子蹦蹦跳跳地拿出照相機向客人拍攝。介紹情況的村長，是一位年輕人，正在上夜大學，他自己還未分配到新居呢！

聯想起家鄉閩南一帶，賣地所得瓜分到戶，集體資產蕩然無存，造成嚴重貧富懸殊兩極分化的現象。長湴村均富的經濟取向和現代的福利制度，值得借鑒推廣。

廣州接待人員之間津津樂道的是他們都擁有了自己的「安樂窩」，住宅就建在天河區，都是現代化公寓大廈，住房大小按級別區分，樓宇選擇則以攬珠確定。大家無須有居所之憂，這也許是當局「養廉」的一種措施吧！比起港澳海外打工者，為供樓需

背上十幾廿年債款，他們算是幸運的，只是每月數百元管理費，卻使他們心痛不已。

看中山堂

中山紀念堂是八角形建築物，富有民族特色，主體建築面積一萬二千平方公尺，高度四十七公尺，跨度七十一公尺的室內空間不設一柱，顯得氣勢恢宏，堂廡寬闊。內共有三千餘座位，舞台寬十五公尺，深二十公尺，正中牆壁鑴刻「總理遺囑」，演出之時，用帷幕遮蓋。由於當局數次斥巨資裝修一新，這裡成為廣州大型集會和演出的重要場所。就在我們參觀的翌日，將舉行迎接澳門回歸的文娛晚會。而最近「美在花城」廣告明星大賽，也在中山堂舉行。

導遊小姐身裁嬌小，稚氣未脫，看上去廿歲左右。她除了介紹中山堂外，也講孫中山和宋慶齡的年齡差異和他們結合的歷史，講到孫科、孫穗芳，講到和「遺囑」有關的汪精衛……講了一段，搔頭尋思，自語：「哎呀，有沒有漏掉了！」顯然初出道未久。逢有外國人參觀，她用英語講解嗎？她答以：「我講，不知他們聽懂聽不懂。」我問楊錦忠領隊，小姑娘年紀輕輕，就唸完大學了？楊領隊說可能是甫畢業於旅遊學校。許志僑先生相貌堂堂，酷似關雲長，只是慈眉善目。芳楠學兄開玩笑地伴稱許志僑先生是香港某政要，她一句「講大話」脫口而出，語驚四座，大家都被逗樂了。

中秋歡宴

　　中秋之夜，市人大暨僑辦假珠江邊的江灣大酒家宴請。市人大副主任蘇晉中，鼓浪嶼人，鄉音動問，分外親切。她特別介紹人大在立法、任免、監督和審查等方面的功能，人大再不是以前為人詬病的「橡皮圖章」了，可說是一大進步。健全法制，依法治國，確是關係國家長治久安的根本大計。

　　僑辦主任許廣漢知識廣博，說起廣州情況，如數家珍。市僑辦人才濟濟，有出版書籍的作家，歌唱出色者亦不乏其人。宣教處副處長謝軍威，風度儒雅，不似其名。據說他雖「不入教」，但參加基督教的歌詠團，將在澳門回歸時前往獻唱，現正緊張排練中。筆者和同為基督徒的新加坡電視台詹玉珍小姐對此極為欣賞，推崇他將是出任宗教管理部門的適當人選。

　　廣州人的晨運多姿多彩，在筆者下榻酒店附近的海珠公園，在市政府前面的人民公園，每天清晨都看到有不少人在晨運，其中以「夕陽餘暉」者居多。在公園大跳交際舞，可說是近些年中國的一大創舉，一對對男女翩翩起舞，蔚為奇觀。縱觀港台及海外華人社會都沒有這種現象。是室內活動空間限制，還是退休人士的閑情逸致？是現代「交友」的一種途徑，還是「鬆綁」之後的隨意揮灑？也許是保守落伍的海外華人「少見多怪」吧。在市政府門外空地，也有幾位阿婆在打羽毛球，腳步挪移，球拍揮動，車來人往，險象叢生，既不利交通，也有礙觀瞻，似此放任太過，是否應適度加以規範呢？寫到這，想起最近大陸流行語

「四大傻」，順手抄錄，聊供會心一粲：炒股炒成大股東，炒房炒成大房東，泡妞泡成了老公，健身健成了法輪功。

五、東莞惠州掠影

經濟騰飛看東莞

東莞市位於廣東省南部，珠江口東岸，北接廣州，南連深圳，土地面積二千四百平方公里，人口一百四十七萬。東莞依山傍海，地勢自東往西傾斜。我們乘搭的粵港直通巴士，一路上經過的，就是廣袤的東莞大地。

東莞為嶺南古邑，有文物可稽的歷史可追溯五千餘年。一百五十多年前，近代史開篇的虎門銷煙就發生在東莞。抗日戰爭時期，萬千東莞兒女浴血捐軀，東莞是東江人民抗日根據地。東莞又是一個繁榮興旺的現代工業城市。經濟以外向型為主，國際大企業名牌產品多在東莞設廠。憑借鄰近港澳得天獨厚的環境，地價廉宜，資訊快速，擁有一大批熟練技術工人，外商投資企業達一萬三千多家。我與芳楠兄均大為驚嘆，這裡企業格局之大，層次之高，遠非我們家鄉閩南一帶所能比擬。

東莞人的精神風格是敢為天下先，幾個數字就可形象地表達他們的自豪感：東莞年出口值高達二百十三億美元，僅次於上海和深圳，甚至超越廣州；東莞人有一半到過香港，出外的東莞人很多又回流家鄉，為的是熱土難離。我們離開東莞不久，在那裡舉辦國際電腦博覽會，成交額達七億美元。

　　東莞人可算名人見得多，中央大員、省級領導、全國各地名人、國外貴賓，只要到廣東，大都會順途一遊東莞，偏偏是過惠州之門而不入，東莞人說：「你們看，到惠州的那條路……」

　　菲華商總北京訪問團也曾取道東莞，市僑辦副主任曾民盛還記得幾位負責人的名字。據說在我們訪問過後不久，東莞市暨各鎮僑辦負責人就要組團赴新加坡、菲律賓等地考察訪問。

　　東莞市的舉世聞名，還在於她有幾個盛譽遠揚的城鎮。

　　虎門是國家一類口岸，對外國籍船舶開放，每天都有客貨輪直達香港。虎門也有中外聞名的銷煙地和鴉片戰爭古戰場遺址。虎門又是國際聞名的服裝產地，在那裡連續舉辦過幾屆國際服裝展。我們一行被帶到一幢高達數層的大廈，裡面每層都是各式各樣的服裝商店。芳楠兄因腳傷而舉步維艱，我陪伴著他就在其中一層的幾間商店選購，因價廉物美，頗有斬獲。樓層並附設改褲腳服務，可即改即穿，極為方便。芳楠兄選購的一雙空氣鞋，舒適美觀耐穿，那雙鞋到現在還派上用場。

　　常平是京廣鐵路，京九九鐵路和廣梅汕鐵路的交匯點。優越的地理位置，使常平從一個五百六十戶的小鎮，一躍成為具有恢宏規劃和壯麗建設的現代化市鎮，有道是「紅荔千枝香飄京九，鐵龍三路樞會常平」。由於在常平的東莞東站可辦理出入境手續，因此旅客疏導量極大，同時帶動建築業飛速發展。最近常平別墅群建築「御花園」在港報刊登第一版全頁廣告，僱有專人在街頭派發廣告單張，在港並設有示範單位，吸引大批港人到常平置業。

　　厚街則是一枝獨秀的傢俱業城鎮，傢俱商四百多家，銷售商場達二十萬平方米。在五公里長的傢俱大道，包括有八個專門展銷市場，在香港傢俱店訂購傢俬，大部份都是在厚街製作後運港

銷售。我們參觀的恆中傢俬博覽中心，佔地六萬六千平方米。一行人走到三樓的龍家飾館，先是其中一管理人員要求新加坡詹玉珍小姐返回入口處登記，接著一個操著台灣國語的經理模樣的中年人，衝出來揮手叫嚷：「這裡不許拍照！」我當時氣極了，他們以為我們是來偷師的。「我們不看這裡，看別家去！」我們一行人轉身而去。這就是芳楠在記遊中所說的「心動的剎那，不悔的選擇」，也算是參訪東莞的一段小插曲。

文化名城說惠州

比起東莞的地少人多，惠州則富有土地資源，其面積佔珠江三角洲的百分二十五，人口密度僅為沿海一帶的一半。

惠州為歷史名城，早有嶺南名郡之稱。惠州西湖為著名風景區，以五湖六橋十四景著稱，波光瀲灩，亭台樓閣隱現於樹木蔥蘢之中，妙景天成。有人用春夏秋雨，塔月山翠八個字概括西湖景觀。史載「大中國西湖三十六，唯惠州足并杭州」。有人比擬說杭州西湖像濃妝的貴婦，惠州西湖則似淡抹的村姑。歷史上，計有蘇東坡等四百多位騷人墨客踏足惠州，抒懷遣興，留下膾炙人口的詩篇。記得蘇東坡那兩句被用來為啖荔枝作廣告的名詩嗎？全詩是這樣寫的：「羅浮山下四時春，盧橘楊梅次第新，日啖荔枝三百顆，不辭長作嶺南人。」蘇東坡謫居惠州時，其小妾王昭容（朝雲）隨侍，後王死於瘴疫。導遊小姐指著朝雲墓說，這墓地風水絕佳。有團友提出質疑，朝雲是否有後，且受到蔭庇？其實，作為蘇東坡的小妾，能留名千古，供後人憑吊，足證其風水絕佳之說不虛了。

　　颱風過後，西湖水紋風不動，大家把外套除掉，還是酷熱難當。走在蘇堤，導遊問道，西湖有幾個月亮？答案是三個，原來除天上一個外，蘇堤兩邊湖面也各有一個水中月。

　　我們下榻於惠州賓館，它位於西湖畔的披雲島及浮碧州，為一園林式建築物，綠樹成蔭，曲徑通幽。從賓館走出不遠，就是商業步行街，這也是惠州的一個旅遊景點。我們在那裡匆匆一遊，順便瀏覽街景市容，不是有人謔稱繁榮「娼」盛嗎？比起其他地方的「艷幟高張」，惠州可說是偃旗息鼓，水盡鵝飛。據說東莞在引進外資設廠辦企業之時，惠州卻因地產業獲利甚豐，在過熱之後，經濟也停滯了。曾經在港新華社和東莞任過要職的惠州市副書記葉耀也預料，大規模的外資，是難以引進到惠州了，今後惠州要怎樣走自己的路？要怎樣去擷揚文化積澱？席間，有人提出以羅浮山、西湖等景點，以客家菜和客家山歌作招徠，開闢旅遊專線吸引遊客，可說是頗有見地的設想。

　　在惠州賓館房間，放置著幾期的《惠州鄉音》供閱。惠州鄉音是惠州僑辦暨對外文化交流協會主編的雜誌式刊物，內容豐富，圖文並茂。該刊副主編亦即接待我們的僑辦宣傳接待科副科長游小惠表示，希望旅外華人能給該刊物供稿。幾天前，接到贈閱的惠州鄉音（第十期），在封底內頁，刊登了數幀我們一行訪問惠州的照片。

　　在我們乘搭的旅遊車經過之處，也看到《惠州文學》的招牌。在惠州，我們還參觀了惠州日報、惠州電台、惠州電視台等傳播機構。惠州宣傳部副部長鄭玉梅說：我們一行是第一次到惠州，惠州也是第一次接待來自海外的傳媒訪問團。《惠州日報》急待與海外報刊合作，發行海外版。我們訪問惠州的消息，《惠

州日報》作為要聞登在第一版。惠州電視台正在策劃找企業贊助，拍攝以「在他鄉的惠州人」為主題的電視製作。該電視台也拍攝了不少我們訪問的鏡頭，由於沒有直播設備，我們離開之前，還沒有看到我們訪問惠州的電視畫面。

訪粵時觀賞兩次文娛表演，第一次是看惠州「走向輝煌」大型文娛晚會彩排，參演單位除市歌舞團、市實驗劇團、市群藝館外，還有師範學校、惠州大學、惠州電台等單位。節目包括歌舞和朗誦表演，其中女聲獨唱「惠州就是你的家」，演唱者音色亮麗，聲情並茂，「西湖一罈酒，九江半壺茶」，「歷史半卷書，未來一幅畫」，歌詞文彩閃灼，至為感人。遺憾的是彩排中客家山歌欠奉，副市長徐志達表示，惠州有幾位擅唱客家山歌的歌手，正式演出時當會增加山歌節目，可惜翌日我們已趕赴廣州，未有耳福消受了。

一九九九年十月中秒
（此文曾為「惠州鄉音」摘登）

六、十代故都話金陵

四月十日晚近十時，菲國華文傳媒江蘇訪問團一行抵達南京。

南京，又名金陵，山巒環抱，湖川依偎，龍盤虎踞，地稱天險。公元前四七二年，越王勾踐滅吳後建城，開創南京城垣史，迄今已近二千五百年。公元三世紀以來，先後有東吳、東晉和南朝的宋、齊、梁、陳以及南唐、明、太平天國、中華民國共十個朝代在這裡建都立國，被譽為「六朝勝地」，「十代故都」。

東吳孫權在金陵建都，形成三國鼎立，傳為千古佳話。南唐李後主的小令，膾炙人口，流傳至今，使人低迴不已。太平天國時洪秀全建立天朝，曾國藩的湘淮軍攻陷南京，大火燒了三天三夜⋯⋯

我們下榻於古南都飯店，這是一家中日合作的飯店，從飯店名稱「南都」分別代表南京和日本地名，即可一目瞭然。

由是，飯店裡日本旅客眾多，他們也許為旅遊而來，也許為經商而來。至於，中國人遊南京不可或缺的參觀侵華日軍南京大屠殺遇難同胞紀念館。他們去過嗎？知道嗎？

紀念館進門處的雕塑，三根支柱，五個圓形鐵圈，人字形支架，隱含三十萬人遇難。館內受害者遇難現場白骨纍纍，鐵證如山，令人怵目驚心，對侵華日軍暴行，義憤填膺。

另一個名聞遐邇的旅遊熱點即為位於南京東郊紫金山南麓的中山陵，旅遊車沿中山路開出東大門，東大門前為朝陽門，南京

古城牆原長三十三公里，後歷經兵燹戰亂，至今尚存三十公里，不少地方還有護城河，藏兵處。朱元璋奪得政權後建立明朝，聽從謀士獻議「高築牆，廣積糧，緩稱王」，奠定大明基業。毛澤東後來提出的口號「深挖洞，廣積糧，不稱霸」，應是由此而得到啟發。「高築牆」使南京成為古城牆建造和保存最好的城市，而毛澤東的「深挖洞」，在大城市的地下大挖防空洞，至今戰備可用。

朱元璋死後，十三輛靈柩車分別從十三個城門出發，真偽難分。至今，人們還不知道洪武的真正陵園何在。

還是說回中山陵吧，據說此地點仍當年孫中山先生親自選擇，由名家設計建造，佔地八萬平方米，顯得視野遼闊，地域寬敞，氣勢恢宏。

進門經「博愛」牌坊，「天下為公」陵門，共有三百六十多級台階，墓堂高聳，遙遙在望。「反正」只有二十七歲的王尚助老當益壯，一馬當先，大家只好亦步亦趨，緊跟其後。參觀中山陵人流不絕，有海外旅客，也有國內遊人。在路上，看到一老年人手按扶梯，吃力緩慢地登階，我們猜想那一定是老國民黨員。可以肯定的是，台灣大員遊金陵必定都會來此登臨拜謁，有誰登上階頂，能不氣喘吁吁？迎面而來的是石刻碑文，上書兩行大字：「中國國民黨葬／總理孫先生於此」。有團友「斷章取義」，諧稱起首右聯，多麼不吉利，難怪國民黨會招致失敗。墓堂外是大型孫中山先生坐像，走進墓室，地下是孫中山先生臥像，玻璃天花畫有中國國民黨黨旗，據說地下三米處，就是一代偉人靈骨所在。瞻仰此中華民國創建者，不禁肅然起敬。本報前身之一公理報，即為孫中山先生領導的海外同盟會，在一九一一

年創建。本報報名題字，即是集孫中山先生墨寶。每年辛亥革命紀念日，本報亦都會刊登孫中山先生玉照及其革命事跡，以資紀念。如今，環視台灣及海外華報，能依然每年紀念孫中山先生者，可說寥寥可數吧？

走出墓堂，往下看，卻是一片坦途，不見台階，這也是設計者工巧之處，隱含越過艱險之後，即是一馬平川。

有些團友下山之後，意猶未盡，乘坐當年總統座駕環繞中山陵一圈，大過其癮，可說更是不虛此行了。

南京街道兩旁遍植梧桐樹，此時葉已落盡，光枝禿幹。夏天時，梧桐濃蔭蔽日，為氣溫高達四十度的南京稍散暑熱。據說，有男孩的家庭喜植梧桐，梧桐栖鳳，即有招媳之意。而女孩家卻鍾意香樟樹，香樟長成，可做樟木箱供嫁妝之用。

旅遊車在南京大街奔馳，馳過玄武湖，馳過五星級希爾頓大酒店和金陵飯店，「北有中關村，南有珠江路」，旅遊車也從專售電腦軟件，馳名全國的珠江路經過。在旅遊車上，筆者隨口一問：「總統府在哪？」想不到下午時陪同人員曹陽告知筆者，行程將加插參觀總統府項目，安排之快，效率之高，實出於筆者意料之外。

總統府原為江蘇省政協所用，現後半部份亦正在遷移中。進門後，沿著長長的兩旁大紅柱的走廊，走過一處台階，那是蔣公中正與外賓合影的地方，進門左側即是會客室，主樓為「子超樓」，因其時國民政府主席林森字子超。樓左右兩側分別為總統、副總統辦公室，我們一行人湧到總統辦公室，原來此地不准「拍照」，也許是傳媒人士的「特權」吧！我們在默許之下「攝影」，由於機會難得，大家紛紛在總統辦公室門口處留影。辦公

室外牆壁上釘有「總統辦公室」木牌，室內牆壁上還掛著當年蔣
總統照片。而在會議室，中間懸掛國父孫中山先生照片，兩旁是
中國國民黨黨旗。塵封了五十年之久，現又恢復歷史本來面目。
據說是三月一日才開始對外開放，當然是經過最高當局首肯，離
三月十八日台灣大選僅半月餘。（或許其時估計不到是民進黨執
政吧！）這些歷史遺跡的開放，向台灣二百萬國民黨人，向二千
萬台灣人民，向三千多萬海外華人，傳達了什麼訊息？

　　由於時間緊迫，從總統府「走後門」，可直達孫中山臨時大
總統府，裡面並有孫中山起居室，樸實簡陋。主樓名熙樓，樓外
是蘇州園林式設計，裡面植有櫻花和紫薇花。團友亦在該處「謀
殺」了不少菲林。

　　來南京之前，據報載廈門和上海機場，機艙遮陽板都被要求
拉下，以免發現「軍情」。及至身臨其境，才知道並沒有那樣一
回事，傳媒有時也產生誤導。

　　在上海揚子江大飯店咖啡廳，賓客滿座，在低迴的流行歌
聲裡，人們呷著咖啡，喁喁而談。今天上海人關心的不是政治，
不是兩岸爭議，而是賺錢之道，是衣食住行逸樂，聽總經理王川
「蔣」一個笑話，令人噴飯，也引人沉思，上海人真夠幽默！

　　上海的繁華，浦東的飛躍，令人嘆為觀止。說到武力攻台，
僑辦一負責人說，攻台需動用一百二十萬軍隊，損失當在一萬億
元（顯然把美國武力介入包括在內）。或許情況就像流傳中的汪
道涵講話所說：北方主張打，長江以南怕打。

　　「苟能制侵凌，豈在多殺傷！」但願兩岸領導人能拿出智
慧，和平理性地解決中國問題。

七、春風十里揚州路

悠悠揚州夢，二千二百年。

揚州，江淮名邑，聞名遐邇。

揚州，興起在漢代，繁盛在唐代，歷史上隋煬帝開鑿南北大運河，三下揚州，龍舟鳳舸，千里沸騰。唐朝時，揚州川洋縱橫，成為南北水陸交通要沖，富漁鹽之利，其繁華雄富，僅次於都城長安。

揚州，鼎盛在明清，在康雍乾時期，康熙六次南巡，主要以遊玩為目的，揚州的地方官和鹽商，集天下之巧匠，紛紛修建園林，疏浚河道，挖土堆山，呈現「兩堤花柳盡依水，一路樓台直到山」的盛況。鹽商奢靡無度，紙醉金迷，「腰纏十萬貫，騎鶴上揚州」，由是，揚州的繪畫，書法，工藝，園林，花木，雕塑等相對繁榮發展。

揚州鍾靈毓秀，人文薈萃，歷史上詩人墨客輩出，留下數不清的動人詩章，「煙花三月下揚州」是李白寫下的千古麗句。三月，正是遊春踏青的好時節，三月的揚州，繁花似錦，煙霧迷濛，我們一行下揚州，正值煙花三月旅遊節揭幕之時，陽春煙景，別具風韻，分外迷人。

有人說，錫山是真山真水，蘇州園林是假山假水，揚州則是真水假山，揚州山水，集北方佳景之雄，取南方妙景之秀，陰柔陽剛兼而有之，譽為「淮秀第一觀」。瘦西湖雄秀佳妙，為集

景式濱水園林群落，著稱於世，前人讚它清新幽麗，柔和纖細，「又媚又俏」，「瘦了西湖情更好，人天美景不勝收」，「瘦」後來更成「秀」的代名詞。

而一首響徹揚州，震撼人心的得獎歌曲是這樣唱的：煙花三月是折不斷的柳，夢裡江南是喝不完的酒，待到那孤帆遠影碧空盡，才知道思念總比那西湖瘦！

在冶春園吃了別具風味的揚州早點後，從御碼頭出發，我們登上「乾隆號」遊艇，從瘦西湖到平山堂，親身經歷當年乾隆的水上遊覽線。十里碧波，二十四景，像一條曲折蜿蜒的彩帶，綴連一串串閃光發亮的珍珠。

「乾隆號」過了大虹橋，就是長堤春柳，揚州素有「綠楊城廓」美譽，沿路三步一桃，五步一柳，桃花紅似火，粉如霞，而柳條低垂，輕拂水面，猶如揚州少女的一蓬秀髮。柳絮輕飄，桃花落紅片片，可不就是「柳葉亂飄千尺雨，桃花斜帶一溪煙」的詩情畫意？

據說大陸電視連續劇「紅樓夢」中，元春省親的重頭戲，黛玉葬花的場景，都是在這裡拍攝的。

長堤盡頭是徐園，一道高牆，將大片湖水遮擋，給人「山重水復疑無路」之感，大家捨船登岸，園林裡水榭亭台，引人入勝，園林中並有揚州評彈表演，曲調悠揚，音韻繞樑。

我們行至紅橋，向西極目，又見大片湖水，豁然開朗，頓生「柳暗花明又一村」之興，大家再次登船。

二十四橋為單曲拱橋，橋長二十四米，寬二點四米，層數二十四層，欄杆二十四根，與二十四相對應。杜牧名詩〈寄揚州韓綽判官〉，流傳千古。詩云：「青山隱隱水迢迢，秋盡江南草

木凋，二十四橋明月夜，玉人何處教吹簫？」登岸處有毛澤東手書之石碑，揚州是中國主席江澤民故鄉，他偕同北韓金日成訪問揚州，曾在石碑前高聲朗誦此詩。

詩以地著，地以詩名，揚州不少商店以「二十四橋」命名，在揚州的第二個晚上，省僑辦陪同人員特意安排團友在「二十四橋賓館」頂樓卡拉OK同樂，國外處曹陽科長音色高亢而不失柔和，歌喉略帶磁性，「牧羊姑娘」，「山楂樹」均演繹得富有韻味。文宣處長陳繼洲溫文儒雅，與團友汪鋒小姐翩翩起舞，舞技純熟，堪稱「舞林高手」。陳曹兩人均為中文科班出身，曹陽曾留任助教，文采斐然，陳繼洲常為報章撰稿。省僑辦副主任邵希平為書法名家，從僑辦主任黃翠玉到鎮江、揚州僑辦都是女強人當家，僑辦部門人才濟濟，概見一斑。

「乾隆號」經過了橫臥蓮塘有著十五個橋孔的五亭橋，直指青天的白塔，雕樑畫棟的熙春台，直達千年古剎大明寺。

煙花三月旅遊節，活動豐富多彩，包括各種民俗風情展，商業展，美食月，時裝表演以及觀賞瓊花。

瓊花是揚州市花，她在與銀杏，芍藥的競爭中一枝獨秀，脫穎而出。「維揚一枝花，四海無同類」，孟春時節，瓊花盛開，花團錦簇，騰光溢彩。由八朵五瓣大花，簇擁玉蝴蝶似的花蕊。花兒大如玉盤，盛開時潔白晶瑩。說到瓊花，大家都不約而同地笑向柯芳楠，原來他在北京，有一位冰雪聰明秀外慧中的忘年交吳瓊小姐，不知是黎剎生平事跡的話題，還是文學藝術的共同喜好，經柯芳楠同房者李天榮一渲染，竟是長電朝夕頻通，在旅遊車上成了「無窮」的話題，引來一車笑聲。陪同人員不如所謂，頻頻提議我們應以普通話交談，俾以同樂。

　　上岸後，柯芳楠問道「瓊花何在？」我隨手一指，一會兒，已不見芳楠蹤影，興許他拍攝瓊花去了。

　　五月中，柯芳楠隨總統訪華，已和此位神交已久的北京大學高材生吳瓊喜相逢，此是後話，按下再表。

　　在揚州，隨處可見標貼「天下三分明月夜，二分無賴在揚州。」（徐凝），此詩首兩句為「蕭郎面薄難勝淚，柳葉眉長易覺愁。」原來是詠青樓風月詩，揚州人太聰明了，截取後兩句，自唐以降，作為讚美揚州月的傳神警句。據「乾隆號」清純美麗的女導遊說，無賴原為無可奈何之意，世人因「二分在揚州」的新奇構想，「無賴」被賦予新意，竟成愛極的昵稱。離船上岸，在跟導遊道別時，有團友隨口打趣：「天下三分美嬌娥，二分無賴在揚州。」「無賴啊，無賴！」

　　為什麼揚州美女特多，眾說紛紜，一說是當年隋煬帝南下揚州看瓊花，帶來大批宮妃，二十四橋原為「二十四嬌」。一說是揚州鹽商驕奢淫侈，個個身邊美女如雲。揚州僑辦陳強科長解釋是揚州潮濕的水土，宜人的氣候，培植了無數美女。

　　旅遊車飛馳而過，何處覓芳蹤？在揚州煙花三月旅遊節假我們下榻的西湖大酒店舉行酒會時，眾多女服務員穿插其間，傳統佳餚與現代美女交相輝映，使人恍如置身仙境，樂不思返。

八、淮揚風味此中尋

　　淮揚菜是中國四大菜系之一，與京、粵、川菜齊名，享譽遐邇。淮揚菜特點為選料嚴格，注重本味，講究火候，鮮淡平和，造型精緻，湯清味醇，咸中微甜，別有風味。從未問津正宗淮揚菜的我們幾位，在江蘇八天中，真是大開眼界，大快朵頤。

　　揚州菜是淮揚菜的佼佼者，以選料嚴，制作精，香味佳，色形美見長，譽之為「維揚風味」。從隋煬帝、朱元璋到康熙乾隆，宮廷御膳多用揚廚，歷史上聞名之滿漢全席，一百零三道大菜，四十四道細點，正是揚州司廚之力作。揚州菜食品之豐，制作之巧，贏得民間流傳「玩在杭州，穿在蘇州，吃在揚州」之美談。

　　在揚州的第一個早晨，在冶春園用早餐，揚州副市長張厚寶親自款客。據說揚州人出外聞名三把刀，即剃刀、指甲刀和切菜刀。揚州人早上皮包水，晚上水包皮。意即晚上沖涼，早上喝茶。我們喝的是新茶碧螺春，香醇醒神，回味清甘。上桌的有各式各樣包子，如煎包，水餃，鍋貼，青菜包，糯米包等等，每樣吃一個，就要脹破肚皮。揚州人早吃薑絲晚吃蒜，當天上桌的是桂花芽薑。後來又上了湯包，張厚寶示範吃湯包的口訣為：「小心提，慢慢移，先開窗，後吸湯。」湯吸乾後，蘸芽薑絲吃。如不是照口訣行事，咬破湯包，熱汁四濺，必定狼狽不堪。據曹陽說，張厚寶是揚州烹飪學會首席顧問，難怪談食經如話家常，如數家珍。

　　那天早上，也吃到正宗的揚州炒飯。據說，要用上等米上籠蒸後，再和作料上鍋生炒，米粒可數，入口香糯，名不虛傳，難怪海內外各地炒飯都以「揚州炒飯」命名。

　　揚州除了水晶肴肉聞名之外，綿軟甜嫩的千層糕，薄皮包青菜餡，顏色碧綠，形如石榴者稱為翡翠燒賣，和雞肉豬肉，筍丁為餡的三丁包子，合稱揚州點心三絕。

　　至於大煮乾絲，刀工之細，令人驚奇，刀工精細，也是淮揚菜特點之一。

　　淮揚菜精巧雅緻，以質取勝，餐前小菜多種多樣，除花生腰果等堅果外，還有青瓜海蜇，鹵鴨燻魚，火腿捆蹄，鳳爪鴨舌等，琳瑯滿目，不一而足。

　　淮揚地區素有魚米之鄉美稱，淮揚菜亦以淡水魚蝦蟹為主料。其中熗蝦係以鮮活淡水青蝦，放在酒和調料中熗，揭蓋時醉蝦還在動彈，真是前所未見。吃蝦除了勇氣，亦需功夫。去掉蝦頭，在口中朝蝦背腹部輕輕一咬，齒牙配合一頂，蝦肉即脫殼而出。陽澄湖大閘蟹美味舉世聞名，可惜現在並不當造，只有較小的毛蟹，或清蒸或油醬爆或炒年糕，各地煮法不一，各有風味。

　　除了清蒸基圍蝦，鹽水蝦外，新鮮魚類繁多，如鎮江賓館的刀魚，肉質細嫩，鮮美可口。古南都大飯店的鱸魚，舜江大酒樓的斑片，百家湖渡假村的蛇肉湯，還有那稱為「馬鞍橋」的鱔魚以及大水魚和桂花魚，都使人齒頰留香，回味無窮。

　　淮揚菜特色之一為湯清味醇，在各地宴會上，都可吃到拆燴鰱魚頭。獅子頭是當地正宗名牌，外面餐館的同名菜豈能相比，加上扒燒整豬頭，即為淮揚菜著名的「三頭」。在我們下榻的揚州西湖大酒店，在菜譜上也有招徠食客的「三頭宴」。

　　至於錫州賓館的腌鮮釀面筋,則是以獅子頭裏以薄面筋,別具風味。無錫肉骨蜚聲中外,肉稔骨酥,自是不同凡響。而罐燜東坡肉,香濃不膩。近聞錫山市有的個體飯店,菜名故弄玄虛,如「情人的眼淚」,即為芥末拌肚絲,一公一母兩牛蛙謂之「生死戀」,炒雞蛋蓋上西紅柿,竟成「金屋藏嬌」,菜譜之離譜,無以為最。

　　淮揚菜擅以本地土特產入菜,陽春三月,蔬菜新應市,物以稀為貴,太湖特產蘆蒿,每斤數十元,只截取中間一段可用。桂花芋苗即小芋頭,價格不菲。至於空心菜、白菜、茼蒿、莧菜等,在菜單上或名季節蔬,或謂健康菜,身價顯然不遜魚肉。

　　在新蘇國際大酒店吃到三絲燴純菜,純菜為當地特產,在香港看到有江蘇出口的瓶裝純菜。南塘雞頭米,即為芡實。芡實有「新剝雞頭米」之稱,食療價值頗高。在錫州賓館吃銀杏炒魚蛋,銀杏即為白果,白果樹又名公孫樹,生長結實需上百年時間。銀杏歛肺定喘縮小便,銀杏葉提取物可治心腦血管疾病,食療兩用。據說每公斤銀杏可賣八十元人民幣。當地特產毛栗每公斤價四十元人民幣,因此當地居民生活優裕,銀杏毛栗和銀魚稱為太湖三寶。

　　說到甜品,有當地特色的酒釀湯圓,千層糕,也有南瓜粿和「天香甜蜜藕」,荷藕也是淮揚特產,寶應藕,邵伯菱,揚州芹,合稱水面植物之三絕。

　　在「乾隆號」遊船吃到揚州特產牛皮糖,在蘇州采芝林買到以前上海親戚餽贈甜品麻酥糖,而南京夫子廟的董糖,據說是明崇禎年間,秦淮八艷之一董小宛精心配製,香甜酥脆,風靡金陵。

　　在正式宴會中，都有大、中、小三杯，分裝飲料，紅酒和烈性酒，飲料除一般汽水外，尚有清熱去火的西瓜汁，解毒養顏的青瓜汁，也有百合汁和胡蘿蔔汁，胡蘿蔔又名甘筍，其汁補氣和中，據說有抗癌作用，在洛水鎮宴會中，有此飲料供應。

　　淮揚菜並非一成不變，也有引進的菜色，如錫州的迷你佛跳牆，南京的鮑魚、牛仔骨，蘇州的菜膽鳳尾翅，鎮江的日式生魚刺身和北京鴨，揚州酒會的骨香銀鱈魚和蠔油大龍蝦，是否他鄉神聖，已在淮揚落籍？

　　注重造型，善用點綴，也是淮揚菜特色之一。如揚州西園酒會的明日映雙味，形意并兼；錫州賓館的金龍色拉，活龍活現。在省僑辦宴會上，餐桌中並雕有禽鳥起舞之優美造型。蘇州新蘇大酒店則是主人紅色碟，貴賓藍色碟，盤菜襯以銀器皿，碟與碟之間用精美剪紙隔開，真是色香味形器俱佳。

　　煙花三月的揚州，正舉行揚州「大眾美食月」，揚州風味小吃展和富春包子展，蘇州麗都大酒店也開展「瓊花美食節」的活動，和揚州西湖大酒店一樣，都以「紅樓宴」招徠，其菜譜不一，各有千秋。據說數年前台灣藝人凌峰赴大陸拍攝「八千里路雲和月」，在揚州西園大酒店拍過「紅樓宴」。根據紅樓夢中寫到菜饌名稱，在揚州菜基礎上，烹調盛宴。其中大觀一品是觀賞菜，包括有鳳來儀，荷塘清趣，蝴蝶戀花。賈府冷碟則含翡翠羽衣，胭脂鵝脯，金釵銀絲，牡丹酥墊，酒醉青蝦等。寧榮大菜計有雪底芹菜，老蚌懷珠，龍袍魚翅，白雪紅梅，籠蒸螃蟹等。瀟湘乾果，怡紅細點，蘅蕪調料，攏翠香茗切合黛玉，寶玉，寶釵，妙玉等之清興雅趣。而警幻佳釀則將「千紅一窟」，「萬艷

同杯」的意境再現，許是採用色澤柔和香醇可口的揚州名酒「瓊花露」吧！

　　佳饌美食，盛以紅樓餐飲器具，有古色古香的餐檯坐椅，有晴雯，襲人般的女侍，悠揚悅耳的紅樓樂曲，使人如置身大觀園，詩情畫意，真假難分。

二〇〇〇年六月十日

九、銀鷹奮翮飛九重
──南航岷穗首航側記

南方航空公司馬尼拉廣州航線於七月二十九日首航，包括有利東方、華達、南洋、時代、僑光五大旅行社及四家華報代表，組成龐大考察團，一行三十五人浩浩蕩蕩於下午三時許由岷機場起飛，一千四百公里航程，費時一小時五十分，於五時許降落廣州新白雲機場。

新白雲機場號稱亞洲第一大空港，分四個港區，後續工程還在興建中。新機場寬敞、明亮、新穎，極具現代化。行李運載迅速，只是提取行李後，要先下一層，走過一大段路後，又要乘電動梯到上一層，一下一上，幾費周折，才能到達接機處。

在白雲機場賓館晚餐後，即驅車趕往肇慶，十時許下榻星湖大酒店。我們住的是湖景房，憑窗眺望，七星岩湖光山色盡入眼簾。

肇慶名產，除貢品端硯，肇實即肇慶芡實，還有裹蒸粽，在酒店大堂小賣部，即有售賣。粽體大小形狀各異，有人即迫不及待地選購，直呼便宜。走在路上，不時可看見現煮現賣的標明「正宗」的裹蒸粽。

肇慶七星岩是蜚聲中外的亮麗景點，奇峰拔地擎天。旅遊車環湖盤山，逶迤而上，一邊是激灩的湖光，微風拂柳，碧荷映日，一邊是蔥郁的山色，石雕石刻，照眼生輝。歷代名家多到此

一遊，近代可看到朱德、葉劍英、郭沫若、李鵬等名人題字，追尋歷史的足跡，令人回味再三。經過一處景點，標示走到天柱峰，費時四十五分鐘，在七星岩、七星洞天大石刻下，一團人留下僅有的一張全家福。

七星岩有諸多岩洞，岩洞中有地下河。我們遊覽的雙源洞，全長三百二十米，為七星岩最長的靜水地下河。洞中有兩條河水匯合，向東流出洞外，故稱雙源洞。雙源洞千姿百態，冬暖夏涼，巧奪天工。我們乘坐十人小舟，舟入洞中，低可觸頭，不時聽到「低頭」的告誡。洞中鐘乳倒懸，伸手可及。彩燈輝耀下，呈現「神龜祝壽」，「銀蛇出洞」，「水簾洞天」等似真似幻景觀，維妙維肖，配上撐舟女郎悠徐低沉的解說，令人神思飛越，遐想不置。

鼎湖山風景區佔地廣袤，鼎湖山為嶺南四大名山之一，離肇慶十八公里，層林密佈，古樹參天，山青水碧，為離市區最近的「天然氧吧」。車行途中，不時可看到年輕男女相偕登山。

寶鼎園為景區中必遊之處，入園處有古越人擊鼓石像。鼎為古代裝載食物之用，其中九龍鼎，鼎邊九龍盤踞，鼎高六點六八米，口徑五點五八米，重達十六噸，碩大無比，為寶鼎之最。想到「一言九鼎」，令人不禁啞然。鼎外台階下，一年輕人正在給女友作狀拍照，以示力能扛鼎。

此外，還有秦公鼎，四聯鼎，獸面紋方鼎，至於稱為世紀之鼎者，則為一九九五年十月，江澤民代表中國政府贈送聯合國的青銅鼎。

青銅製的鑄鐘，鐘體連支架高一點六八米，旁書一帆風順，二龍騰飛，三羊開泰，四季平安，五福臨門，六六大順，七星高

照，八方來財，九九歸元，十全十美等吉祥語，原來撞鐘是要收費的，憑君喜愛選擇計費。

　　三十日下午前往番禺，原來番禺是由番山與禺山而得名，位於廣州南端，以旅遊業與房地產著稱。從番禺南灣至香港迪士尼樂園，只要一小時船程，而經蓮花港往港九，同樣快捷。車行途中，可看到遠處有皇宮室建築群，那是麗江大酒店，每晚均有文藝表演娛賓。至於大學城佔地廣闊，暨南大學、中山大學、中醫院等高等院校均在此設分校。由於離廣州不需一小時車程，不少人在番禺置業，是以房地產迅猛發展，高樓大廈林立。導遊小姐亦住番禺，以前每平方米五千元人民幣，隨著地鐵開通，交通暢順，房價已在上漲。番禺名產為雙皮奶及薑蔥奶，那是牛奶製品。還有沙灣的燒鵝和沙河粉，在長隆大馬戲旁即有沙河粉村。

　　長隆遊樂園是長隆集團的傑作，原為野生動物園。我們進園那天恰是星期天，觀眾紛紛尤多，未到七時，觀眾已湧入搶佔位置，馬戲團入場費一百二十元，當地人都是買的入園套票，台下正中位置要多加五十元，觀眾席雖未坐滿，估計人數達數千人之多。現場表演煞具氣勢，加上煙霧、火炬、煙花、水簾、音響等聲光化電映襯，節目都是外國馬戲，馴獸，包括大象、河馬、海豚、山羊、獅子等。表演者不時跑到觀眾席，搞逗笑，拋禮物，和觀眾互動。不少觀眾手揮購買的螢光棒，氣氛熱烈火爆。在三個大滾圈表演的三位演員，沒有保險設備，技藝超群，驚險萬分，獲得陣陣彩聲。

　　當晚在番禺香江大酒店用餐，餐後經過酒店大堂，那裡的自助餐菜色繁多，並不廉宜。午餐每人七十八元，晚餐則為一百零

八元，自助餐以生日派對招徠，新曆當天生日者，憑身份證攜二人以上惠顧，其人可免費享用，並送蛋糕一個。

　　觀看馬戲表演後，即驅車前往廣州，十時許入住中國大酒店。隔日自助早餐，有牛肉、小羊排饗客，亦屬罕見。

　　自從九九年偕志僑、芳楠二兄聯袂訪穗以來，倏忽已達七年之久矣！當年曾寫拙文「三年一變說廣州」，五年一大變，而今呢，據說花都和盛產荔枝的增城都劃入廣州，天河已屬商業繁盛之區，相當於菲國馬加智區，華廈鱗次櫛比，地價每平方米高達二萬元。二沙島為珠江中浮嶼，建築新穎美奐的美術館、音樂廳、體育館及別墅群都在其中，原來進入不易，現已與江邊連成一片。

　　華夏大酒店地處海珠商業繁盛地帶，屹立於風光旖旎的珠江河畔，為以前華僑大廈舊址重建，內有可容納五百人宴會廳，三百多人多功能會議廳。其中三十九層高的頂樓桃源西餐廳，為旋轉餐廳，品嘗美食之際，珠江及廣州風光盡收眼底。

　　當晚，廣東中旅入境旅遊總部總經理林建假華夏大酒店潮州城歡宴考察團一行。翌日，考察團遊覽越秀五羊石像、雲台花園之後，特別安排北京路步行街購物。筆者還未走到北京路，就一頭栽進新華書店，也為在港大就讀現在菲渡假的小女兒買了些醫療書籍。走出書店，到新大新公司匆忙走一趟，已是集合上車的時候了。

　　臨別前夕，還是在白雲機場賓館用餐，這賓館是有過風光時候的，因離舊機場近，陳香梅等名人和不少軍頭政要，都曾在這裡下榻，現在，自是門庭冷落車馬稀了。

　　南航客運部副總經理雷水財，市場銷售部國際業務處經理張東升歡宴考察團，張東升於九十年代曾任駐菲總經理，雷水財席間說到南航業務，如數家珍。南航國內有七大航空站，在國外設四十個辦事處，職工人數五萬人。南航現有二六五架飛機，其中有五架可運載五百人的波音三八〇型，十架波音七八七型和十架波音三三〇型。以每星期增加一架飛機的速度，至年底可達三百架。南航擁有六百多條航線，其中國際八十多條，去年乘客多達五千萬人次，總收入達五百億，佔全國總額三分之一，業績驕人。

　　晚餐頗多辛辣食物，有一盤酥炸小軟骨頗為奇特，一問始知是雞蹼中的軟骨，廢物利用，一盤菜即需動用幾十隻雞蹼？記得去年在廈門阿珠酒樓，亦吃過雞翅膀轉角處的軟骨，至今齒頰留香。

　　當晚，住宿於設計現代化的南航明珠酒店，與機場毗鄰，乘車繞道也只五分鐘車程，極為快捷。

　　岷穗線之直航，不啻為兩地旅遊及經貿往來提供方便。假如說福建旅客，為投親靠友及經商居多，而廣東等地遊客，對於開拓旅遊資源，促進經貿發展大有裨益。抑有進者，廣州為南航總部，長駐數十架飛機，多數航線由此向各地幅射，岷穗線開通，將為中國廣大地區及菲國各地的商旅提供極大方便，亦帶來不可估量的經濟效益。

二〇〇六年八月中

十、廊坊盛舉興無前

二〇〇五年八月廿四日至廿六日，京津冀港澳台（3+3）旅遊合作大會在廊坊第一城召開，國家旅遊局泊京津冀三省市領導，六地旅遊業官員與企業代表，以及新聞媒體記者近千人，精英薈萃，群賢畢至，允稱旅遊業界空前盛會。

因緣際會，菲華亦組團參加。南方航空公司慨供機位，包括五家旅行社主管及四家華報負責人一行九人，得以躬逢其盛。

氣勢恢宏第一城

廊坊第一城是一座綜合性多功能的四A級旅遊景區，歷經十二年，斥三十億巨資精心興建，佔地二百多公頃。她展現明清時期都城北京的風貌，融華夏古今文化精華與民族風采於一爐。第一城分內城外城兩部份，城門按老北京內九外七格局分佈，全長五公里。北京城的外城門部份已被拆毀，在這裡這些城樓雄偉壯觀，仿造如初。城內有圓明園勝景，老北京王府，也有現代化國際會議中心，廿七洞花園式高爾夫球場。

第一城以宏偉的建築，優美的風光，完善的功能和獨特的文化韻味，吸引眾多海內外遊客，同時也成為各種大型會議的理想場所。據說，「雍正王朝」與「藍色妖姬」等電視集，不少鏡頭

在這裡取景。不久前，「中韓禮儀小姐風采大賽」在這裡舉行。我們下榻的正安宮酒店，外觀仿如台北圓山大飯店，正面懸掛不少大紅燈籠，為第一城最大酒店，大堂為各地代表報到的地方。此外，尚有新園，正安，朝陽，古城等酒店，以及不少四合院式客寓。每天早上九時，第一城都有「皇帝出巡」的開城儀式，歡迎各地旅客光臨。

三加三不等於六

歡迎晚宴於廿四日晚在第一城荷花廊舉行，歡宴時並有「康輝之夜」文娛表演，節目包括歌唱、雜技、曲藝與變臉。最為轟動的為女子九樂坊，衣著性感的女樂手，表演吹拉彈，動作豪放，儀態萬方。還不時走下台階與觀眾互動，引得手持相機者爭相搶拍，現場鎂光閃爍，氣氛火熱。

兩岸共一堂，六地盡一觴，晚宴菜色雅俗共賞，先是精緻的冷菜，而後魚蝦豬牛羊俱全，最後白飯、玉米、烤地瓜盡出。與閩粵等地迥異的，北方菜壓軸是清一色蛋花湯。北方人口味偏鹹，廚師下手特重，最後，烤地瓜成為最搶手的佳餚。

廿五日早上，開幕典禮在第一城雞尾酒花園隆重舉行，大會主題為友誼合作發展。河北省長季允石，國家旅遊局長邵琪偉分別作重要講話。

京津冀集山水之勝，具豐厚人文資源。此次會議為兩岸六地溝通交流的渠道，友誼的橋樑，互利合作的平台，抓住這良好機遇，有利於兩大區域共謀發展。

　　特別振奮人心的是隨著二〇〇八年奧運的到來，北京為主賽區，將帶動週邊區域，為達致人文奧運，綠色奧運，科技奧運而通力合作。

　　北京旅遊局長于長江代表三省市旅遊部門，作了「我們歡迎你們，我們思念你們」的感人肺腑發言，大會宣言則由天津市旅遊局長陳忠新宣讀。

　　正如香港旅遊局中國總監葉貞德所說，其後各地代表一致強調的：「三加三不等於六」。此次兩大區域旅遊合作盛會，南北合作，六強聯手，將由旅遊業帶動，實現互利共榮，譜寫歷史新篇章，其深遠意義與重大影響，豈是簡單的數字所能比擬的？

　　三加三不等於六，還在於參加此次盛會的，還有來自美加韓日星泰，印尼以及菲律賓的旅遊和傳媒代表。牡丹雖好，還要綠葉扶持，這些海外代表參會，為盛會添光增彩。

　　澳門擁有直航兩岸優勢，去年遊客達七千七百六十萬人次，比前年增長百份四十，其中大陸遊客近一千萬人次，增長百分之六十六。據稱澳門除博彩業外，將發展新項目，建成多元旅遊城市。

　　台灣去年計有三百萬人次經港澳轉赴大陸，此次參加大會的台灣旅遊業代表達二百六十人之多，陣容壯盛。台灣代表是先旅遊後參會，與港澳國內及海外代表先參會後旅遊，逆向而行，因此，我們與同操閩語的台灣代表失之交臂。

　　至於香港，去年接待大陸遊客高達二千一百萬人次，一個迪斯尼樂園，又將為香港帶來多少進賬？旅遊業是經濟發展的火車頭與原動力，香港成功的經驗，能為大陸提供多少借鑒？

　　三月初，台灣宣佈開放大陸人民赴台旅遊，寶島成為又一觀光勝地。據聞，台灣每天只開放一千人次。有識之士紛紛指出，每天開放一萬人次亦不為多。蓋因由旅遊業帶動經濟發展有一比四比八之說，即旅遊業收益一份，百貨業收益四份，而興建酒店娛樂設施及建材等方面收益高達八份，一盈諸盈，何樂而不為呢？

京津走廊明珠燦

　　廊坊向稱溫馨之都，她是鑲嵌於京津之間的一顆明珠，距北京四十公里，距天津六十公里，是京津冀懷抱中的金三角地帶。

　　廊坊曾榮獲全國數項優秀旅遊城市稱號，這裡環境優美，風光明媚，每隔五百米就有綠地，人均綠地達十平方米。空氣清新，全年三百二十天達二級標準。這裡有佔地一千五百畝的自然公園，遊覽車行進在和平路，兩邊是綠樹成蔭的帶狀公園。我們在車上，遊覽了超卓脫俗的文化藝術中心，新穎典雅的時代廣場和現代化的國際會議中心。

　　東方大學城為「中國教育特區」，佔地二萬畝，包括北大、清華、北京地質、北京中醫等大學都在這裡設東方學院分校，計劃中將與外國名校合辦國際大學。大學城建築面積達七百八十萬平方米，包括教學樓、科技實驗樓、大禮堂、學生與教師公寓、藏書豐富的圖書館，以及現代化體育中心，九十洞高爾夫球場，資源由各校共享。同時擁有商業、餐飲、娛樂、醫院、交通等多項服務設施，可容納師生二十萬名，為中國已建成的最大大學城。

　　由於廊坊獨特的地理位置，優美的居住環境，豐富的旅遊資源，據稱每平方米樓宇售價為四千元人民幣，成為京津人士以及海內外各地旅客觀光、休閑、度假與居停勝地。

十一、紫塞明珠譽承德

承德歷史悠久，文化內涵深厚，為國家重點風景名勝區，並臻於世界名城之列，素有「紫塞明珠」之美譽。

承德據稱與北京同一「龍脈」，清王朝康乾盛世在此修建避暑山莊，歷時八十九年，佔地五六四萬平方米，牆圍長十公里，為中國最大的避暑園莊，以兼具北國雄奇風光與江南秀美景色著稱於世。

承德外八廟，則是融滿漢蒙藏多民族藝術風格建造的寺廟群。金碧輝煌，雄偉壯觀，環列在山莊週圍的山巒之峰和綠野平疇之上，猶如眾星拱月，交相輝映。展現各民族文化藝術的交融，也是康乾盛世民族團結和國家統一的表徵。

承德距北京二百三十公里，我們中午從第一城出發，抵達承德已是華燈初上了，還有警車開路呢！據北京中旅副總許維中說，平時從北京出發，遇上塞車，都要花七、八小時，舟車勞頓，因此這條旅遊線路尚未廣為推介。只有待高速公路近年建成後，紫塞明珠才會大放光彩。

廿七日上午，我們遊覽避暑山莊，一進門，就是迎賓儀式，侍衛開路，大臣隨行，嬪妃簇擁，最後是「皇上駕到」。在其後慶典活動或文藝表演，都出現這樣的場景。

避暑山莊分宮殿區和苑景區兩部份，計有亭、榭、軒、閣、寺廟一百二十餘座。康乾兩帝曾多次下江南，但千里迢迢，來往

費時。於是，把江南水榭樓台勝景，西風碧波柳影風光，在承德山莊仿建，使山莊成為塞外江南。「山莊咫尺間，直作萬里觀。」這裡既有山巒起伏，蒼松翠柏，洲島錯落，溝谷縱橫的北國之勝，也有樓台棋布，堤橋交織，假山點綴，碧波蕩漾，翠柳成行的江南之秀。康熙以四字，乾隆以三字題詞，各題三十六景，景以名勝，畫龍點睛，使勝景更加爍爍生輝，難怪康熙喜極吟詠：「自有山川開北極，天然風景勝西湖」。據說電視劇集「還珠格格」的許多場景，都在這裡拍攝。

澹泊敬誠殿以楠木建造，是舉行重大慶典和接見王公大臣及外國使節的地方，左側書有墨寶對聯「先澤志欽承宵衣旰食，民望心切念春雨秋陽」。

煙雨樓則是仿嘉興南湖煙雨樓而建，每當山雨迷朦，霧籠樓頭，登樓遠眺，煙雨飄渺，令人有飄然欲舉之感。

煙波致爽樓則為清帝寢宮，清史上有嘉慶、咸豐在此駕崩，咸豐臨終托咐八大臣攝政，慈禧與恭親王奕訢聯手，發動辛酉政變，最後演變成震驚史冊的垂簾聽政。

熱河泉為山莊的又一亮點，清泉自水下汩汩流出，常年不斷。隆冬時節，山川銀裝素裹，唯此河熱氣蒸騰。由是，承德古稱熱河，地屬熱河省，雍正為之改名承德，延襲至今。

承德人有句口頭禪：「白天看廟，晚上睡覺」。據說山莊寺廟面積佔承德市三分之一，而蒙族人亦佔人口三分一。承德屬丹霞地貌，經大自然千萬年精雕細刻，鬼斧神工，奇峰怪石特多。導遊在車上指點講述：那是形狀酷似的羅漢山，而磬錘峰一柱擎天，幾成承德市標。峰高數十米，上端直徑十五米，下端九米，形如大拇指，又如洗衣杵，更似男根，富陽剛之氣。據專家估

計，大概五百年後將轟然倒塌，那時，人們只能在歷史上才能看到它的雄姿了。

承德地處塞外，這裡有梅花鹿，也有稱為矮鹿的孢子。孢子有時會不知死活地跑到人跟前，當地罵人蠢笨，即話「你這傻孢子！」承德的蘑菇都是野生的，生在松樹下為松蘑，這裡盛產榛子，生在榛樹下即為榛蘑。蘑菇燉山雞，為味美香醇營養豐富的佳餚。在避暑山莊國際旅遊節假清宮苑舉行的宴席上，有紅燒鹿肉，五彩山雞，袈裟孢子肉，孜然爐肉乾，以及乾隆年間宮廷菜榛蘑元魚煨柴雞。

承德特產野菜名為蕨菜，亦為歷代帝王青睞，故又稱貢菜，御賜名長壽菜。據說要即採即炒方不失風味，這種蒜苗一樣的野菜，也成為赴宴者所愛。我曾在土產攤上買了一點乾品，只是山妻還不知要如何下手。

「翠花，上酸菜！」是電影中的對白，大陸餐飲業侍應生，不喜歡被污名化了的「小姐」，有人即以「翠花」稱呼。酸菜則是承德人的最愛，製作過程是大有學問的，只是當今不是時令季節。豬肉酸菜燉粉條，即為美味家鄉菜，曾撩動多少出外承德人的鄉思！

承德的街道方方正正，正如承德人的性格純樸正直。所謂仁者樂山，智者樂水，導遊小姐黃京津說，承德人是大山的兒女，憨厚沉實，胸無城府，不如海邊人的聰慧多智。黃京津為當地人，貌似蒙族人，十七歲入行，已有八年導遊經驗。她頗具專業水準，說到承德風土人情，如數家珍。她還引用余秋雨評述古羅馬的文字，意謂一個地方有豐富文化底蘊，有光輝歷史，就足夠了。她說承德亦如是。

須彌福壽之廟係乾隆七秩壽慶之時，六世班禪遠道來承德朝拜，以一年時間建成，供其居住講經。

話說當年六世班禪因憚於北方異族覬覦，有意與清王朝結盟。自藏出發，風雨兼程，費時一年多始抵承德。班禪時年僅四十有三，朝見乾隆之時，兩腿下跪，乾隆急忙扶起，同進內殿傾談，而後三次宮廷宴款待。班禪在須彌福壽之廟居停，在妙高莊嚴殿為人摸頂祝福及改名，趨之者眾。班禪隨後赴北京遊覽考察，不幸染天花在京圓寂。乾隆聞耗返京，撫棺痛哭，後以厚禮葬之。這是一闋民族團結融合的頌歌，傳揚至今；這是一座多民族國家統一的豐碑，歷久長新。中國前主席江澤民自八九年起，曾三次光臨承德，並禮訪高僧，是追尋歷史的蹤跡，還是民族融合走向新時代的提昇？

普寧寺是中國北方最大的藏傳佛寺，二〇〇五年承德山莊國際旅遊節暨普寧寺肇建二五〇週年慶典，於廿七日在這裡舉行。省市領導揭幕，承德市黨政，旅遊，宗教負責人分別講話，現場人頭攢動，極為擁擠。我和施養炳學兄踅進隔鄰普寧街，這是一條清風清韻的文化商業街。有雜技、魔術、曲藝、雜耍等清代民俗表演。該街服務人員一律穿著清代服飾，遇到男顧客道聲「大人萬福」，對夫婦則道「先生夫人指教」。遊覽普寧街，使人有時空錯位之感，彷彿回到康乾盛世的民間市井。

廿八日返京途中，終於一遂夙願登上金山嶺長城。金山嶺長城位於京承公路之間，承德市灤平縣與北京市密雲縣交界處，距北京一百二十公里。金山嶺長城以雄奇險峻著稱，宛若遊龍逶迤盤旋於群山峻嶺間，氣勢磅礴，蔚為奇觀。據說中央台播放國歌時的長城雄姿，即取景金山嶺長城。

十二、走馬觀花遊京城

　　廿八日晚抵京，先是驅車赴東北部的華都飯店用餐，而後下榻於西北部的新世紀酒店。

　　說來見笑，筆者是初次進京。紫禁夕暉，蘆溝曉月，常入夢境；燕塞雄關，香山紅葉，遙遙情牽。此次京城一遊，夙願得償，足慰平生。

　　北京曾名燕京，與南京、西安、開封、洛陽、杭州同稱六大古都。

　　北京有八百多年建都史，僅明清就有廿四位皇帝統治五百多年。金碧輝煌的皇宮，氣勢萬千的皇家園林，珍貴的人文脈息，依然沒有失去華彩，帶給人們怎樣的體味和省思？

　　最近，法國與瑞士的國際文化機構公佈的一項聯合調查顯示，歐洲遊客最喜愛的四大旅遊熱點，故宮名列第一，然後依次是兵馬俑、長城、西藏布達拉宮。

　　故宮是中華文化的載體，世界的奇跡。其實在中國人心眼裡，誰不願意一睹那千年如謎神聖崇高的皇家禁地？

　　那巍峨雄偉的殿宇，層層重疊的宮闕，足夠你徜徉遊覽了。雖然票價高達六十元人民幣，也是值得。因此，在黃金週節假日，人潮湧湧。你踮起腳尖看到的，也只是人們的後腦勺。

　　至此，你會理解「皇帝巡遊」節目何以大受歡迎了。皇帝老子深入民間，向你揮手致意，這是平民百姓怎樣的精神期待與心靈追求？

　　北京北枕居庸，南襟河濟，東環滄海，西擁太行，「前挹九河，後拱萬山」，形勝甲天下。

　　由於西北地勢高，上風上水，頤和園、十三陵，未來的北京奧運場館都建在北部地區。但黃土高原刮來的沙塵暴，卻防不勝防，因此北京的城牆以及商廈大都塗為灰色。

　　北京歷史沉冗的積澱和現代風貌乳水相融，環城公路已有五環之多。北京一千三百八十萬人口，流動人則達四百萬，大部份集中在五環以內。由於北京範圍太大，亦以環城路標明地點。在北京規劃展覽館，看到一大片拔地而起的商業區，高樓大廈林立，問到該區的所在位置，講解員回答「在東三環」。

帝王廟與鐘鼓樓

　　歷代帝王廟建於明嘉靖十年（一九三一），為北京三大廟宇之一，佔地二萬一千五百平方米，建築面積六千平方米，是祭祀炎黃祖先和歷代君王、功臣名將的皇家殿堂。體現歷朝歷代綿延不息的進程，也是中國多民族國家一脈相承的歷史見證。

　　帝王廟側旁則有百家姓源流，百姓一家，根在華夏，這是中華獨特的歷史內涵。共同祖先的認知和血親觀念的深植，此所以中華民族具有強大的凝聚力和親和力。

　　筆者以二元人民幣購得一張書籤形的莊氏源流，背面則書「莊氏兩岸淵源」，資料至為詳盡。

　　歷代帝王廟前曾為北京一五九中學校址，文革時亦受摧殘，而今修復如舊。帝王廟側旁懸掛「漢堡歐洲應用大學二〇〇五年MBA國際文化交流專題活動」橫幅。

　　鐘鼓樓座落在北京南北中軸線北端，此中軸線以紫禁城正陽門、天安門為中心，南端是永定門。鐘鼓二樓前後縱置，雄偉壯觀。據說以前中央台播放侯寶林說相聲的地方，即為兩樓中間的空地。

　　鐘鼓樓是元明清三代都城報時中心，中國自漢代起就有「天明擊鼓催人起，入夜鳴鐘催人息」的晨鼓暮鐘制度，數百年文武百官上朝，平民百姓勞作生息，均以此為度。

　　如今，報時銅鐘歷經歲月洗禮，安然無恙；僅殘存一面的報時鼓整復一新，恢復一面主鼓和廿四節令群鼓。聽，鐘聲洪亮悠遠，引發的是感情的升華和心境的清明；鼓點凝重雄渾，那是心靈的震撼，時代的脈動，戰鬥的召喚！

　　參觀之空隙，我和施養炳走進鄰近一間茶葉店，恰巧看店的堂姐妹來自閩東，賣的當然有遐邇聞名的安溪鐵觀音。「何謂野山茶？」原來是她們家鄉自製自用的山茶。客串店務的小妹高中畢業，考取的是市郊非名校的外語系，據說每年學費需八千元，如包括食宿計算，每年得花費兩萬元人民幣，貧家子女唸大學，談何容易？

　　據悉，北京市高考入學率近百分之五十，而雲南的入學率不足百分之九，相差懸殊。農村每名學生的教學經費，要比城市少六至八成。如何在農村掃除文盲，普及九年免費教育，從而縮短差距，達致社會的穩定和諧，乃是急待解決的重大課題。

什剎海明珠恭王府

恭王府位於什剎海景區，總面積一百多畝，是清代規模最大的一座王府。「什剎海是北京的一顆明珠，恭王府又是什剎海地區的一粒明珠」。著名史地學家侯仁之如斯讚譽。

恭王府曾是和珅的府邸，包括多個四合院及達一百六十米長的兩層後罩樓。相對於故宮的九千九百九十五間房，恭王府則有九百九十五間，這就是歷代帝王的所謂九五至尊。九六年起開放的僅是恭王府後花園，佔地九畝，甚至大過紫禁城的皇家後花園，有「紅樓大觀園」之稱。

和珅為學貫中西的大學士，由於鑽營有術，承乾隆寵信，三年連升九級，廿五歲當宰相，權傾朝野，富可敵國。據稱他計搜刮九億多兩銀子，相當於清王朝十三年國庫收入。當太上皇的乾隆駕崩僅四天，和珅終於被嘉慶捉拿正法，在恭王府起出大量金銀財寶。

恭王府花園建築分東西中三路，廊廡週接，亭閣參差，湖光映碧，水石環銜。東部有怡神所和大戲樓，西部為開闊的方塘和湖心亭，中路有花園最高點邀月台，在上面可以看到後海風濤。其時女子二門不進，大門不出，在這裡登臨遠眺，才能領略一點人間煙火。

其間還有迴廊環繞的福廳與福池，迴廊又長又窄，寓意長壽（瘦），福廳計雕刻蝙蝠九十九隻，蓋因蝠福諧音，還有一福呢？傳說即為和珅，亦有一說即康熙為其母祝壽所寫的「福」字碑。康熙墨寶傳世不多，此一福字構思書寫奇特，包括有多才多

子多田多壽多福，五福齊全。碑石長七點九米，康熙墨寶怎樣落入和珅府邸？可見其巧取豪奪至極。和珅把此福字碑藏於假山中部亦即花園中心點的滴水岩，假山係用糯米漿砌築而成，非常堅固。和珅費盡心機，把福字碑放在滴水岩龍腹之中，皇帝老子總不會剖「龍」取碑吧。至今此碑尚長臥假山，因為取出生怕有斷裂之虞。現在遊客能看到的，即是玻璃板的映影。據說和珅曾在上面添一「壽」字，「壽」之下一點即為「福」之上點，機關算盡太聰明，和珅四九之年即死於非命，何福壽之有？

恭王府中售有「福」字牌匾、折扇及小福章，小福章索價十元人民幣。待走出恭王府，小販前來兜售，每十個小福章才售十元，至此，你才會後悔買不適時。

福字碑、西洋門與大戲樓為恭王府「三絕」。恭親王奕訢曾聯慈禧，誅肅順，亦為權傾一時的顯赫人物，因此恭王府接待不少冠蓋如雲的訪客。連宋先後訪大陸，都到恭王府參觀。連戰說，真的體會「一座恭王府，半部清朝史」所言不虛，連方瑀想必把此寫入精彩遊記裡？宋楚瑜說：「恭親王奕訢是搞外交的，我也是。」並題詞「躬（恭）親親民」。

恭王府參觀完畢，大都到鄰旁的四川恭王府午餐。餐館前掛有大幅彩照，分別為周總理歡宴西哈努克親王以及李宗仁的畫面。

從恭王府出來，主辦單位安排大家搭乘人力三輪車，前赴宋慶齡故居參觀，我和陳清平同乘一輛。三輪車夫都有分屬組織，我們搭乘的為「到胡同去」。恭王府位於前海西街，宋慶齡故居則處風光秀麗的後海北沿，沿途也穿過不少胡同。

胡同係為蒙語音譯，相當於南方的小巷和里弄，所謂「有名胡同三百六，無名胡同如牛毛」。我們乘三輪車經過的什剎海一

帶，曾是王公貴族富商巨賈聚居之地，胡同比較寬大，旁有不少大宅門和四合院。在這裡，凝聚著多少深沉的文化底蘊歷史風韻和京華煙雲！

胡同大部份形成于元明清時代，據說六步以下為胡同，十二步以下為巷，二十四步以上為街，北京的街道，東西向路牌為白色，而南北向路牌為綠色，易於辨認。

天安門廣場

離開宋慶齡故居前往「北京之夜」晚餐欣賞節目之前，遊覽車馳往天安門廣場。廣場為北京十六景之首，是世界上最大的城市中心廣場，面積四四公頃，東西寬五百米，南北長八百八十米，可容納一百萬人之多。這裡曾出現文革時期毛澤東接見紅衛兵的狂熱場面，也映照過那一場政治風波血染的風采。往者已矣，當今領導人勤政務實的親民作風，自不會再登臨天安門接見民眾，連到北戴河開會都可免則免了──此次我們的遊覽路線原訂由承德赴北戴河與秦皇島，惜因路斷未修復而直接赴京。

據說在毛澤東時代，中南海有秘道直通廣場。現廣場已重新整修，地面的花崗岩條石，來自北京西面依傍的革命老區太行山，這也是老根據地人民的驕傲吧！

廣場上散坐的人群圍成一大圓環，一問才知是等著看降旗。這些人也太閑散了，大概都是外地來京者吧。據說早晨升旗時分更甚，朝霞滿天，人群四方湧至，為的是看國旗冉冉上升，這大概是天安門廣場獨一的景觀吧！

　　天安門地鐵分為東西兩站，據稱廁所是現代化電子操控，可惜未能一開眼界。說到廁所，京承公路一帶有些廁所真不敢恭維，成列蹲廁不設間隔，滿地尿漬，臭氣薰天。廁所也是旅遊景觀之一部份，確有改善之必要。車到途中，洽商一新落成景區借用洗手間未果，男士按捺不住，紛紛跳下車在小矮林裡就地解決，為樹施肥，女士只好在車上徒喚奈何。

　　當然也有較整潔的洗手間，裡面貼有標語：「貼近一小步，文明一大步。」有的則寫「貼近文明」，簡單明瞭，語帶雙關。標語在大陸可說屢見不鮮，大行其道。在路上有：「司機酒一杯，親人淚兩行」。在山林中有：「一棵樹可製成千萬根火柴，一根火柴能毀滅千萬棵大樹」。至於橫幅呢，承德中學掛有「祝賀本校學生×××考取北大」。在靠近北京的懷柔縣，則懸掛「第五十五屆世界小姐總決賽中國賽區花落懷柔。」諸如此類，不勝枚舉。

　　連日來儘是參觀考察，主辦單位終於安排赴紅橋市場一遊。紅橋位於北京繁盛商業區，與天壇公園遙相呼應，交通暢達，成為遊覽購物的專業市場。

　　承紅橋經營者雅意，特別安排旅遊團在四樓選購，說是以下幾層魚龍混雜，恐生意外。

　　原來四樓均為裝璜華麗的珠寶精品店，難怪美國總統克林頓，前英首相柴契爾夫人，俄羅斯總統夫人，以及各國駐華大使都來此光顧。

　　紅橋市場三層為珍珠項鏈及工藝品，二層專售箱包皮件，服裝鞋帽，一層則賣日用百貨及電腦配件、相機、鐘錶、手機及

小家電。鍾藝是旅遊界識途老馬，我們一行人隨著他到下面幾層選購。

在第二層售貨小姐推介一個「名牌」皮箱，他們讓施騰輝坐在上面，以示堅固耐用。開價三百八十元，幾經拉鋸殺價，我們要到其他店鋪去，她們硬是把你拉著叫價，最後，以一百二十元成交。施養炳、柯賢毅等人也都各有收穫，在四樓買珠寶的吳玲玲和劉純真，還怪我們為什麼不帶她們到下幾層購買呢。

在北京，我們也參觀明清古傢俱村高碑店與紫檀博物館，臨別前夕，還參觀了元大都酒吧街。

元大都酒吧街

元大都酒吧街位於北三環與北四環之間，元大都遺址公園內，在小月河北岸，倚臨公園水街華燈與龍澤魚躍景區。我們去時，已看見小月河上畫舫凌波，幾位身著唐裝的女郎在演奏，絲竹雅韻隨風飄送。

元大都酒吧街全長六百米，分東西兩段，比肩矗立近四十家風格各異的酒吧。它甫於二〇〇四年九月異軍突起，已足以與表演節目著稱的三里屯，中式氛圍見長的什剎海，富外國情調的使館區等酒吧區分庭抗禮。

現在的酒吧，不再是反叛者的徹夜不歸，不再是頹廢者的沉迷醉鄉，不再是年輕人的專利，而是以更優雅的姿態，更高尚的品位，更獨特的魅力，更多的形式出現，以廣招徠。

元大都酒吧街有美食薈萃的餐吧，有燈光炫耀動感強勁的迪吧，在那裡，頭髮跟著腳趾一起舞動。有柔和親切如世外桃源

的休閑吧，有幽雅寧靜的商業吧。至於演藝吧呢，不同風格的樂隊，或古典或西洋，或流行或搖滾，各擅專場。據悉三里屯的一家酒吧，樂團來自菲國，以獨具一幟的唱功與明快的節奏感，聲名鵲起，頗受歡迎。

更不必說遍佈各地，流行一時的網吧，據說某地還出現另類的「哭吧」呢！

如果你喜愛夜生活，那麼請到夜生活最濃墨重彩的酒吧去，包管你今夜無眠，流連忘返……

十三、百年歷史看天津

一進天津，導遊開口便道：你們從長江黃河，來到海河；從南海黃海，來到渤海。天津東臨渤海，毗鄰北京，海河穿城流轉。

天津以「天子渡口」之意而得名，自明清起便發展成為繁榮商城、水陸碼頭和海防要塞。

一八六〇年鴉片戰爭之後，天津首當其沖被闢為通商口岸。列強覬覦，九國租界相繼出現，二十個國家在此設領事館，五十家世界知名銀行設總部或分行，各大宗教興建教堂與廟宇數十座。叱吒風雲的人物如孫中山、劉少奇、梁啟超、嚴復、溥儀、民國五任總統袁世凱、黎元洪、曹錕、馮國章、孫傳芳，十幾位總理以及為數不少的中外名人，都這裡留下足跡。現代呢，一間南開學校，就孕育了周恩來、溫家寶兩任總理。

近代中國看天津，六百年的歷史演進，時代嬗變，造就了天津古今兼容並蓄，中西薈萃交融的獨特城市風貌。

五大道小洋樓

百年歷史看天津，看天津一定要看五大道小洋樓。五大道是指座落於和平區成功道以南，馬場道以北，以及其間的睦南通、大理道、常德道、重慶道地區之總稱，大部分為原英國租界區。

　　廿世紀初期，滿清的遺老遺少，下野的北洋軍閥，民國軍政各界要人紛紛來此寓居，其時興建千餘座花園樓房，包括英、意、法、德、西、俄等各式建築，其中名人住宅五百多所。在這裡，少見了東方韻味，更多的是舶來的人文景觀，它是城市的詮釋，也是歷史的導讀，有人譽之為萬國建築博覽會，亦稱為近代歷史博物館，是天津市特有的亮麗風情畫。

　　遊覽車上的講解員是專研五大道的建築家專家，車經過之處，他即時指點，娓娓而談，細說端詳。使你用眼目瀏覽，用心靈去觸摸和沉思。

　　我們在天津參觀的慶王府（現為天津外事辦），愛・夢緣文化藝術博物館，稱為「疙瘩樓」的「能吃的博物館」：粵唯鮮海鮮酒樓暨華蘊博物館，也都在五大道區域內。我們還參觀翰墨氣息濃厚的古文化街，其中的楊柳青年畫、泥人張雕塑以及風箏，是天津三大文化瑰寶。

　　袁世凱故居亦為花園式洋樓，其時袁世凱惶惶不可終日，生怕刺客謀殺。洋樓底層設隱身處，事急遁入，可經螺旋梯走上天台，而後縋入後花園駕車逃逸。洋樓落成於一九一八年，袁早於兩年前在一片討袁聲中嗚呼哀哉。講解員沒有提「竊國大盜」，「搜括民膏民脂」一類政治性語言，而純以歷史的角度，講述「袁宅」的構築特色。文革時，袁宅亦成了大雜院，一間密不透風的儲藏室，就住了一家人。現在袁宅整修如故，已成了遊客的觀光景點。

楊柳青石家大院

石家大院位於西青區楊柳青鎮，是清代津門八大家之一石萬程四子石元士舊宅。始建於一八七五年，佔地一萬平方米，耗銀三十萬兩。傳說當年和珅事發，一婢女挾大量珠寶外逃，後下嫁石家四公子。石家府第名「尊美堂」，有「華北第一宅」，「天津第一家」之稱。

石家大院包括十八個院落，典型的四合連套，院中有院。講解員是對石家大院建築特色極為熟悉的小伙子，口舌伶俐。他說所謂風水也者，即為住宅的出風口和下水道，至關重要。

天津氣溫冬天零下廿度，夏天則高達四、五十度。大院軸線明確，布局合理，迴廊花園，充滿玄機，可謂整溫度，冬暖夏涼。長長的甬道又名官道，兩邊門戶不對沖，即俗稱「斜門歪道」，據他說可抵擋直來直往的邪氣，而正氣迴蕩，不受阻攔。

大院有不少磚木石雕，精美而獨具特色，有的雕有葫蘆，因與福祿諧音，葫蘆又長又瘦，寓意長壽。其中一個雕花門，門楣上方雕十二隻仙鶴，古詩謂「鶴壽千歲」。但他說鶴壽九年，十二隻即為一百零八高壽，另一面則雕孔方兄錢幣，高壽多財之徵。

擺設亦有學問在，客廳裡的玉石大白菜，官府之家擺設以示清白，商賈之家則取意百財，石家的大白菜上雕有小狗，是為「旺財」。

院中主體結構石家大戲樓，是北方規模最大、設計巧妙的封閉式民宅戲樓。樓體高聳，上邊設有光窗，便於通風，夏天烈日可避，冬日煦陽常照。這種奇特的設計，聞名國際的建築大師貝聿銘亦擊節讚賞。

歷史上的建築名師何在？給皇上修皇宮，修完皇宮修陵墓，修完陵墓即命喪黃泉。傳統的建築藝術精華何曾傳承？都湮沒在滾滾的歷史風塵裡。

「學在北京，紅在天津，賺在上海」。北京是京戲發源地，但天津人品味高，不僅會看戲，而且會聽戲。馬連良和四大名旦梅蘭芳、荀慧生、尚小雲以及近代紅線女，都是在天津唱紅的。

當地導遊徐亮，唱起周華健的歌，激越高亢。他比較京津兩地口語差異，還會來一段天津相聲名家馬三立的段子「寶（逗）你玩」，妙趣橫生。

盛情厚意在津唐

天津午餐設在「狗不理」餐館，「狗不理」已發展成聞名品牌，餐館的貴賓題名榜，包括全國黨政軍文教體育各界知名人物。包子分肉包、素菜與三絲包，餡大皮薄，包子上端捏成十八折。品嘗之時，並有天津大鼓說唱「狗不理」的來龍去脈。比起此行其他地方的包子，該店自是鶴立雞群，名不虛傳。到天津必光顧「狗不理」，才算不虛此行。

當晚天津市人民政府假座代表團下楊的金皇大酒店舉行招待酒會。大陸之酒會不同外面的雞尾酒會，其實即擺設宴席之會。該晚菜式除蒸左口魚，油燜大蝦皇，香辣小排，紅燴牛肉外，還

有譚府罐燜三絲。譚家菜是天津最著名的官府菜，將廣東菜與北京菜相結合，自成一派。一罐小火煨煮的滾熱「燜三絲」外加白飯一碗，有的勺三絲濃湯澆飯，有的則把飯倒在罐裡拌著吃。

在宴會前敬酒時，天津旅遊局長陳忠新得知筆者的身份後說：「要廣為宣傳啊！」他在會上介紹天津景點，信手拈來，巨細無遺。他們請在貴賓席就坐者一一上台講話，叨陪主賓席的筆者亦不能倖免，天津人之熱情好客，概見一斑！

酒會宴罷，即邀赴廣東會館看戲。廣東會館位於老城中心，建於一九〇七年，為四合院式建築，是國內罕見的木結構建築珍品，空間跨度大，觀眾席毫無遮擋。代表團員邊看戲邊品茗，並佐以開心果、月餅與天津特產十八街麻花等小食。京劇「三岔口」與京韻大鼓「黛玉葬花」等節目的精彩表演，獲得一陣陣喝采與掌聲。

九月一日晨由天津前往唐山，上午在蘇縣登盤山，進山之前，當然又有「皇帝巡遊」表演。乾隆也上過盤山，上山之時，善於逢迎的和珅說「步步高升」，而下山呢，和珅也有巧妙應對：「後步倒比前步高」。

山前大岩石上有朱鎔基「盤山」題字，古樸蒼勁。據導遊說，上到山頂，需費三個小時，我們只走到半山的一寺兩廟，即打道回府。下午則參觀清東陵和萬佛寺。

當晚我們下榻於遵化國際飯店，晚餐之後，主辦者特別安排卡拉OK餘興節目，作為臨別前夕之同樂。省人民政府副秘書長、遵化市長、香港和印尼代表都上台高歌一曲，省旅遊局副局長呂力則作「旅遊是什麼」的短講。她說：旅遊是人生的閱歷，是生活的調適，是情感的交流，是生命的飄逸……

　　呂力具管理學士學位，是名聞河北的才女，柔中帶剛。她一路和我們同行，我曾說她頗有吳儀風範，她笑答：這是海外第二人這樣形容她了。她在遊覽車上朗誦其力作「親情・友情・愛情」，感性的文字充滿哲理，聲情並茂，令人蕩氣迴腸。

　　菲華豈能無歌，最好是兩位女將唱首菲國民歌，但她們都婉拒，筆者被安排與唐山市旅遊局長劉永江合唱「我的中國心」。歌唱之前，筆者聊述片語，我說大家都熟知的呂力的佳作，「激情奔迸，文采飛揚」，全場都為她鼓掌。

　　筆者接著介紹菲華團隊，來自五大旅行社和四家華報，近十天來，我們走過不少地方，看到很多景點，一山一水總關情。我們會把亮麗的旅遊熱點，把政府和人民的深情厚意，把我們內心深刻的感受，告訴菲華讀者……

　　　　長江長城，黃山黃河，在我心中重千斤，
　　　　無論何時，無論何地，心中一樣親！

　　我們引亢高歌，雖非繞樑三日，卻也慷慨激昂，引人共鳴。

　　離別之前，在遊覽車上，柯賢毅亦即興作動情講話，除呂副局長外，他還表揚與我們一路同行關切照料備至的省旅遊辦副主任周華軍。他也稱讚認真負責敬業的導遊張賽，小張賽激動得熱淚盈眶。

　　她在車上唱了〈駝鈴〉，作為臨別寄意：

　　　　送戰友，踏征程……
　　　　當心夜半北風寒

一路多保重！

二〇〇五年九月十日

十四、金秋時節閩贛遊
——陳祖昌伉儷撒播愛心散記

金風送爽，玉桂飄香，正是旅遊好時節。

八月間，接王尚助兄來電，代陳祖昌先生邀約共赴閩贛一遊。七年前，筆者夫婦與黃棟星伉儷組織菲華傳媒訪華團赴江蘇參訪，尚助兄亦曾隨行，其時他雖年逾古稀，卻健步如飛，我曾戲稱其「反正只有廿七歲」，登臨中山陵，絕不輸後生輩。彈指間，七年轉瞬即逝，他康健如昔。

行程傳真細閱，才得知閩贛之旅，將參加陳祖昌伉儷捐建江西希望工程僑心小學落成典禮，以及福建兩所小學教學樓啟用儀式。原來在遊山玩水之中，包容著如此深厚的人文內涵，蘊含著如此高層次的精神昇華，這都是以前沒有過的體驗。

陳祖昌先生為菲律賓宋慶齡基金會創會會長，並身膺菲中多種榮譽要職。八十年代以還，他對祖籍國文化教育、體育醫療等方面貢獻卓著，建樹良多，受到海內外各界的推崇與讚譽。〇二年，他慨捐一千萬元人民幣興建晉江市「祖昌體育館」，該館已成為晉江市各種大型文娛體育活動主要場所。〇五年，又慨捐千餘萬人民幣興建泉師院陳祖昌大禮堂、校大門和陳明玉鐘樓，以及金井醫院明玉紀念樓。多年來，他在中菲港三地捐獻逾八十個慈善項目，善款超過四千萬人民幣。

陳祖昌先生令先尊陳明玉老先生，為菲華優秀傳統詩人，書香薰陶，家學淵源，陳祖昌先生亦深具人文素養，他平實隨和，行事低調，待人以誠，這也許是他成功的原因之一吧。

九月二十四日晨筆者夫婦隨尚助兄乘搭南方客機抵達廈門機場，其時，各路英雄好漢亦先後抵達，包括省僑聯主席李欲晞，泉州前副市長周焜民，晉江前副市長吳良良，晉江市僑聯主席葉水應，福建畫報副社長崔建南，晉總副理事長黃有恆，來自上海的仁濟醫院主任醫生陳曉宇，泉駐滬主任助理杜正榮，香港溜江同鄉會理事長陳祖江，還有為此次行程策劃安排的省僑辦國外處主任科員陳美鑾，陳祖昌伉儷亦親赴接機，連同先一天抵鷺趕來歸隊的華商縱橫社長黃棟星伉儷，華報副總編王勇，全團集合赴銀鷺餐館美味療饑後，一行人浩浩蕩蕩於五時許飛往南昌。

南昌名勝滕王閣

南昌位於長江中下遊，鄱陽湖之濱，是一座有著二千二百年歷史的文化古城。江西母親河贛江穿城而過，南昌多湖，構成城在湖中，湖在城中的絕妙畫卷。贛江為章水與貢水之合流，贛亦為江西簡稱，贛字即寓文章昌盛之意。江西物華天寶，鍾靈毓秀，唐宋八大家之歐陽修、王安石、曾鞏以及近代名人眾多，均出自江西，星漢燦爛，光耀青史。與黃鶴樓、岳陽樓齊名的江南三大名樓之一滕王閣，與我們下榻的西湖大酒店比鄰，巍然屹立於贛江之濱。樓高九層，達五七點五米，一千三百多年來，歷經二十八次興替。一九八九年重修，由梁啟超之子建築大師梁思源主其事。正如黃鶴樓以「詩」勝，岳陽樓以「記」稱，初唐四傑

之一詩人王勃，寫下〈滕王閣序〉。「落霞與孤鶩齊飛，秋水共長天一色」即為其中佳句，傳誦至今。閣以序傳名，序以閣留芳。王勃亦寫過滕王閣七言詩，同樣膾炙人口。

> 滕王高閣臨江渚
> 佩玉鳴鸞罷歌舞
> 畫棟朝飛南浦雲
> 珠簾暮卷西江雨
> 閑雲潭影日悠悠
> 物換星移幾度秋
> 閣中帝子今何在
> 檻外長江雲自流

歷代不少文人雅士登臨斯樓，亦紛紛吟誦千古佳作，為富含歷史文化積澱的南昌添姿增彩。

南昌亦贏得英雄城美譽，一九二七年中共領導八一南昌起義，第一次拿到槍杆子，八一定為建軍節。商場、學校以八一命名，八一路為南昌通衢大道，八一大橋亦為贛江五大橋之最。橋頭塑有白貓黑貓各一隻，寓意為鄧小平提倡改革名言，不管白貓黑貓，能抓住老鼠便是好貓。橋的另一端則有石獅雕像，諧音「實事求是」，南昌的人文特質，概見一斑。

與滕王閣隔江相望的紅谷灘秋水廣場，位於贛江北岸。廣場佔地八萬平方米，噴泉面積一點二萬平方米，主噴高度達一二八米，僅次於瑞士，為南昌市民休閒娛樂的好去處。江邊建有摩天巨輪，高度達一百五十米，勝過英國，為世界最高紀錄。

甫抵南昌，江西副省長趙智勇即接見陳祖昌先生一行，趙副省長盛讚陳祖昌先生對祖籍國文教多個領域所作傑出貢獻，感謝其捐建新余水西鎮僑心小學，並簡介江西概況。陳祖昌先生表示閩贛素有交往，人民關係密切，此所以這次希望工程選在江西進行。他期望兩省能發揮優勢，繼續攜手合作。在菲華僑領中，能這樣臨場發揮即興講話者，誠屬鳳毛麟角。

陳祖昌伉儷捐建的希望工程僑心小學，位於江西新余市水西鎮火田村。新余地處贛西，山路十八彎，旅遊車翻山爬嶺，驀然回首，但見層峰疊嶂，翠色滿眼，看不清來路何方。峰迴路轉，終於到達火田村，甫進村，鞭炮聲大作，腰鼓隊與手持花束學生列隊歡迎。教育為國家之本，乃百年大計，在此深山僻壤，投資興學，使莘莘學童能有就學機會，可謂愛心廣被，功德無量。

新余經濟開發區水西鎮祖昌僑心小學落成典禮儀式隆重，鳴炮奏樂，升國旗唱國歌，然後少先隊員為每一位來賓系上紅領巾，紅領巾胸前飄，喚回了筆者近半世紀的記憶。

捐建人陳祖昌先生，中國僑聯副主席李欲晞，新余常務副市長何萍高分別致詞，學生代表獻辭之後，中國僑聯權益保障部副部長陳文秀頒發捐贈證書，之後發聘書贈錦旗，揭牌，合影，和參觀學校。不顧艷陽高照，陳祖昌伉儷還和少先隊員合照。悲天憫人的陳夫人蔣麗莉女士關心學童，慨捐一千瓶牛奶贈飲。

新余市長汪德和，常務副市長何萍高假春龍大酒店歡宴，江西僑聯副主席周錦亦出席陪同，菜肴鮮辣，為江西菜特色之一，青瓜汁胡蘿蔔汁，因而備受青睞。當天恰為中秋佳節，月是故鄉明，已經二十幾年沒在家園過中秋了，盛宴上品賞月餅，互祝中

秋快樂。與在菲多位友人，中秋訊息頻傳，天涯共此時，可喜的
是千里嬋娟，靈犀相通。

只緣身在廬山中

中秋節午後，一行人乘旅遊車前往廬山。巍然屹立的廬山
東偎浩淼鄱湖，北枕滔滔長江，自古即享「匡廬奇秀甲天下」盛
譽，以雄奇險秀幽取勝於世。旅遊車從山下盤旋而上，數不清已
轉了幾多彎。據說五十年代，喜好抽煙的毛澤東初上廬山時，每
過一道彎拿出一根火柴，上到山頂，已用罄三盒火柴約四百根，
他在「登廬山」七律詩中寫道：

> 一山飛峙大江邊
> 越上蔥籠四百旋
> 冷眼向洋看世界
> 熱風吹雨灑江天
> 雲橫九派浮黃鶴
> 浪下三吳起白煙
> 陶令不知何處去
> 桃花園裡可耕田

詩中陶令即陶淵明，當年隱居廬山，「採菊東籬下，悠然見
南山」此佳句，就是在廬山下寫成的。

廬山頂地勢平坦，牯嶺商業街走伏較小，商店林立。在秀麗
的如琴湖畔，有一家廬山戀影劇院。「廬山戀」為八十年代風靡

一時百看不厭的影片，以波光瀲灩的廬林湖為主要場景，編織感人的愛情故事。二十幾年來每天不停放映，已損毀了十二拷貝，創下映期最長的世界紀錄。

二十幾個國家在廬山興建近九百所別墅，這些建築群依山而建，高低錯落，美觀雅致，掩映於丹楓松濤和幽谷之間。

當晚，廬山外辦副主任景瑜假別墅村貴賓廳宴請。據說別墅村為中央領導設宴之處，劉少奇故居近在咫尺。中秋晚宴，賓主頻頻舉杯，席間洋溢節日的歡愉。

我們下榻於西湖賓館，該館前身為鐵道部賓館，為別墅式西式建築，由於樓高僅三層，因此不設電梯。記得七十年代後期，筆者因事赴榕，榕城一位接待人員帶筆者到六層高的華僑大廈，見識那全市僅有的電梯。在科技突飛猛進的今天，說起陳年往事，直如天方夜譚。

話說那天行李剛送到賓館，但該賓館缺少服務員，筆者正對著兩件行李發愁。此時來了位壯漢，文件袋夾在腋下，提起兩件行李，腳底生風，筆者跟在後面上氣不接下氣地喊：「行李箱可以用手拉的」，但他不理會，逕向三樓奔去，後來才得知他是九江市僑聯主席蔣閩江，其令慈南安人氏，亦為旅菲華僑。

當晚無事，就在賓館前漫步，該賓館依山傍水。月到中秋分外明，皓月當空，清輝映照，在廬山看明月，別有一番情趣。

廬山特產以三石一茶著稱，三石即石雞、石耳、石魚，石雞為蛙類生物，石耳是健康素食，石魚生長於山石縫間，細長如針，因寒氣較重，大都用來炒蛋食用。茶為廬山盛產之雲霧茶，朱德曾賦詩：

> 廬山雲霧茶　味濃性潑辣
> 若得長年飲　延年益壽法

我們到廬山時，正是難得一見的晴天，據說廬山每年兩百多天雲霧飄渺，恍如仙境，因此蘇東坡才寫出那千古名句：

> 橫看成嶺側成峰
> 遠近高低各不同
> 不識廬山真面目
> 只緣身在此山中

美廬位於牯嶺東谷，長沖河畔，為精巧的英式建築，乃蔣中正、宋美齡舊居，取名美廬，語帶雙關，也有美麗廬山之意。「美廬」兩字出自蔣中正手筆，鑴刻於花園石塊之上。

五十年代毛澤東初上廬山，亦住進美廬。據說「登廬山」一詩，即是在二樓蔣居室檀木桌上寫成的，詩中第一排句高瞻遠矚，指點江山，氣魄超凡。

在大廳畫框裡，分為兩半。一旁為毛澤東圖照，標題書「委座久違了，我來了！」此為當年國共談判，毛澤東赴渝與蔣會面所言。另一旁為蔣中正圖照，標題為其所言「異日退老林泉，此其地歟。」此所謂順口溜「國共住一塊」所指，還歷史以本來面目。

會議室中擺放幾套沙發，當年廬山會議時，毛澤東即在此召開高層會議。據說毛之警衛人員曾想把刻石上「美廬」兩字鑴除，毛澤東喜用辯證法看問題：「你們看那『美』字從下往上看是什麼？大王八嘛！」終於保留了那歷史的印記。

　　泉州前副市長周焜民曾任泉州晚報總編輯，為名作家、名書法家，亦為泉州南少林領軍人物，在美廬陽台，我們相偕留影。

　　廬山多奇峰竣嶺，崢嶸嶙峋，以絕壁、雲海、瀑布三絕著稱於世。我們沿著坡度極大的石階上上下下，左彎右拐。有道是行山不看景，看景不行山，蓋因斷崖處處，路旁即是千仞削壁，萬丈山澗，有人站在危岩上拍照，驚險萬狀。

　　「千里鄱湖一嶺涵」的含鄱口，為毛澤東最常拍照的地方。它東傍九奇峰，西偎五老峰，五老峰山巒相連，山中有飛瀑，詩仙李白即以此賦詩：

　　　日照香爐生紫煙
　　　遙看瀑布掛前川
　　　飛流直下三千尺
　　　疑是銀河落九天

　　含鄱口狀如大口，似乎要鯨吞千頃鄱陽。沿山而上，行到望山亭，但見雲海滔滔，煙雨莽莽，分不清哪是水天，哪是雲霧了。

　　作為聞名於世的政治名山，山峰上有「談判台」。當年馬歇爾作為特使，為國共兩黨調停之談判，即在此僻靜山巔舉行，遊客紛紛在此留影。

　　廬山四時美景，春如夢，夏如滴，秋如醉，冬如玉。山頂別有景致，據說當年白居易暮春時節上山，看到在山下業已凋謝的桃花，在山頂卻爛漫依舊花紅欲燃，他情不自禁吟誦：

　　　人間四月芳菲盡

山景桃花始盛開

長恨春歸無覓處

不知轉入此中來

歷代文人雅士一千五百餘人，登臨廬山，留下四千多首詩詞歌賦，千秋傳誦。山間碑刻如林，燦然生輝。

仙人洞也是廬山亮麗景點，仙人洞又稱佛手岩，洞闊七米，深十四米，洞裡有二泉，名為「甘露」與「瓊漿」。據說八仙之一的呂洞賓在此修道，洞口有其塑像，居然也香火繚繞。他原名李瓊，曾任潯陽縣令。又名李進的江青也許對此位「本家」鍾情有加，擅長攝影的她在此取景拍照，毛澤東的題李進仙人洞照」面世，使此洞成為遊客趨之若鶩的熱點。

暮色蒼茫看勁松

亂雲飛渡仍從容

天生一個仙人洞

無限風光在險峰

就詩論詩，暮靄勁松，亂雲險峰，確是生動勾勒了廬山壯麗畫面。至於詩中深刻寓意，則是見仁見智了。

直從周寧赴古田

從廬山抵達南昌機場時，中國僑聯副主席林明江剛從外地飛抵南昌，即在機場中餐館設宴款待。原來數年前晉江「祖昌體育

館」落成之時，他偕同莊炎林等高幹，專程南下擔任剪綵貴賓。此次難得異地相逢，暢敍款曲，分外高興。南昌中餐館星陽舫仍參照北京機場模式，貴賓廳裝潢華麗，席上鰻、蟹、蛙、貝一應俱全，這是其他機場所難比擬的。大概是因每年遊廬山的數百萬遊客，都要經由南昌機場之故吧。

林明江副主席之宴請，乃省僑聯主席李欲晞所安排。李欲晞主席曾任泉州僑聯僑辦負責人，他亦兼任中國僑聯副主席。此次他專程參加希望工程僑心小學落成儀式，講話應對得體，有大將之風。

餐後飛赴福州，十一時許住進西湖大酒店，翌早即開往寧德。寧德市委書記陳榮凱因公外出，在我們抵達之前，他匆忙趕回迎候。不久前陳榮凱書記曾赴菲考察，因時間匆促，聯係不到主要社團，後託省僑辦陳美鑾聯絡安排。

那次，陳美鑾主任勞煩陳祖昌先生接待，陳先生在其府上設宴廣邀菲華精英赴會，各大社團領袖滿座，冠蓋咸集。在座談時，有著博士頭銜的陳榮凱書記感懷念舊，他在憶述往事時說，當天情景，歷歷在目，使他難以忘懷。他亦介紹寧德概況，寧德海深港闊，山海兼備，北承長江三角洲，南聯珠江三角洲，面對台灣基隆港，為海西東北翼中心城市，與溫州、福州機場極為鄰近，深具發展優勢。

陳祖昌先生表示，為祖籍國教育效力，是海外華人的本份，希望藉此機會，拋磚引玉，使更多有識之士，共同為此百年大計貢獻力量，他並希望陳榮凱書記有機會再度訪菲。

寧德宴後，即趕赴周寧。在瑪坑中心小學校園內，陳祖昌先生斥資二十萬人民幣，捐建祖昌教學樓，於○五年六月投入使用。省僑辦副主任鄧倫成，寧德副市長陳興生，僑辦主任陸石

善、周寧縣委書記張水松等均出席儀式。烈日當空，主持單位特別準備草帽遮陽，少先隊員亦敬獻紅領巾及鮮花。

揭牌典禮時，當地及學校負責人講話，一致讚揚陳祖昌伉儷樂善好施的美德，愛國愛鄉的無私奉獻，希望在他的感召下，能有更多人關心支持教育事業。

儀式過後，一行人參觀教學樓，樓高四層，二、三樓為課室，第四層為現代化媒體教室，裡面放置十數台電腦。祖昌樓的投入使用，極大地改善該校的教學條件，受到學生、家長和群眾的交口讚譽。

當晚周寧縣舉行歡迎宴，周寧屏南均處於海拔七、八百米高度，食物不受污染。鱉是野生的，鴨是家飼的，有一種當地叫「溪滑」的鰻類，據說是能從溪底滑向山間的兩棲魚類，類似菲國南島的鱸鰻。當地也有盛產的食用菌類和紅薯，均美味可口。陳祖昌先生也是美食家，他推崇的野生山瑞、鱸鰻和南瓜芋頭，雅俗並賞。

周寧縣書記張水松、縣長官明輝盛意拳拳，希望我們能多所逗留。周寧以九龍漈大瀑布馳名，九龍漈由九級大小瀑布組成，九瀑各展其姿，瀑流經崖巔騰沖直瀉深潭，聲如轟雷，水霧迷濛，猶如飛龍騰空，蔚為奇觀。屏南的白水洋，青山環抱，溪流交匯，有一塊面積達八萬平方米的巨石水上廣場，堪稱宇宙之謎，造物者神來之筆。吳儀亦讚其為「奇妙景觀」，為國家重點風景名勝。〇四年首屆中國白水洋文化旅遊節在此舉行，十里水街，歌舞連台，盛況空前。

當地領導津津樂道，他們正聘請名導專門策劃打造品牌，廣為宣導，並籌建一批別墅群。他們說雲南麗江，每年四百萬遊

客，數百家酒店旅社客滿。現在他們每年遊客僅七、八十萬人，但他們對特有的景點深具信心。由上海乘火車到周寧僅需八小時車程，周寧是大有發展前景的。縣領導邀請我們能爭取時間前往參觀，他們也說，留下遺憾也好，下次還會再來。當晚我們趕赴屏南，下榻於天外天大酒店。

古田歷史悠久，文化積澱深厚，離福州只有兩小時車程，古田的山，玲瓏秀麗，古田的水，溫婉多情，古田素有福州後花園之稱。陳祖昌伉儷在古田平湖鎮捐建祖昌教學樓，在旅遊車上老遠就可看到該樓雄偉壯觀巍然屹立。車抵村口，西樂隊、儀仗隊和穿著整齊的學生列隊歡迎，在儀式上少先隊員為每一位來賓敬獻紅領巾和鮮花。內人把鮮花帶回酒店，含苞的花朵次第盛開，繽紛照眼，花香盈室。

平湖鎮乃為三峽移民所建村鎮，該鎮命名，即取自「高峽出平湖」，賈慶林、盧展工、趙學敏、習近平等省領導均到過學校視察。該中心小學創建於一九一三年，前身為教會學校，在村口赫然可見壯觀的聖三一堂。如今，百年名校換新顏，祖昌教學樓的興建，對提昇學校質量，培植學生素養，貢獻至鉅。

女少先隊長代表學生講話，他們感謝陳祖昌伉儷投資興學，慈善為懷。她並激情宣示，他們將承繼學校優良傳統，今日以學校為榮，他日必將成為學校的驕傲。

陳祖昌先生亦在儀式作語重心長的講話，他表示能偕同訪團一行參加剪綵儀式，至感榮幸，他希望學生能奮發向上，將來成為國家的希望，社會的棟樑，此亦為海外華人的殷切寄望。

古田亦為福建名「老區」，古田縣人民政府向陳祖昌伉儷頒贈區牌，上書「發展教育，造福老區。」

　　為祖昌教學樓題字的原省政協副主席許集美，專程由福州趕來參加剪綵揭牌儀式。在古田縣委書記李瑞進舉行的歡迎宴上，得以接近這位老前輩。他原在閩搞地下工作，二十五歲時即擔任晉江第一任縣長，曾任福建副省長，省政協副主席。想不到長期擔任領導職務的老革命，是一位慈祥平易的好老人。他自言食量不小，胃納極佳，對食物也不挑剔禁忌。他養生有道，身體依然硬朗，絲毫不見老態，自退休二十年以來，體重一直保持六十五公斤。晉總副理事長黃有恆與他是姻親，讚揚他為官清廉。許老先生憶述，以前下鄉，都是自掏腰包，買一碟小菜下飯……陳祖昌先生透露，許老現在退而不休，續為海外慈善工作效力。

暢遊武夷九曲溪

　　蜚聲遐邇的武夷山位於福建北部，屬典型丹霞地貌，自然風光獨樹一幟。有「三三秀水清如玉」的九曲溪，有「六六奇峰翠插天」的三十六峰，有翹首東望巍然矗立的九十九岩。山不高具高山之氣魄，水不深集水景之大成，奇山妙水，巧奪天工，每年遊客達三、四百萬人次。

　　從平湖北上，返經屏南，周寧，穿過建甌、建陽，好在路上不時停車「唱歌」，活動手腳，不感路遙。陳祖昌先生性喜閱讀，沿途不時捧卷。他對政經形勢，歷史人物，都有精闢獨特見解，在車上暢談方酣，不覺已抵武夷。當晚祖昌先生在五福樓設宴，武夷山野風味，使大家一快朵頤，其後下榻於悅華大酒店。

　　翌早，旅遊車開赴武夷自然保護區，那裡有大面積原始森林，被科學家譽為「鳥的天堂」，「蛇的王國」，「昆蟲的世

界」，「天然植物園」，為高負離子含量的「天然氧吧」。想不到車行途中，正逢炸石修路，爆炸聲連連，我們笑稱此行是「鳴炮致敬」，（石塊）「夾道歡迎」，只好打道回程，到南平市的「幔亭山莊」品茶。

武夷茶與武夷山一樣齊名，茶王大紅袍馳譽於世，乃鍾山川靈氣，毓峰岩秀色。名山名茶，交相輝映。沿途，但見茶樹成行，滿目蔥碧，就等著採茶纖手，如蝴蝶翻飛。

仰望天遊峰，上山台階遊人銜尾相接，人潮湧湧。艷陽之下，攀登費時費力，何如品賞香茗，體味茶道？

導遊小林出於茶家，談起茶經，頭頭是道，如何鑒色，如何聞香。那天泡的是正山小種，這種紅茶暖胃，秋冬飲用最相宜。頭泡湯、二泡茶，三泡四泡是精華。她說正山小種泡上十數次，猶有餘香。她也講解如何高沖低斟，然後關公巡城，韓信點兵，接著是如何棒杯，如是女性宜伸蘭花指較為優雅。茶水應與口腔全接觸，稍作含漱而飲，果然口齒留香，不同凡響。

九曲溪全長九點五公里，盈盈碧水，九曲十八彎，如玉帶串珠，把武夷峰岩連成一體，構成「曲曲山回轉，峰峰水抱流」的獨特美景。

假如說武夷山是交響樂，九曲溪就是主旋律了。以前遊九曲是從一曲逆流行舟，現在則是從星林碼頭登船，一篙撐水，從九曲順流而下，全程需一個半小時。

每竹筏可坐六人，百筏爭流，極為壯觀。撐篙者小安風趣幽默，妙語如珠，介紹景點時摻雜順口溜，朗朗上口，使歡愉溢滿竹筏，笑聲洒遍九曲。

竹筏划入九曲，紗帽峰在望，遠觀就像少了兩邊帽簷的烏紗帽。小安開聲了：「這官也是氣管炎（妻管嚴），老婆扭他耳朵，把帽簷扭斷了。以前女人是半邊天，現在是一手遮天，也不留給男人一線天（一線天為天遊峰景點）。

八曲有象鼻峰，維妙維肖，小安問這大象是公是母？團友答是「母」，小安笑道：「恭喜——答錯了！你沒有看牠戴綠帽嗎？」原來象頭頂青松叢生，「石頭上長樹」，也是武夷山一怪。小安又杜撰母象到江西有外遇，但「不怕綠帽戴，只要是名牌」。

船行須臾，赫然可見雙乳峰，形態逼真，傳說中為蒼鷹叼走王母娘娘的雙乳。但小安並不照本宣科，他自有一套：「這是女人的驕傲，男人的需要，罪惡的根源，小孩的飲料」。又問，你們看雙乳有缺陷嗎？筆者隨意應答：「一大一小」，果然一語中的。

筏至七曲，即見三仰雄峰。三峰相疊，比肩並列，挺拔突兀，氣勢磅礴。小安又信口開河了：「有人說是福祿壽，現在則是三個代表。窮人是電錶水錶煤氣錶，富人是金錶銀錶電子錶，金錶送小妹，銀錶送二奶，老婆就送電子錶」。

六曲為天遊峰，面對下山路，大家抬頭看山景，俯首賞水色。我們把鞋襪脫了，伸腳觸清流。小安喊：「當心鱷魚——不，是餓魚！」

香港溜江聯合會理事長陳昌江肚大能容，他在港主編「溜江鄉訊」，內容宏富，印刷精美。難得他帶著笨重攝影器材，不停拍照，小安開他玩笑了：「頭上發光，中間發福，下面挺得住。

他不是很好色嗎？」大家面面相觀，「他帶著那麼好的相機，不好攝嗎？」大家恍然而笑。

　　船頭女撐篙者文靜寡言，據說是小安女友，可能是唯一女撐篙者。小安說：「男女搭配，做活不累，你們看隔筏，兩條光棍，汗流浹背」。又說：「我們是前面有魅力，後面有動力，中間沒阻力。」小安女友也在船頭幫我們拍攝，每天替人拍，不會好攝嗎？小安說：「謝謝你們借相機給我們玩」。

　　轉眼船至五曲響聲岩，空谷傳聲，陣陣回蕩。我們幾個男團友張開嗓門大喊幾聲，小安又有話說了：「好像狼嚎一樣啊，不過不打緊，現在有的女人，看見色狼，欣喜若狂；看到色鬼，露出大腿；看到情聖，滿心高興」。

　　竹筏行至淺灘，兩岸丹崖碧翠，林木環擁，水聲喧嘩，卵石清晰可見。一篙輕點，水濺飛舟。船至四曲，巨石雄偉挺拔，斜入水中，上有金雞洞，下有臥龍潭，碧水無旋，深不可測，據說最深處達三十六米。

　　二曲玉女峰，下有浴香潭，「插花臨水一金峰，玉骨冰姿處女容」。一曲為大王雄峰，這又是武夷一怪，「大山談戀愛」。傳說中大王玉女兩情相悅，愛情故事淒美感人，中間有第三者鐵板峰。大王玉女碧峰相對，脈脈傳情，他們只能以山為台，以水為鏡，朝夕水中相會。

　　接著筏行「特曲」，那是一條類似亞馬遜河的溪流，兩岸雜樹叢生，竹林搖風，自然景觀，勝過迪斯尼樂園的驚險船渡。

　　九月三十日離開武夷之前，金益滿副市長設宴歡送，武夷隸屬南平市，南平市長龔清概當年擔任晉江市長，恰是祖昌體育館

落成之時，望著車水馬龍，人流如潮，他們兩人都熱淚盈睫，激動相擁。

五時許，從武夷機場飛往廈門後，隨即趕赴晉江，李建輝市長假愛樂酒店設宴歡迎。

陳祖昌伉儷等人翌日即返菲，王尚助兄與黃棟星及筆者兩對夫婦，則由晉江僑聯主席葉水應陪同，於上午赴清源山。當天正值國慶佳節，學校工廠放假，遊人如織。走到老君岩，大家腳力不勝，即折返泉州華僑歷史博物館參觀。

華博館副館長吳翠蓉帶領大家參觀「泉州人在南洋」展館，並親自講解，泉州僑聯主席陳小鋼亦趕來接待。該館以大量實物和重現場景，生動展現十九至廿世紀泉州人出國創業的艱辛歷程，以及傳承與融合的嬗變，為歷史存真，使觀眾從中得到反思和激勵。

在展館門口留言簿上，筆者信筆寫道：「以史為鑑，通達古今」，下款由筆者、黃棟星、戴佩卿伉儷及王尚助兄題簽，時值國慶節，使此次參訪更具意義。

中午葉水應主席在我們下榻的寶龍大酒店對面餐館，以鄉土風味菜招待。水應兄交遊廣闊，待人接物謙恭有禮，那天才得知我們同是晉江一中校友，說起來是我的學棣了。

國慶假日，葉水應等市僑聯幹部放棄休假，還送我們到廈門機場，當我們一行帶著滿載行囊和滿懷情意返菲時，已是月色深沉了。

二〇〇七年十月十五日

十五、晉洛河畔刺桐紅
——泉州師院五十華誕慶典追誌

東海港灣波濤湧，晉洛河畔刺桐紅。為歡慶泉州師範學院五十週年華誕，菲華組織兩大慶賀團。晉江同鄉總會的廿四人慶賀團以曾鐵鋒為團長，李國材為副團長，吳尊仁、莊振宗為隨團顧問。菲律賓董事慶賀團則有陳祖昌、陳本顯、董尚真、林育慶、戴國興、李淑敏、莊永泉、黃有恆、王尚助等人，菲華傳媒隨團人士亦為陳祖昌先生所邀請，計有施性等、黃棟星、王勇、侯培水、王鴻楡、孫聲谷與筆者，全團三十一人。

慶賀團乘搭南方航機赴廈門，旋即趕往晉江，接受市政府歡宴。楊益民書記，李建輝市長因要公外出，由市委副書記陳健倩、副市長洪于權等接待，慶賀團下楊於泉州悅華大酒店。

清源毓秀 東海揚帆

泉州師範學院前身為創辦於一九五八年的泉州大學師範學院，當時正是如火如荼的大躍進年代，泉州大學應運而生，匆匆上馬。經整頓後，師院更名泉州師範專科學校，爾後又經過停辦，復辦和合併過程，終於在二〇〇三年三月，隨著改革的春風送暖，升格為泉州師範學院，那可是鯉跳龍門的一躍。這些年來，變化突飛猛進，學生涵蓋十三省市，計達一萬三千多

名。學院設有人文學院，外國語學院，理工學院，資源與環境學院，化學與生命科學學院，工商訊息學院，教育科學學院，藝術學院，體育學院，應用科技學院，繼續教育學院等十一個學院和一個軟件基地，包括五十六個本科專業（方向）。現在，師院本著拼搏進取，銳意創新的精神，激情滿懷，正在申請復辦泉州大學。

　　泉州師範學院五十年歷程，歲月崢嶸，征途如鐵。巍巍清源，滔滔東海，可以作證：泉師院開拓創新、成長發展的歷史，是泉州教育事業的編年史，也記載著時代的嬗變和社會前進的脈動。正如他們所表達的，五十年是光輝的里程碑，也是新的起點；五十年盛典是慶功宴，也是誓師會。以五十週年慶典為契機，繼續深化內涵，提高質量，發揮優勢，發掘潛力，為學院的升格譜寫絢麗篇章，指日可期！

盛世和韻　桃李芬芳

　　五月七日晚六時，泉師院假泉州酒店南馨樓麒麟廳舉行歡迎宴會，泉州黨政以及師院負責人主持，海內外慶賀團與校友代表濟濟一堂。酒足飯飽之後，即驅車趕赴師院陳祖昌大禮堂，觀賞「在希望的原野上」文娛晚會。

　　泉師院位於東海之濱，一大部份為填海區。據王尚助兄介紹，當年陳祖昌先生斥資二百五十萬元興建大禮堂時，四周還是荒涼一片。現在，樓廈櫛比，已被譽為水上城市名院了。

　　師院為歡慶五十華誕，舉行一系列體育文化藝術活動，包括排球健美操比賽，配樂詩朗誦會，書畫攝影作品展，徵文比賽，

「善學如泉，正心至大」校訓演講比賽，多姿多彩。而當晚文藝演出，可說是該等活動的重頭戲和高潮。

晚會由「龍騰鼓躍」揭開帷幕，十幾個健美豪放的少男少女，短衫熱褲，服飾前衛，充滿青春氣息。或旁敲側擊，或緊鼓密擂，配合騰躍的肢體動作。眾鼓齊鳴，是待發的號角，是勝利的歡奏，分外震撼人心。

「歲月如歌」映現師院的歷史進程，其中「愛拼才會贏」，由五位男生組合演唱，風格獨特，聲情並茂，幾部和音，把愛拼敢贏的精髓演繹得淋漓盡致。該節目曾參加全國青年歌手大賽，進入組合組決賽，並榮獲「長三角青年歌手賽」組合組金獎。

「桃李芬芳」中的「教師之歌」為配樂詩朗誦。他們激情表達：奉獻心血，培育英才，春風化雨，桃李芬芬，是太陽底下最美麗的職業，是一生最大的收穫和榮光！

教師用生命的紅燭燃燒自己，照亮莘莘學子。雖然台上的少男少女都是子姪晚輩，但他們忘情投入的表演，也喚醒筆者學生時代的記憶，感觸至深。

自二○○五年以來，師院先後派遣三批志願老師赴菲教學，曾得到溫家寶總理親切接見熱情鼓勵。加入異國他鄉支援華教的題材，或許會讓表演更豐富，更突出，而不流於一般的表述。

南音表演者蔡雅藝，亦為指導老師。師院設有音樂系（南音方向），該系植根於南曲盛行的泉州，更是嶄露頭角。當晚演唱的「望明月」，曾獲「首屆大學生藝術表演」二等獎，牽聲曼調，悠婉纏綿，令人蕩氣迴腸。

「盛世華章」其中一個節目，為該院八七年音專畢業生、副教授陳俊玲獨唱，她亦為晚會女主持人。一曲「盛世和韻」，嗓

音流麗宏亮，她曾多次在國家級、省級專業賽中得獎，確是名不虛傳。

「盛世華章」的壓軸節目，為百人大合唱「祖國我為你乾杯」，在氣勢磅礴的歌聲中，晚會劃上完美的句點。

桑梓情濃　慷慨樂捐

五月八日九時許，泉州師院假陳祖昌大禮堂舉行五十華誕慶祝大會，校友、學生代表與海內外慶賀團和各界人士共赴盛典。主席台上冠蓋雲集，師院黨委書記洪輝煌主持盛會，院長黃子傑回顧五十年風雨歷程，省教育工委常務副書記王豫生，泉州市委書記徐鋼，市長朱明均對師院成就讚譽有加，期勉百尺竿頭，更進一步。

慶典過後，即為僑捐系列工程剪綵奠基儀式。時值正午，驕陽如火，師院設想週到，每到一處項目，都有身穿「桐緣長歌」T恤的女學生撐傘為慶賀團員遮陽，她們細心忘我的關懷，使團員深感過意不去。

陳祖昌先生以前捐建陳祖昌大禮堂，還曾捐建校大門，此次斥資六十萬人民幣，捐建「陳明玉鐘樓」，其夫人蔣麗莉，令媛陳巧玲都參與剪綵儀式。

陳明玉鐘樓屹立在校園中心地帶，潔白亮麗的身影，將時時映入年輕學子的眼簾，閃現在他們心田，激勵他們爭分奪秒，珍惜光陰，啟迪他們把握青春，珍重生命。

泉州師院答謝午餐，設在東海校區第二餐廳，自助餐菜色豐富，蝦蟹魚肉雞一應俱全。外面亦有專供教師和訪客的自助餐，

學生則是一飯兩菜一湯的快餐。看那幾個裝滿熱湯的大鐵桶，就知道這餐廳須供應數仟人膳食，殊不容易。在餐廳入口處，赫然張貼可口可樂廣告，上書「五餅二魚」，這故事出自聖經，在約翰、路加、馬太、馬可幾部福音都有記載。耶穌用五個餅二條魚，使五千人吃飽，剩下雜碎，裝滿十二籃子，可口可樂的廣告用詞，有深意存焉。

金井採風　毓英巡禮

五月九日早餐後，晉總慶賀團取道南平，遊覽武夷，我們一行則在王尚助兄安排下，前往晉江市陳祖昌體育館參觀，說來慚愧，該體育館正位於我們村外土地，幾年來只聞其名，惜緣慳一面。體育館外型巍峨壯觀，內部設備齊全，不止是羽毛球訓練基地，舉凡大型文體活動，明星獻演，女排四強爭霸，NBA表演賽，都是萬人爭睹，一票難求。

在晉江市博物館和圖書館之間，擬建文化廣場，在左前方，陳祖昌先生將捐建一座音樂廳，這是家鄉的又一佳音。

進入金井的中興大道，亦為陳祖昌先生所興建，我們與陳祖昌先生在碑記旁留影。大道對面，即為恢宏壯觀的金井基督教會，據說該堂並非新建，當年的教會能有如此規模，可說是上主的特別恩賜。

陳祖昌先生在金井醫院捐建兩棟明玉樓，為醫院的發展獻替良多。現金井醫院有六十多位醫護人員，病房五十多間，科室齊全。醫院負責人帶大家參觀醫院設施，醫護人員並與參訪團在醫院前廣場合影。

毓英小學位於圍頭半島北端，與金門僅一水之隔。毓英創建於一八九一年，前身為教會學校，經過百年風雨洗禮，秉承「勤樸誠毅」的校訓，已成為譽滿海內外的名校。陳本顯先生令先尊陳清楠老先生曾於一九八九年捐建清楠樓，陳本顯先生為紀念雙親，於二○○一年捐建陳清楠、郭玉雪紀念樓，傅瑞鈺校長帶領我們參觀這座樓高五層的多功能綜合大廈。

毓英園，是海內外毓英人的精神港灣，吳尊仁、施家萬、施良瑞、蔡婉玲等校友都送有捐建，使毓英小學這百年名校璀璨閃亮。

溜江鄉是陳祖昌先生故鄉，甫進村，即看見矗立的陳明玉幼兒園。溜江傍海，對面即為台灣海峽，碧濤拍岸，不見污染。金井鎮政府在海傍閩光海鮮樓，以地道海鮮宴請，有象魚、海斑，有新鮮生螺片，佐以芥末醬，鮮嫩可口，有在菲罕見的深海花蟹，有來自深滬的魚卷和石圳的地瓜粿，包花生甜餡的更受歡迎。餐桌上也有那罕得一見的鱟，鱟為十二隻足的貝殼類生物，其殼即為以前廚房所用「鱟杓」。俗語說「戀蟹等鱟」，「死蟳活鱟」，可見一般人原先都是揚蟹抑鱟。現在不是崇尚山野風味嗎，也是物以稀為貴吧，終於使我們一嘗鱟味。

故鄉攬勝　川震感懷

五月九日晚，在王尚助兄聯絡下，峰安皮業董事長陳榮輝假榮譽大酒店設宴餞行，前次陳榮輝與斯蘭集團丁宗寅隨團來菲，共赴陳祖昌先生家宴，席間兩人均獻捐五十萬元菲幣予菲律賓宋慶齡基金會。

當晚菜色除魚、蝦、蟹、鴨外，重頭好戲為須先預訂的牛鞭燉湯。也是美食家的陳祖昌先生有要事赴集美，因遇雨塞車，趕不回來了。慶賀團由陳本顯理事長率領，包括王尚助、施性等、黃棟星伉儷、王鴻楡和筆者，市僑聯主席葉水應另有應酬，亦撥冗前來寒喧話別。當晚參宴者有市僑台外事辦主任李清欣，副主任鍾文玲，她剛從池店調任，原來她亦為晉江一中校友。這一客補益美食，還是第一次在宴會上品嘗呢。

十一日上午到石獅教會參加禮拜後，內子原想在她熟悉的故鄉「新馬泰」（即新興街、馬腳橋、太原路之諧稱）探親訪友，午飯後，卻改變原議「遊車河」。路過寶蓋山，山上屹立著以前不知看過多少回的姑嫂塔。這歷經千百年風雨的古塔健在如昔，傳說中那海天企盼，幽明引望，生死無悔的悱惻感人故事，長留多少僑鄉人的心版，一行人遂有了登臨之意。上山路雖有台階，但也坎坷難走。山上風大，人難站穩，弱不禁風的內子一把我緊緊揪住，我又穿著皮鞋，兩人一步，在年輕人鼓動下，好不容易捱到山頂。

姑嫂塔建於宋紹興年間，又名關鎖塔、萬壽塔，於八十年代重新修建。在山頂極目遠眺，廣袤富饒的大地盡收眼底，這是一大片魂牽夢縈卻又罕得涉足的美麗僑鄉啊。

汽車沿海旁高速道行駛，途經的是一串串耳熟能詳的鄉村，最後來到衙口海隅，時正漲潮，疾風撲面，飛沙迷眼。汽車沿海邊路緩緩而行，望眼處矗立著施琅的高大塑像，面對波濤滾滾的台海。那曾經在台驅趕荷蘭侵佔者，反清復明的民族英雄鄭成功安在？基於現實的需要，攻台平鄭的施琅有助於統一大業，頌揚康雍乾盛世的書籍電視風行一時，看來為大清王朝效力的吳三桂，也會重新評價了。

在大陸期間，驚聞四川慘烈震災，胡溫兩位領導人秉持「一切想著人民，一切為了人民」的信念，第一時間趕赴第一線，指揮調度，慰問激勵。這種盡心竭力，不顧安危的作風，為中外歷代掌權者所僅見。

此次川震，台灣人民血濃於水，骨肉情深，金錢物質人力多方支援。人道關懷，民間情誼，拉近了兩岸的距離，兩岸關係或許能藉此開創新頁。

近來，從報端或迎送場合，有人譽大陸官員為「父母官」，心裡總覺不是滋味。都什麼時代了，還興這種封建社會的尊稱，即使在皇帝貴為「天子」的時代，亦有「民貴君輕」的進步思想。溫家寶總理指揮救災時，曾一再大聲疾呼：「是人民在養你們！」當官的應是人民的兒女，人民才是他們的衣食父母。海峽東岸，也總說人民是「頭家」，即使貴為總統，也是人民的「公僕」，所謂民主，不就是人民是主人嗎？反觀那些當官做老爺的，無不作威作福，無不魚肉百姓，無不濫權貪腐，最後自絕於人民。這種事例，不是在海峽兩岸曾經和正在上演？

此次赴大陸，滿載行囊，回來時，裝不下親朋殷殷情意，更是行囊滿載。飛機稍微誤點，回家整理行裝，已是凌晨時分了

二〇〇八年五月廿五日
（此文曾為「晉江鄉訊」摘登）

十六、寶島參訪錄

在金風送爽，丹桂飄香的深秋，筆者又一次踏足寶島。

十一月九日至十六日，應僑委會邀請，參加二〇〇八年海外傳媒人士回國參訪團。離上一次即八九年五月參加亞歐非澳中南美洲傳媒人士回國參訪團，韶光易逝，彈指間已九年之久了。當時正是大選前夕，連宋若即若離，即將分道揚鑣，政局風雨飄搖之際。民進黨八年執政，寶島路斷，終於政權輪替，重現藍天，此次僑務組長黃克忠徵詢之下，在久違臺北之後，筆者欣然應邀。

十一月九日上午，搭乘華航班機赴臺北，在機場巧遇同機赴臺的吳似錦兄。航機降落桃園機場時，已是過午時分，接機者為現駐菲僑務組長吳豐興。與似錦、勝雄二兄乘搭參加僑務會議接待專車，筆者先行在傳媒下榻的中和喜來登下車。報到之時，先期到達的團員已準備乘旅遊車出發，前往福華大飯店參加吳英毅委員長主持的記者說明會，筆者險些掉隊。

記者說明會由委員長吳英毅主持，三位副委員長任宏、薛盛華、許振榮和主任秘書蔡亢生亦出席。吳委員長甫於五日訪菲，八日返臺北，風塵僕僕，九日至十一日即主持召開中華民國第四屆全球僑務會議，備極辛勞。在記者會上，吳委員長縷述，一九五二年政府遷臺後不久，舉行第一屆全球僑務會議，在會議上決議成立「華僑救國聯合總會」。第二屆在天安門事件翌年的

一九九〇年召開，陽明山中山樓盛況空前，會議決議成立「海華文教基金會」。第三屆召開於民進黨執政的二〇〇一年。

　　此次為臺灣第二次政黨輪替，為廣納僑界意見，傾聽僑民聲音，擴大僑社參與，代表由原訂一百八十位增至三百零五位，涵蓋全球五十八個國家，其中有十九名國內代表。菲華參加僑務會議代表計有吳民民、柯孫河、吳似錦、許金星、王宏道、鄭榮宗、謝世英、黃勝雄、林安邦九位之多。

　　吳委員長說明此次僑務會議以「新舊一體，僑學並用，團結合作，永續推展僑務工作」為中心議題，三個子題分別為「結合僑界資源，共創僑務永續新局」，「迎向E化時代，全球佈局優質僑教」，與「匯集僑商力量，推展國家建設」，此亦為僑委會三個處所負責工作範疇。

　　吳委員長強調，僑務為政府施政的重要一環，不論在什麼時空下，華僑與國家關係密不可分。他說，臺灣第二次政黨輪替平順進行，臺灣已成自由民主燈塔。自五月份以來，吳委員長接見各地來訪僑領，並率同三位副委員長，馬不停蹄地到海外各地走透透。委員長表示，在當前面對的國際處境，僑胞的支持力量是拓展國際空間，展現國家實力的重要憑藉。

　　吳委員長提到，今年雙十國慶，有近萬名僑胞不遠千里從各地回國參與，人數是上一年的三倍。既慶祝國慶，又開放觀光，表達僑胞四海歸心，血脈相連的熱情和凝聚力，令人感佩。

　　有記者問到華教，委員長表示，僑委會以不到中央政府總預算千份之一額度，要規劃服務海外三千萬僑胞，平均每位只分配到三十元，實在是杯水車薪。此預算與八年前相差無幾，而在金融風暴之下，亦難爭取到更多預算，用於華教方面即佔百份

六十。他希望能通過電腦網絡的方式推展中文，並就地取材，培養當地教師人才。

有國內記者質詢僑務委員的政黨色彩及資格，吳委員長表示，以前都是當時僑委會所聘任，與他無關。現在有近百名僑委任期已屆，未來的遴選，他希望由駐外機構推薦，他也願征詢各方面意見。

開幕酒會原訂由行政院長劉兆玄主持，九年前筆者訪臺時，劉時任副行政院長，曾一睹風采，並聆聽其簡短而精闢的演講。劉院長因慰問陳雲林訪臺時執法被暴徒打傷之警察，未克親臨，由行政院副院長邱正雄代表。邱副院長為經濟專家，學者型官員，和藹可親，筆者就近請益，並與他合影。

邱副院長在演講時，盛讚華僑散佈在有海水的地方，為國家強大後盾，協助政府，深耕臺灣。

他提到去年以來國際金融風暴影響，臺灣亦經受嚴峻考驗，但負責任的政府，會思考如何積極處理，危機是轉機的契機。行政院政策包括愛臺十二項，十二兆經貿計劃，以及利用資源，培植人才，尋找市場，在不同領域穩紮穩打，促進經濟永續發展。

酒會中有一廚師在分切蘋果餡餅時，推介這是總統和夫人最愛食用的甜點。與會者紛紛取用，在酒足飯飽之餘，筆者也一試這最簡單甜品的滋味。

馬總統蒞會致詞

馬英九總統出席十日全球僑務會議開幕式，他在致詞時強調臺灣的生存發展，端賴外在和平和內部團結。在對外方面，「當

休則休，當進即進」，包括不再推動烽火外交，不再與對岸互挖邦交國，不進行高姿態元首外交，爭取與無邦交國建立互信，並積極參與國際組織。

馬總統表示，對已建交國家，要鞏固邦誼，要和對岸達成協議，不互挖邦交國，雙方和解休兵。

馬總統說，新政府主張活路外交，反對過去政府推動的烽火外交，我們「不當麻煩製造者，而是和平締造者」。而與無邦交國家的交往，特別是攸關臺灣安全前途的大國，則要提昇友誼，增加互信，以確保安全。

馬總統著重指出，新政府不做體制外的秘密外交，如巴紐案，即因操作不當，造成傷害。而過去八年不顧一切去爭取邦交國，但得到三個邦交國卻失去六個友邦，這種得不償失的做法，應當停止。

馬總統表示，為了達致國內政治和解，他很願意同反對黨對話。他也說，不管進行什麼活動，都不能容許暴力，不管是在議會，還是在街頭，都要和平、理性和合法，不然，會影響國際對臺灣投資環境評比的結果，嚇走外來投資。

馬總統續說，寶島資源不多，災害不少。但臺灣位於東亞中心，與東亞各國海空平均距離最短，四通八達，為區域核心。最近，新政府致力振興經濟，面對金融風暴，採取油電價調整機制，使通脹趨緩。臺灣同時是亞洲第一個銀行存戶存款全保的國家，促使大量資金回流。最近推行的擴大內需計劃，有助經濟復甦。新政府重在提高臺灣競爭力，深耕本土，改善投資環境，提昇軟、硬實力，必定會共創嶄新美好亮麗的未來。

馬英九總統並講述海外華僑為國殉難，華裔青年榮膺「戰鷹」的感人事例，他對華僑為國家犧牲奉獻，「體會尤深」，對華僑「身在海外，心懷家邦」極表讚許。

馬英九總統致詞後，並分別和參會代表合影，閉幕禮時，各代表已領到總統的簽名合照，這可說是代表們的榮幸和豐碩收穫。

記得筆者於九年前訪臺時，與鄭承偉老弟赴大安森林廣場觀看「優人神鼓」表演，當時任臺北市長的馬英九也在場觀賞。表演完畢，他並上臺作擊鼓狀。散場時他一路為人簽名，在路上巧遇，我趨前致候，小鄭並為我們在夜色中拍了合影。而今當年的小馬哥貴為總統了，還是與每位代表握手合照，足見其平實親民作風未變，一個多鐘頭的攝影活動，真難為他了。拍完照片出來時，吳英毅委員長在門外與每位代表握手言謝。

僑務會議紀實

在全球僑務會議開幕禮，僑委會吳委員長作僑務工作報告，以勤政清廉愛心作為服務僑胞準則，並提出「廣交朋友」、「溝通服務」、「團結和諧」和「對等尊嚴」四大施政理念。

其工作報告分為三大主軸，包括指出當今海外僑社五個新局勢，七個未來工作重點，以及展佈四個未來施政方向。

陸委會主委賴幸媛在作「兩岸關係與大陸政策」專題報告時說，在全球化浪潮中，首先要以兩岸正常化為目標，此乃國家生存安全，經濟發展重要的一環，也是國人的最大共識。

　　賴主委特別提到江丙坤訪大陸五十五小時後，江陳會即達成協議，這些成果，都是奠基於過去歷任政府的努力與累積。

　　賴主委表示，將以樂觀審慎的態度，穩定的步伐，以維護臺灣人民權益、福祉和尊嚴為最終目標，追求兩岸和平共榮。

　　賴主委並說明追求兩岸和平共榮的基本原則為「以臺灣為主，對人民有利」，「擱置爭議，追求雙贏」，推動務實對等的協商交流，以「威脅最小化，機會最大化」看待兩岸互動，以「活路外交」推動兩岸在國際領域和解休兵。

　　賴主委在報告後並回答與會者的提問。

　　此次會議，為配合政府預算樽節支用原則，接待人員均由僑委會同仁調兼，而兩天會議的午餐都是便當供應。十日中午，吳英毅委員長在百忙之中，率僑委會主要負責人，特別與海外傳媒代表餐敘。當僑委會委員長確實不易，他說，在五十幾天時間內，大部份都在全球各地走訪，在臺時間只有短短幾天。在兩天會議中，記者說明會，歡迎酒會，開幕典禮，專題報告，主持會議和研討聲明，以及閉幕典禮和惜別晚會，都有他致詞的場合。有人品評幾任委員長風格，有的敦和，有的隨和，吳委員長則是親和，沒有官架子。他坦承有人說他衣著隨意，他表示他不是來做官，而是來服務的。他亦深所了解在海外辦報不易，因他曾在芝加哥辦過華文報，三個月便閉門大吉。

　　綜觀此次僑委會邀請的海外傳媒名錄，參加者計二十七位，其中美國十四位，加拿大、澳洲各兩位，紐西蘭、法國、巴西、巴拿馬、南亞各一位，亞洲的日本、泰國、印尼、菲律賓各一位。在餐會上，部份地區傳媒人士暢所欲言，當然也提到擬將僑委會裁撤併入外交部一事，此次，僑務會也有代表提案反對。

　　九年前筆者赴臺，曾走訪民進黨總部，他們口口聲聲僑委會浪費納稅人金錢，應當裁撤。但其後民進黨執政八年，僑委會依然存在。此次，行政院規劃政府組織再造，正交由研考會評估，但據說研考會亦自身難保。吳委員長指出，馬英九總統在開幕禮時，亦強調憲法中有保護僑民權利之條文，當然僑務是外交工作重要的一環。吳委員長表示，不管今後在什麼情況下，僑胞有問題，仍可與他聯繫。

　　吳委員長提到他日前來菲的體驗，筆者亦就菲國情況稍作說明，在傳統僑社，不管是什麼政治色彩，都關心寶島的政治生態，而在思想感情上都傾向於國民黨和馬英九。筆者也提到不久前駐菲代表李傳通在與菲國幾家華文傳媒人士溝通時說，不管是來自哪一個地區的華人，都是我們服務的對象。這是一種不設前提的包容前瞻態度，為各方面人士所接受。我們要找回老明友，結識新朋友，正如吳委員長在工作報告所強調的，我們要以「開闊的視野，寬容的心懷，積極的態度，來擴大服務面」。近日，吳委員長在「追求和平，建構幸福，分享大僑社」的宏文中也引述國慶祝詞中所揭示：「大僑社」意涵下，僑界是一個大家庭，沒有老新臺僑等標籤，沒有敵人，只有朋友，不分彼此，所有的「海外華人」，都是我們結交的對象，這也是從僑務休兵延伸出來的理念吧，誠哉斯言！

　　十一日晚，外交部宴請會議代表，外交部長歐鴻鍊到場主持。筆者所在第四席，主賓是外交部非洲司司長張雲屏，他前曾在菲擔任副代表職務。據說非洲現有四個邦交國和三個代表處。坐在他對面的許振榮曾在菲擔任多年僑務組長，後調任駐泰參事、處長、主任秘書，他處事精明幹練，此次被擢升為副委員長。

　　筆者鄰座是泰國新中原報社長林宏，他已有五十一年採編經驗，他即席書寫前名人梁寒操詩句，為其多年辦報之自況：

　　　浮生每憶何多擾
　　　大患深知在有身
　　　青氈敝帚終無悔
　　　一任譏嘲尚自珍

　　我讚該詩寓意頗佳，許振榮則推崇林老鐵劃銀鉤，深具書法造詣。

　　十二日下午，僑務會議舉行閉幕典禮，副總統蕭萬長致詞時，肯定此次全球僑務會議相關議題的研討，以及對今後僑政方針達成共識，成果豐碩，意義重大。他對與會代表關心國是，貢獻智慧的熱情和辛勞，表示由衷感佩之意。

　　蕭副總統強調，海外僑胞是國家寶貴資產，是國力的延伸。臺灣從建國以來，在經貿與民主發展的過程中，遍佈四海的僑胞，皆能在關鍵時刻，扮演重要的推手角色，協助國家邁向進步繁榮，貢獻卓著。

　　蕭副總統最後表示，新政府秉持「以臺灣為主，對人民有利」的原則，戰戰兢兢地因應挑戰，推動開創各項建設，讓臺灣成為亞洲乃至全球市場的重要跳板和基地，亦為海外華商提供經貿發展的契機。他期希海外華商響應並參與政府即將推動的「愛臺十二建設」，共創臺灣經貿榮景。

　　吳英毅委員長在致詞時表示，各位代表積極參與，專注討論，據理力爭，有所堅持，並以包容的胸懷，接納不同意見，集

思廣益，共同釐訂今後僑務政策。他對代表在和諧務實氣氛中，貢獻智慧，不計辛勞，良性互動，表達由衷感謝和敬意。

參訪活動緊湊

十二至十三日，傳媒團在臺北進行一系列緊湊的採訪活動。

十二日上午走訪外交部，由主任秘書沈斯淳接待，他在對時局簡單表述後，即以茶點招待，因此只開放幾位傳媒提問。

有人問到「外交休兵」是否一廂情願？他回答說，一個政策取向，要看是否對人民有利，當然需要時間觀察。「活路外交」的推行，亦朝向參與國際事務的目標。

至於對於國家定位問題，有很多雜音。他表示，在民主自由國家，民眾可以表達自己的意見。在復雜國際環境中，要尋找國際空間，在顧及對等和尊嚴情況下，亦要彈性靈活，有關兩岸駐外人員來往亦然。

會場中遇到曾任駐菲政務組長的章計平，敘舊之後，去取茶點時，蓮霧已一掃而光了，大概和主人推介有關吧。

行政院經建會由副主委單驥接待，他原為中央大學教授，屬於學而優則仕典型，為新政府所徵調。

經建會的工作，包括經濟事務的規劃，建設方案的審議，以及協調各部會推展。如最近推行的消費券，即由行政院提出交由經建會評估，復由立法院通過，付諸實施。

對於總統所提之六三三政見，他說，由於國際政經形勢嚴峻，在規劃預算時，金融風暴尚未顯現。對於外來衝擊，首先要穩住步伐，積極因應。六三三為中長期施政目標，基礎穩固了，

總有落底反彈的時候，雨過天晴，國家經濟形勢反轉，就有達成目標的機會。

在愛臺十二項建設中，從鬆綁與重建觀點，選定七大建設重點，優先規劃，逐步推動落實。行政院在未來八年內，責成經建會，規劃在愛臺十二項建設投資二兆六千五百億，並帶動民間投資一兆三千四百億元，合計近四兆。並期盼藉由全球招商大會機會，吸引僑外投資，為臺灣經濟成長注入動能，達成良性循環效果。

走訪東森電視臺時，他們正在緊張錄播。當天凌晨阿扁被羈押禁見，這是全球轟動的大新聞。這次特偵組突出奇兵，吳淑珍與陳致中夫婦暫放一邊，造成阿扁被羈押的必要條件，真是大快人心。導遊亦說起，窮途末路的阿扁求神問卜，抽到一支籤語「關關難過關關過」，自以為能化險為夷，而今瑯璫入獄。他說，那籤語應該這樣解讀的：「關，關難過；關，關過。」

接待我們的新聞總監說，她一直沒休息過，只回家換了套衣服即趕來接待。東森關於阿扁被押的新聞片斷，被多家外國電視臺所採用。

東森電視共經營七個自製頻道，包括新聞臺，財經新聞臺、電影臺、洋片臺、綜合臺、幼幼臺及戲劇臺。營運績效排名榜首，深受廣大收視族群喜好，廣告投放率亦極高。東森亞洲衛視由三大衛星傳送，東南亞都可看到東森電視亞洲臺。

我們參觀了錄播室，背景都塗為綠色，轉播時多種多樣的背景都是電腦合成。由於錄製的原因，畫面上的主播均比原貌苗條清秀，幾位團友紛紛在主播臺一試。

該臺主播之一王佳婉正準備錄製節目，我們亦上前與她合影，另一錄播室為名嘴在進行對談。

　　臺灣宏觀電視創立於二〇〇〇年，由僑委會負責製播，提供全球華人一個綜合性華文衛星與網絡電視頻道。自二〇〇七年起，立法院將宏觀電視轉由公共電視辦理，宏觀電視從此邁向媒體專業自主的里程碑，這也是臺灣民主化的一大進步。

　　公視總經理馮賢賢與宏觀電視總監林樂群接見傳媒，公視由於沒有廣告收入，全靠政府贊助和個人捐輸。承擔文化史命，為公視特色，也是其存在的價值。它向各臺採購戲劇綜藝節目，該臺並精製戲劇片，這是其他臺難以看到的，乃是基於對國家和民族文化的認同。

　　拍攝記錄片亦屬公視的異軍突起，特別是在電影不景氣時，導演轉為拍攝記錄片，展現環境生態，少數族群的需求和生活原貌。

　　公視每天有國語節目三個，英語、客語各一個。宏觀每天首播十二小時，從各電視臺採購優質節目，多元呈現臺灣發展現況，鄉土特色和人文精神。其中每天提供的八節新聞，則分別以國語、臺語、客語、粵語與英語播出。

　　公視亦放眼國際，與世界接軌，引進外國優秀影片，並轉播美國大選辯論，澳總理向原住民道歉等時事節目。

　　公視今年的收視率較去年增加百份六十，這也是在有限資源情況下所期待的一點突破。

　　中央社為國家通訊社，站在國家立場，不管什麼黨派，以正確、領先、客觀、詳實的新聞，每日向全球近百家華報發稿。

　　中央社董事長黃肇松在致歡迎詞後，並介紹該社出席的十數位同仁。

　　社長陳申青則介紹說，大陸派駐兩名記者發稿，國內在江陳會和總統的場合，他們都能快速準確地領先發稿。

　　副社長羅智強是馬總統競選時的發言人，據說羅智強發佈任命後，蘋果日報曾全版介紹。陳申青表示，羅智強是他邀請加盟，羅出身政大法治所，此乃借重於他的管理和法律學識。

　　羅智強表示，他與馬英九總統的僱傭關係到五二○就結束了，他主要負責社務管理和業務推廣。他說，迅速、精確、平實是民主國家新聞特質。除了政府的資訊，在野黨的動態也是資訊。在處理資訊方面，他們必定秉持獨立客觀公正的原則。

　　該社贈送傳媒每年出版的世界年鑑，內含臺灣名人錄一本，以及「走過一甲子」典藏歷史照片集，其價格不菲，禮物也太沈重了，我都轉贈承偉老弟。

　　筆者發言時，讚佩該社負責人年輕有為，每天發稿量不少，海外華報用稿率也不低。筆者也提到大陸新華社中通社的低廉稿費，中央社收費還高過外國大通訊社，感謝僑委會代海外華報買稿，據說每年達五百萬臺幣之數。希望今後在稿件上能更精進。有傳媒也提出要專注於特稿和新聞綜述、評論稿件。

訪陸委會觀光局

　　十三日上午走訪陸委會，由副主委劉德勳接待，他在陸委會經歷過二次政黨輪替，三年前曾兼任海基會副董事長，對兩岸情況熟悉。他在回答傳媒提問時說，兩會簽署協議，為二千三百萬臺灣人民所關心。國際事務和外交關係，是必須正視和不能忽略的問題，外交和解休兵的期待，乃在於爭取參與國際組織。希望中共不要打壓，兩岸存在和解合作的空間，期能確保區域性安全。

　　提到對等尊嚴，他說，二次江陳會，兩岸有來有往，對岸踏入我們的國土，即正視我們存在的空間。雙方官員對口協議，即表示職務概念為對方所接受。陳雲林亦為馬總統所接見，這就是正視現實，互不否認。

　　劉副主委說，辜汪之間有二十四次來回，當時也沒有人罵「賣臺」。海協會副會長王在希來臺參加幾次專業活動了，這次陳雲林也不被授權，只談經濟，就搞成那樣，要是協議是在對岸簽署，那就更不得了。在民進黨執政期間，開放了三千七百二十種大陸食品進口，現在「反黑心」，不知著力點在哪？

　　談到大陸旅客，只要有正當職業，有存款，即可來臺旅遊。入境照片等手續可提供一百多個生物特徵，在三十多萬遊客中，失蹤者極少數。由於旅行社需交保證金，有的就轉嫁到旅客身上，造成團費高昂。筆者在高雄國賓大飯店，遇到來自杭州的遊客，該團三十餘人，每人團費需人民幣八千元，合四萬臺幣。現在航點增加，涵蓋大陸十三個省市。成團人數從十人減為五人，到臺旅遊人數將會大為增加。

　　傳媒提問此起彼落，每次都要限定提問人數。帶領傳媒訪問各部門的乃僑委會參事林煌村，他亦擔任過駐菲僑務組長，筆者九年前訪臺即在他任內，當時同行者有菲華日報副董事長許志僑兄。林參事出身新聞專業，亦曾在新聞機構工作過，富新聞觸角。此次吳委員長委派他帶傳媒參訪，可說是知人善任。

　　走訪交通部觀光局時，他們先用短片介紹：使人流連忘返的墾丁海邊、秀姑巒、阿里山、日月潭等勝景，使人驚艷的鹽水蜂炮、元宵節、優人神鼓、木偶戲、故宮博物館、鶯歌陶瓷，動人心弦的溫泉、美食、夜市、二十四小時書店，還有最新的醫療美

容。有記者提到，網絡上的價格與實際上操作價格有差距。筆者亦指出，諸如醫療美容這些貴價項目，通常會出現半途加項加價的不良現象。這些項目一定要照顧服務品質，不能有宰客現象，要注意口碑和形象，不要殺雞取蛋，要爭取回頭客。旅遊點要有配套路線，要加強軟硬件設施，不要使旅客有「不到阿里山終生遺憾，到過阿里山遺憾終生」的感覺。

觀光局副局長謝謂君表示，他們亦儘量杜絕貴貨假貨，進行品質管控。如針對有人說「跑得比馬快，吃的比豬差」的投訴，他們規定每人每天團費不能低於八十美元，每天不能超過一個購物點，並設有旅遊服務中心及投訴中心。

日本女傳媒的妙喻則引起一陣笑聲，她說，旅遊部門要重在宣傳，要像談戀愛一樣注重交往。對日本人來說，第一次印象深刻，影響一生感覺。她又說，日本也有溫泉，也有美食，要使他們感到臺灣溫泉、美食的不一樣，要獨特而多樣化。

觀光局在全球主要地區設有辦事處，該地區傳媒希望能多加配合，抓住時機，多作宣傳，謝副局長表示短時期內會得到改善。

央廣與中時集團

中央廣播電臺是國家廣播電臺，以「臺灣之音」作為臺呼，以十四種語音向全球廣播。

央廣有九個分臺，臺本部緊臨圓山大飯店，臺內擁有三十間設備完善的專業錄音室及錄播音設備，他們說如有意者可低價租用。

　　央廣董事長高惠宇原為報人，亦任過立委。她介紹央廣除國家贊助和自由財源外，他們並沒有自我設限，為人播音亦有一億半的收入。她說，在不景之秋，他們亦精簡人員，高效運用資源人才，其新聞由中央社稿件改寫。

　　傳媒亦參觀三樓文史館，從建臺至今，已歷經八十週年了，其間有各項歷史文物史料，豐富的歷史聲音收藏，世界各國讀者來函計六千件。據說央廣曾致函陳雲林，期望兩岸交流，明年能到大陸舉行聽友會。

　　自○六年起，央廣使用多個短波及長波頻率播出境內越南語、泰語及印尼語節目，提供新移民資訊，幫助也們融入臺灣社會。筆者提到，菲人在臺達八萬五千人之數，高惠宇和汪誕平亦表示他們均聘請菲傭。是否能增加菲語廣播？他們說因經費之故，每增加一種語系廣播必增加預算，此事最好通過勞工部門出面反映，再向有關方面要求增添。

　　午餐由央廣宴請，菜色豐盛，龍蝦、海參、蟹飯，使人齒頰留香。餐廳供應的山東燒雞，外賣量極大。總臺長汪誕平與我們同席，他原為馬總統競選總幹事。他提到競選時，他們已知道謝長廷的高捷弊案，但馬總統主張不揭底，不抹黑，堅持循正路競選。

　　《中國時報》發行人林聖芬表示，由於市場廣告投放率減少，媒體經營環境受到影響，媒體之間競爭激烈，特別是金融風暴侵襲，更是雪上加霜。他提到不久前曾與解放日報總編輯交換意見，大陸情況亦然，未來將向數位化邁進。

　　中時集團包括《中國時報》、《時報周刊》、中天電視等，不久前易手經營，媒體未來走向如何？《中時電子報》年輕總編

輯陳彥豪,為傳媒學博士,以其多年從事新聞學及電子報經營體驗,就傳媒網絡化的必要條件,未來趨勢,特定族群,經營方式,有何困難和如何面對,都有一番專業而透徹的論述。

他表示根據中時資訊的特點,中時網路報的閱讀對象,為廿五至四十五歲的白領階層,擁有碩士學位的高收視族群。

他引述其教授所言,管理千頭萬緒,著重在搞通人的問題,要尋找好的人才。他說,裁員不是最好的方法,但也是方法之一,如做得精緻,將成為最好的方法。今後,他們將加強財務的控管和工作的量化。

傳媒團成員除泰國新中原報社長林宏,印尼商報總編鄺耀章是當地華僑,另兩位來自中國大陸,其他都是從臺灣出去的新聞人才。紐約世界日報總編輯翁臺生,原為聯合報副總編輯,洛杉磯世界日報總編輯陳世耀,曾任聯合報政經記者多年,與各部門關係良好,被推選為團長。在十名女性團員中,美洲臺灣日報林蓮華,西雅圖世界日報王又春,也都是比較活躍的提問者,所提問題亦切合而頗有深度。

十三日晚餐設在長安西路海霸王餐廳,二處張良民處長趕來探望傳媒團員。十一月份有五位團友生日,僑委會特別準備了生日蛋糕,唱歌、吹燭、切糕,氣氛特別溫馨。

南下高雄和台南

十四日早晨赴板橋乘四一五號高鐵往臺南,高鐵以每小時五百公哩的速度,到臺南僅用了一小時卅四分鐘。而經過截彎取直

之後，新航線從桃園搭機赴上海，則僅需一小時廿二分鐘，比週末包機縮短六十二分鐘，估計每年可節省新臺幣二十億元以上。

南部科學工業園區包括臺南和高雄工業區，總面積一〇三八公頃。除本地廠商外，還引進十數家外商，去年總產值突破六千億臺幣，四年內將達一兆元。

南科四大商圈包括購物、休閒、餐飲，有室內球場、遊泳池、健身房，也有社區中心，包括主管和員工宿舍，園區內還有銀行、海關、郵政、診所、學校，距高鐵站近距離僅五公哩。

南科亦重視交通、道路、停車等軟體設施，講究公共建設休閒化藝術化，區內有八十五公哩腳踏車道。

我們參觀該園區的茂迪股份有限公司，屬節能產業，研究太陽能電池，為潔淨可再生能源，無燃料，無汙染，無噪音。在太陽能利用方面，德國最高，大陸排第三，臺灣為世界第六位。

友荃科技公司位於高雄岡山本洲工業區，則是以水變火，點水成金。即水通過電解機，分離出兩個氫一個氧，再利用氫自燃氧助燃的特性，點燃新能源奇蹟，沖向世界舞臺。其所研發的氫氧焰能源設備，為高環保、高安全、高效能的產品。

在臨海路的古蹟餐廳壹貳樓吃晚飯後，即登臨打狗嶺英國領事館舊址。「打狗」即高雄的英語諧音，那是道光年間，八國聯軍入侵中國，訂立不平等條約時所興建的領事館。現在裡面有展覽室和小賣部，在外面，可俯瞰高雄市的萬家燈火，一對對戀人在暮色裡繾綣。右方即是高雄國立大學，詩人余光中在離開吐露港雲霞之後，在西子灣畔度過二十幾春秋的舌耕歲月。高雄港曾是吞吐貨櫃叱吒汪洋的第三大港，隨著上海的復甦，深圳的崛

起，現已淪為老六。據說兩岸直航之後，歐洲貨輪由此轉運，高雄港即起死回生，每年將有數百億盈利。

以前臺北與高雄每天三至四航班，自從高鐵風行，乘客趨之若鶩，臺北和高雄現為每週三數班，機場大廈人影寥寥門可羅雀。

遠處的青紫一脈，略浮略現，燈火閃爍，該是小琉球嶼吧。桅舷高聳的龐然貨輪依然可見，不過已非昔日舳艫相接汽笛互應的盛況了。

返回國賓大飯店安頓後，已近十時了，倦意難消。有幾個團友相約去遊愛河，之後並到六合夜市「瞎拼」，聽說回到飯店，已近十二時了。

筆者下榻的房間面對愛河，下面為燦然入眼的鰲躍龍翔造型和愛之船碼頭，對岸有愛河露天咖啡店。清晨愛河波平如鏡，路上亦不見汽車，偶有摩托車馳過，大概還不是上班時候吧，散步的人亦稀少。從愛河兩岸穿過中正橋和高雄橋，為長方形人行道，漫步全程約需六十分鐘。

臺南孔廟又稱文廟，建於明永曆年間，後屢經修繕，為全臺最早的文廟，也是清末最高官辦學府，故有「全臺首學」之稱。廟前有下馬碑，漢蒙同文，建築以主祀至聖先師孔子的大成殿為主體，殿樑懸有前清諸帝的欽賜御匾及蔣中正、嚴家淦等總統題匾，上書「萬世師表」，「道貫古今」、「聖集大成」、「有教無類」等題詞，備極尊榮。

值得稱道的是崇敬孔子的思想學說而不是形象，因此不見有孔子塑像，這也可說是反對個人迷信的識見和認知吧。

大家關心的是國臺辦張銘清被推倒的地方，導遊拿出剪報對正方位。有團友故作倒地狀拍攝，並說當地並沒有樹根可絆腳啊。

出口處倒有幾棵老松，根鬚垂佈，上面有幾隻小松鼠奔竄跳脫，煞是可愛。有小孩拿花生引其咬食，驚喜交集，幾位團友亦乘機拍照。

荷蘭人於一六二四年，在安平沙洲建造了臺灣第一座城堡「熱蘭遮城」，包括方形的內城與長方形外城。成為荷蘭人統治的中樞，更是對外貿易的總樞紐，也把臺灣首先推向世界貿易舞臺。一六六一年，鄭成功驅逐荷蘭人後，因「國姓爺」家在南安縣安平鎮，遂將此地命名「安平」，亦有極佳寓意，安平古堡因此稱名。

女地陪興緻勃勃地帶領大家去看劍獅遺跡。當地風行劍獅，也有各種裝飾物。臺南有口頭禪：「家裡有隻獅，趁錢沒人知，獅口含把劍，厝內攏無欠」。後來隨著臺南建築物增加，演化成據說能辟邪鎮宅，消災解厄的靈驗徵象。不知臺南阿扁老家，擺放有幾隻劍獅？

午餐設在延平街的安平貴記，該美食文化館是以楊氏祖厝修建而成，側面外觀，可見傳統建築馬脊背的造型，上面時有鴿雀停留。該館以知名鼎邊趖、蝦仁肉圓、芋粿，配合臺南小吃周氏蝦捲、富貴壽板（棺材板）、以及蚵仔煎、浮水白北魚羹、古時味彈珠汽水，美其名為「臺南小吃風味餐」。豐富而經濟的鄉土饗宴，吸引不少食客光顧。

七股潟湖為七股溪口之內海，是臺灣最大的潟湖，湖中充滿豐富漁業資源，生態多樣，也是國際瀕臨絕種黑面琵鷺的棲息覓食區。

黑面琵鷺，臺南人稱其為黑面仔，全球曾一度僅剩三百隻。在保護區管理局，傳媒一行觀看了黑面琵鷺詳盡生態錄影。

　　有人說森林是地球之肺，濕地則為地球之腎。臺南市政府在曾文溪出海口北岸的一大片濕地，包括沼澤、鹽田和養殖區劃為保護區，全球三分之二的黑面琵鷺，每年十月落腳臺南，度冬棲息，到翌年五月，才陸續展翅飛去。

　　傳媒團員並搭乘漁筏遊湖，一路迎風，浪花噴濺，水珠撲面。湖邊紅樹林叢生，水鳥成群，湖中有不少設定置網捕魚和插蚵仔。有趣的是電桿上停著鷺鷥，全都引頸北望，團友拍照時，最靠近的兩隻即展翅穿梭，上下翻飛，據說是在表演飛翔絕技，之後返回原位。這些候鳥都是憑風向遷徙的，當東北朔風凜冽時，它們即順風南下，而當西南季節風起之際，它們又順風北飛。候鳥也能審時度勢擇善而動，而作為萬物之靈的人呢？

　　在遊覽車上，導遊指著不遠處說，那是鹽山和鹽業博物館，因時間關係，未能親眼一睹。當年為運鹽，鳳凰城的臺南開鑿了幾條運河，現在買鹽成本更低，勞力密集的曬鹽業已被淘汰了。兩堆高達四層樓的金字塔狀大鹽山，成為新的景觀。同樣，沿路成林的甘蔗，只是榨汁飲用，也不製糖了，因比買糖成本高。臺灣的農業已趨向休閒農業，如花蓮推展的無土農業，而在西藏才能成長的高原人參紅景天，據說也在臺灣種植了。

　　帶傳媒南下參訪的二處遊凱全，兩年前曾任駐菲僑務組秘書。而導遊是龍貓旅行社尤正國，為老闆親上第一線，據說他有碩士銜，還在兼課。聽說大家都未看過「海角七號」，於是在遊覽車來往高雄臺南之間的空隙，分三段播放了這部影片。

　　海角七號是一個因時代變遷而消失的地址，一封無法投遞的郵件，內中七封情信揭示了六十年前深濃的異國戀情，交織其中的是「道是無情卻有情」的中日青年現代愛情故事，引人

無限遐思。「國境之南」、「無樂不作」的感人音樂，蕩人心魄。該影片的鄉土特色和草根情懷，帶給了人們清新可喜的感受，而風雨過後出現彩虹的期待，更是憂鬱煩悶臺灣人的一道心靈雞湯。四千萬成本帶來近五億票房收入，可見其受歡迎的程度。

生活在恆春小鎮的人們，在隔膜、誤解、衝突之中，經過磨合和協調，終譜成和諧、包容、喜樂的華章。賴辛媛亦向陳雲林推介這部影片。目前，這部影片的引進大陸，不知是喊卡還是暫緩，不知是政治原因或技術緣由，雖然語言的轉換難免走味，但還是一個讓大陸觀眾深切了解臺灣風土民情的時機。

現在，影片中各拍攝場景，諸如恆春西門，阿嘉和友子一夜情的厝宅，廣寧宮前的廣場，音樂表演的沙灘，還有夏都飯店，都成了旅客觀光熱點。導遊在揮別時，亦幽默地引用「海角七號」中的對白：「留下吧，不然我跟你走。」

登臨一〇一觀光

在臺北時，偷閑和鄭承偉老弟到一〇一大樓一遊。臺北那幾天，細雨霏霏，輕寒惻惻，停車後，我們冒雨前往。

一〇一建成之時，為全球最高五〇八米，我們每人花費四百元臺幣上到第八十九層，計三百八十二米，僅用了三十七秒時間，速度奇快。

該樓層四周有觀景大窗，並有隨身聽出借，有多種語言供選擇。輕按迴廊編號，即可在觀景時聽到相應的介紹，省卻多少人力。在東西南北各方位，都有大幅觀景圖展示。

　　下到八十八樓，可見到大型風阻器，為世界最大最重的風阻尼器，達六百六十公噸，相當於一百三十二隻大象體重。在颱風和地震時，可減輕百份四十之搖擺度。

　　該層亦為購物樓層，有各種珍珠、珊瑚首飾，也有健康食品專櫃，筆者與小鄭都分別選購了幾種食品。

　　那天不是假日，又非晴天，遊客寥寥。進入電梯時，女解說員一遍國語又一遍日語，她們有時也使用英語。但電梯中只有我和小鄭兩人，我不禁誇她的敬業精神。

　　底下幾層都是名牌商店，肯定價格不菲。在僑務會議召開的福華飯店，有不少地產代理商贈送印刷精美的地產廣告冊。幾家裁縫店也有人光顧，筆者和團友走進其中一家，都是現成的西裝，質地和款式俱佳，每套二萬元臺幣，如度身定做呢？則要十萬元，價格之高，令人咋舌。

　　底下一層的美食廣場，據說比附近商場還要便宜。日式大碗麵只一百元，鐵板套餐也只要百二、三十元。小鄭說，在白天或夜晚，在這裡都可看到美眉。臺北細雨輕寒，一般愛美女孩子都是短裙黑長襪，在這裡也可看到露出美腿的。商店裡的售貨員都標緻可人，態度和善，據說在晚間，美食廣場經常滿座，很難等到位置。

　　鄭承偉現經營兩家咖啡店，其中一家「魯米爺咖啡館」，引申自放映電影始祖「魯米埃」，該館在羅斯福三段，位於真理堂對面。數層高的真理堂內有書店，上有圖書館。在不遠處則是懷恩堂，當時蔣家常到此參加崇拜。

　　從臺南乘搭四八二高鐵到板橋，已是晚上九時半了，到中和福朋喜來登辦入住手續，已近十一時。翌晨三時半僑委會聯係的

接送司機已在等候了，四時許出發，很快就到達桃園機場了。無言的司機加上無知的乘客，原來他把我送往赴美加等地的第二航廈，頗費周章，才提著行李搭乘機場電車轉赴第一航廈。所幸時間充裕，還能有驚無險地搭乘航班安抵菲島。

二〇〇九年十一月末杪

十七、申城盛會喜空前

　　二〇〇〇年四月，由筆者及黃棟星策劃的菲國華文傳媒江蘇訪問團一行，取道申城返菲，四月十七日傍晚，下榻於揚子江大飯店，翌日，走訪上好佳上海公司，十九日晨，即忽忽揮別這充滿魅力的大都會賦歸。申城美景，恍如驚鴻一瞥。外灘的絕世風華，浦東的摩天大廈，夢縈魂牽；豫園的亭台樓榭，水鄉的老街長巷，使人追慕不已。此次得以參加第五屆世界華文傳媒論壇，久違了，上海！九年思憶的夙願得償，欣喜奚如！

　　兩年前在成都，上海市僑辦主任崔明華接過寫有繁體「華」字的藍色會旗。春去秋來，又是丹桂飄香的季節，在中國六十華誕前夕，在緊張籌備世博會之時，上海伸出雙臂，熱情歡迎華文報業精英。上海需要世界的關注，期待華文媒體的聚焦。

　　來自五大洲三百多家媒體四百多位領軍人物，以及國內一百多位佳賓和媒體代表，雲集黃浦江畔，盛況空前，將就「全球金融危機下的華文媒體，海外華文媒體與上海世博」兩大主題，暢敘卓見，共商大計。

　　兩年一次的世華傳媒論壇，是一個開放性國際性的全球華媒「峰會」，由中新社發起，國務院僑辦及地方政府共同舉辦，從二〇〇一年至二〇〇七年，已相繼在南京、長沙、武漢和成都舉辦。

　　我們十八日上午十一時搭乘菲航班機起飛，經三個小時即抵申城，浦東機場第二航廈寬敞無比，行李轉台即超過六十處，我

們通關後，行李已快捷運達。由於入境的外籍旅客激增，過關時竟花費近一小時。其實機場當局宜作因應措施，以免使部份入境客久候，直至四時半，菲國代表才先後取齊。除先一天入境的華商縱橫雜誌社長黃棟星夫婦，和與我們同機的世界日報總主筆侯培水是論壇常客外，商報社長于慶文，副總理胡文炳，華報社務委員會主任許克宜與筆者，都是第一次參加，此次「峰會」人數增多，自是意料中事。

從浦東機場到我們下榻的華亭賓館，車程四十八公里，由於正值下班高峰期，花費一個半小時始抵達。在報到處即遇到曾抵菲訪問的中新社夏春平副總編，據說他是歷屆論壇的聯絡與組織者，為本屆組委會秘書長。在論壇的任何場合，都可看到他忽忙的身影。

華亭賓館為繁華商業區徐家匯唯一五星酒店，由於是華媒峰會境外代表住宿與論壇會址，因此成為警方保駕護航的場所。掛貴賓證的媒體代表入內亦需安檢，來訪客大都被拒之門外，並出動嗅爆犬加盟。而為預防甲型流感，賓館還特調紅外線自動檢測裝置。

由於上海市領導和僑辦負責人赴京參加黨代會，於十九日午間始趕回，因此開幕儀式在下午舉行，之前即為領導會見與合影。

筆者基於新聞觸覺，午餐後，即對攝影場地零散未排的座椅巡視一番，發現除座椅靠背寫有貴賓名字外，座椅後背亦寫有名字，那是站在第一排的代表，在張曉卿坐椅後背，赫然發現筆者的名字，放眼望去，站在此排者有原香港文匯報社長，現為香港新聞工作者聯合會主席張國良，馬來西亞星洲媒體集團總編輯蕭依釗，商報社長于慶文，筆者看到泰國新中原報社長林宏，星暹

日報總編輯馬耀輝名字亦在旁側，他們卻未能覺察，站在較上排位置。

位置排定後，有頃，上海市委書記俞正聲，上海市長韓正，國僑辦主任李海峰，新聞辦主任王晨，中新社社長劉北憲以及國內媒體高層，魚貫而來，俞正聲真誠感謝海外媒體多年來所作的貢獻。他提到第三屆論壇在武漢舉行時，他在湖北主政，論壇只開了五次，他有幸兩度與之結緣。

俞正聲表示，上海即將舉辦有史以來規模最大的世博會，上海有信心辦好一次成功精彩難忘的世博，他希望海外傳媒多加報導。

合影完畢，上海市長韓正成為媒體代表包圍的對象，紛紛與他交換名片和拍照。

在論壇開幕儀式，全國政協副主席萬鋼期勉同舟共濟，共同促進世界華文媒體繁榮發展，在國際交流與民間交往中發揮更大作用。國務院僑辦主任李海峰希望與會代表暢所欲言，加深了解，增加共識，溝通應對之策，共謀發展之路。國務院新聞辦主任王晨說，論壇將促進海外媒體之間及其與中國媒體之間的交流與合作，相信能提升華文媒體的整體競爭力。接著，中央與上海媒體代表亦相繼致詞。

開幕儀式後，中新社社長劉北憲作「迎接新機遇，共建世界華文媒體傳播體系」的主旨報告。他表示，在國際傳播格局和國際話語權體系發生重大變革的時代，分佈在世界各地的華文媒體正面臨新的難得的發展機遇。

在隨後舉行的媒體高端論壇，香港新聞工作者聯合會主席張國良說，競爭激烈的香港媒體，受金融危機影響，他估計去年底

今年初，香港有上千媒體人被裁。他說傳統媒體可藉危機發展創新，創新不是做大而是做強。

　　台灣《中國時報》去年一度面臨困難，裁員三成多，不得不由旺旺集團接手。結構的調整，是眾多媒體的共識，節流與「瘦身」，不失為應付危機的最好方法。

　　鳳凰衛視董事局主席劉長樂表示，在金融危機中，中國經濟成為世界經濟回穩和復甦的火車頭，華文傳媒復蘇亦需依託中國的騰飛。台灣《聯合晚報》社長項國寧則提到目前是海峽兩岸交流形勢最好的時機，但新聞交流似乎有點落後，這是不合理的現象。他說新聞交流不應因體制不同而阻隔，反而應當加強。

　　十九日上午，國家統計局總經濟師姚景源在「中國經濟形勢」專題報告時稱，中國經濟今年實現百分八的增長率，有困難，但沒問題。

　　他說去年下半年，我國經受過前所未有的困難和挑戰，有人用「跳水」、「掉崖」來形容其時經濟的遽然下降。

　　他指出，中國經濟的下行趨勢已經得到遏制，中國經濟已處在企穩回升狀態，但因為回升基礎還不穩固，因此過程仍有不確定性。

　　他憶述當年取消糧票之後，人們要求的吃飽，即追求數量。其後是吃好，即肉禽蛋菜大量消費，講究的是質量。他分析，由於人們進化速度未能趕上經濟發展，代謝能力難以適應祖輩吞糠嚥菜的遺傳基因，因此一部份人包括他在內，出現血壓血糖膽固醇三高現象。現在則是要吃出健康。他稱在一次餐會被點叫了三次的是野菜，他的太太給他吃玉米糊，也是為他的健康著想。「我去超市，看到玉米兩元一個，肉包才一元一個，這在以前是無法想像的。」

他認為中國短期內不會出現通脹，至少今年不會，以後呢？「有必要預料蜜月期的新婚夫婦，若干年後會不會吵架離婚嗎？」

姚景源以一橫一豎來分析中國經濟狀況，一橫即同世界各國比，一豎是和自己比。他說目前中國經濟的增長情況好於美國、日本、歐洲、俄羅斯以及「金磚四國」的其他國家，是世界主要經濟體中最好的。中國改革開放三十年來，經濟平均增長率為百分九點八，雖然面對經濟危機，中國經濟基本面還是好的，他說看經濟要看本質、看主流、看發展、看變化。工業化、城市化、市場化這些支撐中國經濟增長的基本力量並沒改變。

他並以手機為例，一九八九年，中國有一萬部手機，二〇〇〇年即達八千七百萬部，是預期中的一百倍。截至去年十二月，中國手機量更高達六億四千餘萬部。他以農村牆壁文字的演進，最早是計劃生育，其後是化肥飼料，現在則是手機廣告。他笑稱「一名乞丐接到五十元假鈔，掏出手機報警。」手機增長即能看出中國經濟的發展。

姚景源在演講中，統計數字脫口而出，妙語連珠，他能以小見大，以妙喻說明問題，引起滿場笑聲。主持人亦讚譽其報告精闢、翔實、生動、精彩、深刻。

其後上海世博會事務協調局局長洪浩作「世博專題演講」時說，上海世博承載著億萬炎黃子孫對人類幸福和平的祈禱，對美好生活的追求，對未來世界的探索。他並以「自強不息，厚德載物，師法自然，和而不同」概括本屆世博會特色。

在當天下午，上海常務副市長楊雄則在「關注世博、聚焦上海」華文媒體見面會主講，他強調上海要堅持科學辦博，勤儉辦

博，廉潔辦博，安全辦博，特別會把辦博與改善人民群眾生活有效結合起來。楊雄還介紹上海發展現狀，他並邀請華文傳媒屆時到訪上海，同賞盛會。

海外媒體代表紛紛發問，關於上海世博會是否會虧損，主持人表示，世博會園區建設投入一百八十億人民幣，營運投入一百零六億元，這些投入都是在控制中，相信上海可以做到勤儉辦博。

至於交通問題，他們介紹上海目前有四百多條道路，六千餘個工地在施工，地鐵正逐步完善，屆時大部份世博會參觀者也可搭乘地鐵與公交車，藉以疏導交通阻塞。

據悉世博園區正夜以繼日動工，而世博會址附近房屋都整修沐漆，看起來煥然一新，而在浦東陸家嘴，「中國第一高度」六百三十二米的上海中心正在興建，將與金茂大廈，上海環球金融中心鼎足而立。

洪浩介紹，目前已有二百四十一個國家和國際組織確認參展上海世博，而門票銷售已超過八百萬張，屆時參觀者預計將達七千萬人次。

十九日會後，在會場遇到廈門大學趙振祥教授，我們在《菲律賓華文報史稿》發行儀式有過一面之善，他盛情邀約與侯培水一起外出餐敘，因該晚論壇舉辦歡迎晚宴，只好婉謝其雅意。

歡迎晚宴菜色簡而精，也是仿高層次招待外賓的盛宴，包括法國鵝肝大明蝦沙律，高湯松茸米仁羹，芝士加拿大銀鱈魚，紅酒燴牛膝，芝士蛋糕配時令鮮果。

宴後，筆者與中新社社長劉北憲敘舊，當年他擔任中新社香港分社社長，曾與諸有鈞董事長邀約菲華媒體人士訪問港深，多年未見，他的記憶尤佳，熱情與筆者合影。

　　二十日上午為會場討論，計有雜誌出版社，周報，廣播、電視、網絡和日報通訊社四個會場，午餐後為論壇大會發言。

　　會間茶敘之後，即舉行論壇閉幕式，首先是宣讀第五屆世華傳媒論壇（上海）宣言，宣言共分六點，條分縷析，在同舟共濟互惠互利，中西交匯中創新發展，秉持專業精神，共襄世博盛舉，海外傳媒路向以及提高傳媒素養各方面，都有精闢闡釋。

　　隨即舉行世界華文媒體合作聯盟成立儀式，該聯盟乃中新社發起，各類媒體自願參加的全球性合作組織，以「服務、互動、平等、共贏」為宗旨，期能促進海外媒體相互聯絡和資訊互動，改善海外傳媒生存發展空間，提高水準和影響力，這是本屆論壇最豐碩成果。

　　國務院僑辦副主任趙陽，馬來西亞常青集團執行主席、世界華文媒體公司主席張曉卿，香港鳳凰衛視董事局主席劉長樂出任聯盟名譽主席，中新社社長劉北憲擔任秘書長。

　　向來行事低調的海外傳媒界大亨張曉卿，也是第一次出席世華傳媒論壇，他在海外創建了龐大的「傳媒帝國」，他表示這不僅是為了商業和話語權，也是基於文化的理念。他期待中國除了成為經濟強國外，也能成為文化大國，精神大國，文明大國。

　　在茶敘期間和張曉卿邂逅，交換了名片，他憶述數年前訪菲，適逢軍變，他表示有機會將會再訪菲國。

　　接著，上海副市長唐登傑向重慶市副市長周慕冰，移交了論壇會旗。

　　唐登傑說，第一屆論壇僅有一百多家媒體參加，經過近十年的摸索，實踐，打拼，本屆論壇的水準，規模及影響，均超過往屆，是一次促進海內外媒體合作，交流與發展的盛會。

　　周慕冰表示，論壇是全球華文傳媒的盛事，也是二千三百萬重慶人民的盛事。他相信重慶將舉辦一場高水準的論壇，使與會者領略中國歷史名城，最年輕的直轄市的魅力。

　　國務院僑辦副主任趙陽形容危機如同大浪淘沙，華媒應當借此著力塑造自身的公信力，傳播力和影響力，不斷創新，走在新一輪世媒格式調整的潮頭。

　　二十日晚餐後，參加第五屆世華傳媒論壇暨上海僑胞迎國慶、迎世博文藝晚會。那是在上海馬戲城觀賞超級多媒體夢幻劇「ERA——時光之旅」，該劇已連演四年，觀眾超過一百六十萬人次。使原來蕭條的閘北區路段，變成商業繁華的商城，帶動了購物、餐飲、房產等各方面騰升。

　　時光之旅以雜技為核心，加上科技與多元藝術和情景包裝，使觀眾耳目一新。如「碧波輕舟」，船家夫婦駕著一葉輕舟，自水莊駛出，在輕舟上演晃板踢碗的好戲。原為平淡無奇的雜技，由於場景的轉換，船家男女的互動，賦予古老藝術新的生命。

　　「時空之戀」則是男女演員僅用柔軟絲帶纏繫，橫空飄掠，纏綿勾連，盤旋飛舞，仿如天際彩霞變幻，高難度動作令人怦然心跳。

　　最為震撼人心的是「時光穿梭」，在多媒體投影下巨大的地球圖形轉瞬變成網狀空眼大鋼球，八個身穿鐵甲戴鋼盔的勇士，分別騎著摩托車直衝那直徑僅達六點五米的巨型鋼球內，時而橫向縱向交叉，時而同向，時而反向高速馳騁，驚險刺激。只要一車出錯，後果不堪設想，此為該晚的壓軸好戲。最後，全體演員群出謝幕，繞著大舞台拍手致意，與觀眾情意相繫，連成一片。

　　三十一日上午，全體代表分乘十輛大旅遊車，參觀世博園區和浦東新區。

　　有人說，這次世界各地傳媒精英雲集上海，對於推介世博，宣傳世博，無疑是一場正當時節的「及時雨」。不幸而言中，也許是峰會佳賓招風雨吧，參觀世博園區時，真的細雨飄洒，潤物無聲。上海僑辦及時贈傘，大家下車後，冒著風雨撐傘走向中國館附近一個平台。雖然雨霧氤氳，攝照的影像不清晰，但中國館的雄姿，那抹鮮麗的中國紅，已深深印入攝影者的心版。

　　這就是現代的「雙城記」佳話，奧運場館的「鳥巢」像搖籃，寄託人類對未來的希望，而以雕塑感造形的中國館主體東方之冠，充分顯露中華文化精髓，它居中雄起，層疊出拱，承接中華哲學的天人合一。而地區館水平展開，相互輝耀，相互映襯，開啟和諧共生的美好理想，成為深刻表現盛世大國主題的統一整體。

　　上海世博規劃共分五個片區，A片區為中國館和亞洲大洋洲國家館，B片區為主題館，公共活動中心和演藝中心，C片區為歐美非國家館，這三個片區均在浦東，佔地三點九二平方公里，浦西的D、E片區為企業館和世界博覽館，佔地一點三五平方公里，園區面積合共五點二七平方公里，為歷屆之最。

　　上海世博館將以「和諧城市」的理念來回應「城市，讓生活更美好」的訴求，會徽以中國漢字「世」字書法創意為形，「世」字圖形寓三人合臂相擁，狀似美滿幸福，相攜同樂的家庭，也可抽象為「你、我、他」廣義的人類，對美好和諧的生活追求，表達了世博會「理解，溝通，歡聚，合作」的理念，凸顯出上海世博以人為本的積極追求。

　　零九年初，南匯區併入浦東新區，使新浦東如虎添翼，國際金融航運中心的陸家嘴金融城，外高橋港區，洋山深水港，浦東空港都聚集於此，經濟總量佔全市四分之一。明年，浦東作為世博主場館所在地，更是前所未有的機遇和廣闊的發展空間。據了解，該園區的主場館，大都屬永久保存的建築。

　　浦東新區領導介紹該區發展情況，並假海龍海鮮舫以豐盛午餐招待傳媒代表。

　　午餐後即參觀張江高科技園區，該園區為國務院引資引智重點聯繫單位，包括技術創新，科學研究，高科技產業，生活居住等區域。園區內集聚了十多個國家級產品基地，二百多家國外研發機構，註冊企業五千八百多家。形成了集成電路，信息軟件，生物醫藥，文化創意，金融服務等產業集群。作為中國藥谷，張江集聚著全球制藥企業十二強中六家研發中心。上海醫科大學附屬曙光醫院，大廈巍然堂皇，設備先進完善，藉著後發優勢，名氣超過上海同名醫院，吸引了眾多的上海病家。

　　旅遊車在園區繞行，園區的道路多以科學家命名，如張衡、祖沖之、蔡倫、李冰、郭守敬等。隨車導遊除僑辦人員外，還有兩位來自復旦大學的志願者，一位通曉粵閩潮州客家話的女孩，來自潮州。這些志願者雖然導遊經驗不足，但勝在年輕有活力。據她們介紹，復旦人都有擔任志願者和做義工的優良傳統，有人利用周末，為郊區學生輔導，有的到偏遠西部地區實習。她們之中不少人亦會擔任明年世博盛會的志願者。據了解，在上海世博期間，園區志願者有七萬名，城市志願者則達十萬名，在明年五月一日至十月卅一日六個月時間內，每名志願者工作時間為兩週。

　　接著，參觀洋山保稅港區，洋山深水港是浦東新區的又一亮點。旅遊車花了一個小時，行經長達三十二公里的東海大橋，據說過了橋，即為浙江省地界。上海史學家認為，上海城市發展，是在不斷「跨越」中實現的。二十世紀之初，跨越蘇州河，滬南滬北變通途。二十世紀九十年代，跨越黃浦江，大橋飛架兩岸，隧道穿越江底，浦東浦西連成一體。二十一世紀初期跨越長江和東海，杭州灣大橋和上海長江大橋，一南一北，繪出上海融入長三角，幅射全國的宏圖。而東海大橋橫空出世，逶迤如海上長龍，則構建國際航運基地，使上海奔向海洋，擁抱世界。

　　我們一行拾級登上洋山港畔高台遠眺，巨輪正緩緩馳近，深水港可停泊數萬噸巨型艦隻。紅藍綠各種顏色相間的貨櫃堆疊連片，蔚然壯觀，吊杆如巨臂穿梭。據說每年有二千八百多萬噸吞吐量，待全部工程完竣，足可躋身世界前列。在裝卸場上，沒有看到工人，全部是遙距自動操控。

　　晚餐在港區附近的麥盛莉酒家舉行，至此第五屆世華傳媒論壇及在上海的參訪活動圓滿結束。翌早，代表們將離滬分赴南京、杭州、蕪湖、貴陽和海口等地參觀考察。

二〇〇九年十月中

十八、江南最憶是杭州

「江南憶，最憶是杭州，山寺月中尋桂子，郡亭枕上看潮頭，何日更重遊？」這是曾任杭州刺史的白居易離杭後的感慨寄懷。當年詩人吟詠的季節，和我們一行訪問杭州的時日相近，正是丹桂飄香之時，錢塘江潮湧如奔馬。

杭州是中國七大古都之一，有著五千多年建城歷史。五代十國干戈擾攘，吳越國偏安東南，建都杭州。南宋高宗避金南下，亦以此定都，升格為臨安府。「暖風吹得遊人醉，暫把杭州作汴州」，亦顯示其時歌舞昇平的景象。

俱往矣，這座「東南形勝、錢塘繁華」的歷史名城，今天以騰飛的經濟，暢達的交通，開放的活力，連續五年贏得中國最佳商業城市美譽。這座被嘆為「人間天堂」的魅力之城，亦被譽為宜居福地。在中國最具幸福感城市排行榜，杭州連續五次名列前茅，是名符其實的「生活品質之城」。

包括十七個國家和地區的近六十位境外傳媒代表選擇杭州線路，於廿二日上午八時許，分乘兩輛大旅遊車，在細雨飄洒中馳赴杭州。

旅遊車馳至杭城東南，即先參觀錢江新城。該區規劃面積廿一平方公里，核心區四平方公里，其中以金色為主要色調球型的杭州國際會議中心，與半月型銀色基調的大劇院，相對矗立，宛然「日月同輝」。而不遠處的市民中心，其設計以「天圓地方，

廣宇六合」立意，與日月同輝相呼應，形成天地日月的布局，獨特而有創意。

　　錢江新城總體規劃突出前瞻性和承繼性，集行政辦公金融商貿文化居住和旅遊為一體，將成為杭州政治經濟文化新中心。

　　聽講解和觀看新城模型後，因雨勢連綿不斷，我們撐傘到陽台外瀏覽一番，隨即到新城江瀾樓酒家，接受杭州市僑辦歡迎午宴。

　　我們一行下榻於西湖邊的新僑飯店。午後省委常委，杭州市委書記王國平會見境內外媒體，境內包括新華社、人民日報、人民網等媒體代表。

　　王國平書記從杭州豐厚的文化積澱，說到今日的盛世繁華。杭州既是旅遊和生活的天堂，更是投資興業的盛地，全球五百強就有六十五家在杭州建立企業，全國百強更有多家在此設立總部。杭州與全球二百多個國家和地區建立貿易關係，去年進出口總額近五百億美元，人均年收入達一萬美元。曾連續五年被評為中國總體投資環境最佳城市，經濟總量多年居中國省會城市第二名。

　　王國平強調，環境是杭州的生命線和命根子。作為觀光休閒和旅遊勝地，杭州致力打造品牌，包括沿途可見市容的綠化，垃圾的壓縮分離，「城市無車日」的推廣。環保自行車既能紓解交通壓力，又能節省能源，增進健康，一舉數得。

　　杭州正傾力於文化創意事業，包括信息服務，動漫遊戲業，文化會展等八大重點發展產業。有近八十年歷史一年一度的西湖博覽會，包括休閒、商業、創意等內涵。近年杭州世界休閒博覽會和中國國際動漫節等盛會宏開，其中世界休閒博覽會參觀者達二千七百多萬人次，盛況熱烈，是杭州走向世界，世界認識杭州的空前盛舉。

　　在黃金週，西湖每天遊客達兩萬人次。有媒體代表問到西湖收費問題，王國平表示，西湖不收費，可延長遊客逗留時間，其他方面的收益將超過門票收入，此亦為還湖于民的初衷和措施。

　　王國平書記提到杭州概況，鉅細無遺，如數家珍。僑辦副主任陳建方介紹，王國平累積經驗，曾就「城市管理」寫了三本書。其令先尊亦曾擔任過市委書記，杭州市凝聚喬梓兩代的深濃情愫。

　　當晚，市委常委宣傳部長翁衛軍假大會堂花中城酒樓宴請海外傳媒代表。杭州線路原只有筆者與侯培水參加，後來于慶文、胡文炳改南京線前來加盟，黃棟星夫婦亦分別從貴陽、南京線轉來，原因是從杭州散團後回上海方便快捷。也許是菲華參訪者全都追捧杭州，因此備受青睞吧。在杭州市的歡宴場合，除與中新社有深厚淵源的商報于慶文外，筆者亦叨陪貴賓席。

　　翁衛軍部長希望海外媒體常回祖國，多來杭州。當晚盛宴有燜鼈、蒸星斑、燉雞等名菜。杭州的宴席，都會推出一道五谷雜糧，用以代替粵式的飯麵，其中包括地瓜、玉米、芋頭、花生、粟子，這就是時興的健康食物，媒體代表頻頻舉箸。

　　一九九九年，曾擔任過教職的浙江人馬雲與幾位同仁在杭州創辦了阿里巴巴網站，現該網站已成為全球最大的商業訊息交流平台和商人社團之一。十九日上午我們一行走訪該公司，網站首席執行官衛哲向媒體代表詳細介紹公司概況。

　　阿里巴巴為全球企業商務平台，在國際貿易方面，有一千多萬會員，分佈在二百四十多個國家和地區，在網頁上每天有二至三億美元定單，主要幫助中小企業做出口。而在國內其他貿易，

有三千三百萬會員，每天三百多萬人同時在線。淘寶為中國最大
網購平台，每天二千三百萬人走進網頁，據說每十部手機就有一
部是淘寶銷售的。至於支付網則是付錢與發貨的第三方擔保人，
超過二億賬戶。「春江水暖鴨先知」，透過網上記錄，他們可預
知經濟的興衰變化。

在幾年前，阿里巴巴從最初十八人，發展至今一萬八千人，
其中三、四千人是工程師，九千人從事客戶銷售，三千人在全國
各地服務。我們一行參觀了客戶銷售部和傳呼中心。

接著參觀杭州國家高新技術開發區，由管區主任陳有興帶領
多位管理人員接待媒體，介紹該區發展情況，並接受提問採訪。

高新區建於一九九〇年，為國務院批准的國家級高新區，
佔地八五點六四平方公里，高新產業，知名企業群聚，高院科研
智力資源密集，有「天堂硅谷」美譽，為高科技多功能園林化新
城，亦為長三角經濟最活躍區域。

杭州高新區橫跨錢塘兩岸，沿江開發，跨江發展。〇八年
GDP超高二百億元，今年增速百分一六點五，高出全市百分五點
五，為杭州重要的戰略基地，是杭州從西湖時代邁向錢塘江時代
的重大標誌。

杭州從遙遠的苕溪時代，而後是潤澤民生的運河時代，演進
到杭州之魂的西湖時代，直至杭州母親河的錢塘江時代，悠悠錢
塘江水，見證這漫長的嬗變歷程。而今江水日夜東流，杭州雄健
的步伐勝昔，未來將朝向東海時代，以至太平洋時代邁進。

高新區假開元之江渡假村酒樓盛宴招待媒體，鮑魚、蝦仁、
牛排、蒸蟹與蘆筍螺片及鹹肉筍干，菜式多樣，雅俗齊備。高新
區領導表示，有機會將到菲國訪問考察，尋找開發商機。

　　西湖是杭州的根和魂，她三面環山，東面緊挨杭城。山不高而逶迤如黛，水不廣而風彩照人。「天下西湖三十六，就中最好是杭州」，杭州西湖以迷人的絕代風姿，深厚的文化底蘊，著稱於世。

　　一千年前，主政杭州的蘇東坡那首名詩「水光瀲灩晴方好，山色空濛雨亦奇，欲把西湖比西子，淡妝濃抹總相宜。」成為品味西湖的千古絕唱，湖以詩著，詩以湖名。而另一詩人白居易「未能拋得杭州去，一半勾留是此湖」，亦道盡詩人對杭州與西湖千絲萬縷剪不斷的情思。

　　廿三日午後，聽取西湖綜合工程和西湖申遺工作情況通報，西湖管委會主任劉雲等人就「改善環境，傳承文脈，還湖於民」作詳細介紹。

　　在西湖綜合工程中，特別重視自然和人文景觀的精彩和諧，景區與城市的珠聯璧合，相映生輝。西湖獲得國家風景名勝的多項美譽，是一處「始終活著的文化遺產」。這一顆晶瑩剔透的天堂明珠，在「申遺」目標中闊步向前，期望能實現西湖和浙江「零的突破」！

　　湖邊停泊著好多電動遊艇，船艙內裝有冷氣，艙上有幾個露天座位，可臨風眺望。每艘遊艇可坐十人左右，艙內還有領航員和導遊各一名，據說每艘遊艇租價超過一千元。眾舸競渡，乘客除向兩岸景點攝影外，還與鄰船熟人相互拍照。

　　西湖是杭州的核心，元朝之後，文人即依據西湖四季變化評出西湖十景。其後的年代，有學者認為除「蘇堤春曉」、「斷橋殘雪」、「三潭印月」較具西湖特色外，「平湖秋月」、「柳浪聞鶯」、「花港觀魚」、「雙峰插雲」等，其他地方也有同樣的景觀，而「南屏晚鐘」、「雷峰夕照」已時過境遷。建於公元

九七七年的雷峰塔，訴說著那一段浪漫淒美的仙凡愛情故事，一九二四年，因祝融光顧而轟然倒塌。魯迅曾就此寫過雜感，慶幸於久受壓制的白素貞終獲解脫，意義非凡。其後重建與否，兩派意見紛紜，直至二〇〇〇年，雷峰塔重建，不是修復如舊，而是以金碧輝煌的姿態，矗立在西湖之畔，成為亮麗的新景點。

在一九八五年，又評出西湖新十景，把景觀範圍擴大。比較突出的如「九溪煙樹」，九溪十八澗山水相連，水流湍急，煙霧迷濛。「虎跑龍泉」和「龍井問茶」，說的是西湖雙絕的虎跑水和龍井茶。

桂花是杭州市花，在滿覺隴遍植，花飛如雨，香飄十里，即為「滿隴桂雨」新景觀。

杭州市樹香樟，亦稱風水樹、祖宗樹，寓意吉祥長壽。據說在鄉下，每有女孩出生，即植香樟樹，假如時日已久，香樟枝幹粗大，這位女孩可能摽梅已過，嫁杏無期。如果香樟剛長成材，女孩正當娉婷年華，婚嫁之時，即砍伐香樟作嫁妝箱。

〇七年杭州舉辦了「和諧西湖，品質杭州」的三評西湖十景，與西湖直接有關連的是「湖濱晴雨」，「楊堤景行」。六和塔為北宋天寶三年興建的古塔，「六和聽濤」意謂登臨此塔，磅礴壯觀的錢塘江潮盡收眼底。

杭州襟山帶水，丘陵密佈，為特佳產茶勝地。西湖龍井在清朝時即作為貢茶，以色綠、香郁、形美、味醇聞名於世，為十大名茶之首，尤以十里梅家塢所產明前龍井為著，是為新景點「梅塢春早」。

船開出不遠，導遊即指著楊公堤旁一處樓台園林說，那就是毛澤東主席生前居停十幾次的西湖國賓館，而岸邊停泊的龍頭大

畫舫，則是江澤民乘坐過的。有幾位年輕男女正在湖邊拍婚照，我們與他們揮手致意，寄予祝福。

導遊特地從湖中舀出一碗水展示，說明西湖水清，所言不虛。經過一個小時許，遊艇在樓外樓碼頭停泊。

樓外樓有著一百五十多年悠久歷史，命名大概也是來自「山外青山樓外樓」那首名詩吧。在這裡佳餚與美景共餐，各國政要貴賓遊罷西湖當然以此餐館為首選。由於是馳名海內外的名牌餐館，因此，價格高昂，據說每席都從二千元起跳。

杭幫美食精細，清鮮，注重原味，風格獨特，膾炙人口。其中名菜有龍井蝦仁、西湖醋魚、東坡肉和叫化雞，還有類似佛跳牆的杭州八味。佳餚饗宴，令人齒頰留香。

有人說，晴西湖不如雨西湖，雨西湖不如夜西湖，細雨如酥，雨霧迷濛，別具風情。而夜西湖呢，莫如當天晚上所欣賞的「印象西湖」了。

「印象西湖」表演與觀賞區在岳廟之前，蘇堤與楊公堤之間，西湖十景之一的「曲院風荷」就在側旁。

印象西湖是張藝謀等人導演的大型山水實景演出，以西湖豐厚的歷史人物為經，秀麗的西湖風光為緯，有機編織融洽。運用現代化的煙雨霧聲光電等高科技手段，呈現夢幻西湖水墨般意境，以及永恆摯愛為主題的千古傳奇。

演出共分五幕，第一幕相見，年輕男女一見情深，超越紅塵。第二幕相愛，兩人心神相依，天地同歡。第三幕離別，眾多演員手持大片羽毛翩翩起舞。第四幕追憶，第五幕印象均是張藝謀的一貫風格，大場景變幻，大兵團演出。因表演場地在水域，時而一大隊古裝男女演員踏水而來，飄然而去，遠處的水

上大彩樓亦為重要表演場所，最後是數對古裝男女分乘輕舟，一掠而過。

由於是大製作，場景造價和設備所費甚巨，因此門票不菲，一般座位票價二百二十元，當晚觀眾以境外遊客居多。畫舫上下層票價則分別為六百元和四百五十元，亞羅育總統觀賞時，坐位當然是畫舫上層的貴賓包廂。

〇七年三月開始獻演，在兩年半時間內，動用大隊人馬，每天兩場落力演出，太難為了。有媒體同業認為，因表演區離觀眾席太遠，不無有只見場景，不見人形，只聞其聲，未見人面之憾，遑論悲歡離合的七情上臉，彩樓上的表演更是遙未可及。筆者亦後悔沒把望遠鏡帶來。

媒體同業推崇表現杭州歷史典故和神話傳說的大型歌舞「宋城千古情」，據說為世界三大名秀之一，每年觀看遊客達二百萬人次。此劇的觀賞，只有待諸來日了。

但無論如何，聽講西湖，泛舟西湖，在樓外樓宴罷，觀賞印象西湖，如此才能對西湖留下豐富多元完整的印象和深沉的感受。不然，像同行文友侯培水所言：「可能會帶著遺憾回去！」

富陽位於滬杭甬金三角交匯點，面積一八三一平方公里，總人口六十四萬餘。「天下佳山水，古今推富陽」。富陽地處「西湖、富春江、千島湖、黃山」國家級黃金旅遊線的前站，奇山異水，天下獨絕，歷史內涵和文化底蘊，博大精深，人文薈萃，名士輩出。

「水送山迎入富春，一川如畫晚晴新」，旅遊車馳騁在富春江旁大道，一邊是高樓新廈，一邊是一脈靈水。這場景與菲國海濱大道何其相似，只不過是這條江邊大道延伸得更長。

　　富陽既賦江城之秀，更具山城之美。永安山海拔六五〇米，上山車程二十公里。廿四日上午九時許，媒體採訪團及杭州陪同領導和工作人員六十六人，抵達富陽時，該市統戰部長章剛良，僑辦主任夏建華已前來迎候，由警車開道，一行人浩浩蕩蕩朝常安鎮永安山進發。

　　由於山迴路轉，有時更是大角度反向轉駛，旅遊車攀爬吃力，大轉彎時往往要先倒車調整車向，司機小心翼翼，乘客亦提心吊膽，有鑒於此，回程時，富陽市特別調配小車和面包車，分批送媒體代表下山，細心照料關懷，令人感念。

　　當我們抵達永安山中國滑翔傘訓練基地時，方仁臻副市長已在等候，杭州僑辦副主任陳建方，副處長鄭軍一路陪同，中新社辦公室副主任李子明亦隨訪富陽。

　　訓練基地滑翔傘運動員由於在一次國際賽事中，取得二金一銀的優異成績，有關部門撥三百萬元整修並鋪設草皮。滑翔基地建在山頂懸崖旁，運動員身穿笨重滑翔服一陣衝刺，滑翔傘升起，然後跳崖，彩傘張開，似彩雲朵朵。如奔跑後傘未迎風打開，只好在崖前退回重來。

　　媒體同業巴拿馬《拉美快報》總編李勇恩躍躍欲試，他與一位教練員用帶子綁在一起，跑了幾步，李勇恩顛躓了一下，終於相偕衝刺，滑翔傘打開。跳下懸崖時，李勇恩手上還緊緊攥著照相機呢，終於，他們在掌聲中漸飛漸遠。

　　滑翔基地在高山農莊範圍內，該農莊有農田百畝，瓜果蔬菜千餘畝，還建有賓館渡假村，農莊主人盛意拳拳，拿出西瓜、玉米、地瓜款客，西瓜都是現切的，清甜解渴，據文炳兄說，紫色的地瓜很好吃。

　　隨後媒體參觀龍門古鎮，龍門位於杭州西南五十二公里的富春江南岸，在鎮前巨石上鑴有大字「龍門」，媒體代表紛紛拍照，大都在「龍」字旁，意即「龍頭老大」。筆者手按「門」字請黃棟星代攝，有「掌門」之謂也，都是好意頭。龍門為孫權故里，古鎮為孫權後裔最大聚居地，現鎮人口七千多人，百分九十為孫姓，一位女導遊自稱是孫權六十一代傳人。

　　古鎮上密佈數百幢明清古建築，由一條條鵝卵石鋪設的巷通串聯。由於房屋結構相近，街道類似，宛如迷宮，故稱「神奇龍門古鎮，孫權故里迷陣」。

　　龍門孫氏係從山東遷徙，春秋時寫就「孫子兵法」的孫武，即為孫氏豪杰。從十九代孫鐘，傳至孫堅孫策孫權祖孫，「三國風流多少事，千秋仁義帝王家」。在「思源堂」標示，孫權之三子即為革命先行者孫中山祖先，龍門孫氏第四十六代孫德明，名文，號中山，字逸仙，後遷至廣東中山縣，為同宗同脈不同支的孫門豪杰。厚重的孫氏家族史，凝聚成龍門血濃於水的宗族文化氛圍。

　　有學者說，「來這裡，讀懂中國」。古鎮積淀了豐厚的歷史文化底蘊，如「躍龍橋」，即有魚躍龍門之謂，「朝歲弄」蘊含「朝朝有今日，歲歲有今朝」之意。「明者不惟身善保，哲人猶且世能溫」的「明哲堂」，是古鎮籌辦各種世事的場所。承恩堂展示承造八十餘艘巨艦的孫坤，當年鄭和下西洋所乘艦艇亦為孫坤所造。

　　當天中午，富陽市長張錦銘假座五星級飯店南國大酒店二樓江南春餐廳設宴請，方仁臻副市長，章剛良統戰部長亦在貴賓席協同招待。于慶文與筆者分坐在張市長兩側。年輕的市長談到富

陽的房價，據說從每平方公尺四千餘元到別墅的二萬元，平均價
為七千元人民幣，富陽地產深具發展前景。

當天的菜色除富春盛產的魚蝦外，小食亦別具一格，計有菱
角、栗子、白果和臭豆腐。臭豆腐聞臭吃香，最受青睞，白果有
小毒，每次以七粒為佳，僅此一次，大家都超額食用。

飯後，在該飯店三樓麗晶殿，由年輕貌美的宣傳部副部長嚴
琦主持媒體採訪會，章剛良部長介紹富陽概況，相關市領導和部
門負責人全部出動。

富陽躍居全國百強縣（市），被「福布斯」評為最適宜投資
創業的百強城市。在衛生、環保、旅遊、文化、體育等方面，迭
獲佳譽。

富陽正致力共建「富裕陽光之城」，打造「運動休閑之
城」。她亦為「中國球拍之鄉」，所生產球拍佔據百分八十大陸
市場，亦大量出口世界各地。

由於富陽有得天獨厚的山水資源，扎實的體育基礎和濃厚的
運動氛圍，很多國際性或全國性的體育賽事都在此舉行。當天下
午，我們一行參觀富陽規劃展和東吳文化公園時，路過秦望廣場，
看到各式各樣的表演隊伍正在彩排，原來富春江體育節開幕在即。

中國古代造紙印刷文化村地處富春江畔，離杭州三十公里，全
村採用青磚白牆墨筒瓦的仿宋建築，江南園林布局，佔地二公頃。

文化村由汪道涵題簽，華寶齋則為趙樸初墨寶，命名取意
「物華天寶，齋雅書香。」

文化村展示了中國古代四大發明中的造紙術和印刷術。從砟
竹、削竹、斷青、翻灘、椿紙、操紙、榨紙、晒紙，直到印刷、
裝釘，書本於焉完成。

我們參觀的是操紙作坊，兩個年輕技工赤膊上陣，在裝滿紙漿的水槽裡，用長方形細網框一撈，就取出一張宣紙。晒紙屬高溫作業，把濕紙往加熱壁上一貼，取下來就是烘乾的成品了。在印刷作坊裡，幾位年輕女工在為圖畫套色，一大疊畫頁，一張張翻過去套彩，計算精準，極不容易。

在華寶齋圖書陳列室，擺滿了不少古籍和線裝書，正如名家題簽所言：「古籍延年，富陽紙貴」，「惟有經典，才能永恆」。于右任的手跡「進為天下利，退為萬古名」，則大可供高官政要銘之座右。

真的是「一天攬勝，探悉千年」。臨別時，華寶齋以郁達夫手跡線裝書餽贈。郁達夫得富陽山水靈氣，詩書文並茂，揮洒成篇，他的手跡極具欣賞和收藏價值。

杭州飛鷹船艇有限公司位於富陽市富春江高新技術園區內，新老廠區佔地二百三十畝。在飛鷹的一間小會議室裡，境外媒體坐的坐，站的站，把會議室擠得滿滿，該公司總經理助理熊樟法在接待媒體時豪情滿懷，慷慨陳詞，他說企業品牌無敵有兩層意義，一是沒有敵人，一是天下無敵。

他說，其弟熊樟友擔任企業董事長，只有小學二年級程度。他又說，在企業個子矮，大腦又不夠用的情況下，他們積極延攬國際人才，「站在巨人的肩膀上」，員工三百餘人，德、美、英、南非等知名外國專家十五人。企業僅用廿三年，就完成了發達國家上百年歷程，由於無敵牌賽艇功能創新超卓，貨真價實，在北京奧運水上項目賽事，德美等國運動員都採用「無敵」牌賽艇參賽，並取得四金五銀五銅優異成績，飛鷹公司成最大贏家。

廿四日晚，浙江省僑辦泊杭州市僑辦假座花中城舉辦歡送宴會，規格很高，美食均由服務員分別送達。除精美冷碟和開胃菜點外，有紅燒河刺魚，手剝河蝦仁，清蒸陽澄蟹，羊肚菌炖土雞，兩頭烏炖臘筍。省僑辦邱國棟副主任與筆者敬酒時說：「杭州是好地方啊，人傑地靈。」坐在筆者旁邊的杭州僑辦主任陳樹龍忙著到各席敬酒，副主任陳建方則一再叮嚀，杭州明年還有採訪活動，希望筆者再訪杭州，屆時將發出請柬。

廿五日，境外媒體代表分赴各地，我們幾位傳媒將乘動車組早上八時離開杭州，鄭軍副處長趕來送行，在杭州期間，他親自在我們一號車隨行。臨別之時，他記得筆者尚未回送他名片，而杭州採訪活動問卷還沒交還，謹以此文，權作答卷吧。

再見杭州，再見杭州諸友！

十九、蘇南匆匆走一回

　　九月廿五日上午八時，筆者從杭州搭乘動車組（即為和諧號子彈列車），十一時許即到達無錫。表弟已在車站等候，我們下榻於太湖畔的湖濱飯店。

　　「湖水依依迎君來」，在飯店窗口，能看到煙波浩淼的太湖。蠡園就在側旁，為當年范蠡與西施共築愛巢的庭園。范蠡幫越王勾踐打敗吳王後，以鳥盡弓藏，兔死狗烹為鑒，急流勇退，逃離越王。千金散盡還復來，被民間尊為財神。

　　湖畔一座小黃樓，據說是當年彭德懷幽居處。午餐在湖濱海鮮舫，「湖中白蚔肥，漁歸漿聲悠」，太湖富產漁獲，除魚蝦海鮮外，濃郁的魚翅羹更叫人回味無窮。

　　午後，表弟帶我到他從小就徜徉過的黿頭渚。太湖以融古鑄今，包孕吳越的博大胸懷，千百年來澤惠江浙大地，為國家重點風景名勝區。黿頭渚是無錫境內太湖西北岸的一個半島，因有巨石突入湖中，狀如浮黿昂首而得名。

　　黿頭渚始建於一九一八年，面積達五百公頃，有鹿頂迎暉，充山隱秀，黿渚春濤，廣福古寺等多處景點。山青水秀，勝景天然，為太湖風景精粹所在，故有「太湖第一名勝」之譽。郭沫若亦題詩讚曰：「太湖絕佳處，畢竟在黿頭」。

　　由於我們買的是一百零五元的套票，因此可乘快艇到太湖仙島一遊，太湖仙島又名三山島，位於黿頭渚西南二點六公里的湖

中，三山如浮黿靜伏，綽約多姿，素有「三山映碧」美稱。島上松青竹翠楓紅，我們跟著一個旅行團隊走，不然走迷了路，就乘搭不上回程的末班快艇了。

座落於太湖仙島最高處的靈霄宮和天都道府，始建於隋唐時期，是全國唯一的島上道院。導遊也懶得上去了，我們匆匆巡視一番，即打道回程了。

在無錫的一家泰國餐館晚餐時，想不到長駐餐館表演的竟是菲國小樂隊。兩男演奏樂器，兩女表演歌舞，在她們帶動下，用餐的年輕男女也載歌載舞。他鄉不期而遇，得知苗條的女歌手來自北怡省，她們還特地到我們桌前演唱「月亮代表我的心」。

此家泰國館有冬蔭湯菠蘿飯，也有日本魚生和酥炸大蠔。聽說有榴槤汁，服務員還拿榴槤來過目。一杯入喉，回味濃香。

飯後，一行人到崇安寺步行街走了一趟，步行街離市中心不遠，那裡有國際商業大廈等商廈，廣場邊有圖書館。千年吳越文化，百年工商繁華，步行街各式商店林立，可惜無暇參觀，九時商店即打烊了。一幅巨幅廣告映入眼簾：「崇安寺－最無錫的地方」。說到無錫，總會想起一對上聯：「無錫錫山山無錫」，據說還對不出較理想的下聯。有人說，揚州是假山真水，蘇州是假山假水，無錫才是真山真水。話說得長了，那幅廣告原意是：崇安寺是最具無錫特色的地方。好的廣告，總會引人遐想。

翌日即前往宜興，宜興以陶器著名，特製的宜興茶壺價格高昂，據說宜興陶器亦為范蠡始創。慕蠡洞是一九八三年發現的，現已闢為旅遊景點，傳說范蠡和西施在此隱居。洞內陸路二公里，命名為龍象宮、玉寢宮等，每個小景點都有販賣紀念品及幫人速拍照片的攤位。水路長兩百米，一隻小船可坐十人左右，舵

手以手按岩洞頂的石塊引航。那天水位不高，因此船行中不必頻頻低頭避石。

午後則去宜興竹海一遊，無肉令人瘦，無竹令人俗，竹以挺拔，虛心，高節令人擊節讚賞。步行中，看到路旁石壁上鑴有鄭燮的「竹石」詩：「咬定青山不放鬆，立根原在破岩中，千磨百擊還堅韌，任爾東南西北風」。

上行為坡路，我們走過「太湖第一源」。在山路上，不時有標示寫道：此處含高度負離子，請盡量呼吸，其實乃提示遊客可小休片刻。又走過一大段竹海棧道，竹林密佈。這裡有「一支千滴淚」的斑竹，有的竹可作粽葉，有的竹可做拐杖，有的竹可做笛子。當然，並不是每一根竹都可做笛子的，要經過多少風霜歷練，才會成材。

下山則是乘遊覽車返回，駕車小姐特地兜了幾個圈，把我們沒走過的地方也看個夠。

廿七日乘車赴蘇州，蘇州地靈人傑，精英薈萃，據說歷代的狀元就出了五十幾個，文化科學領域更是人才輩出。

蘇州園林名勝遍佈，有拙政園、留園、耦園、獅子林等，拙政園以前已去過，於是我們到吳中第一名勝虎丘一遊。

蘇州虎丘山風景名勝，已有二千五百年悠久歷史。其中高聳入雲的雲岩寺，古樸雄奇，為中國第一斜塔，也早已成為古老蘇州的象徵。劍池富含歷史底蘊，幽奇神秘，風壑雲泉，令人留連忘返。難怪蘇東坡會有「到蘇州不遊虎丘乃憾事也」的感慨。

我們遊虎丘時，適值秋季廟會期間，各種民間藝術團體成群結隊而來，鼓樂喧天，熱鬧非凡。在虎丘千人石表演場地四周，擠滿來自各地的遊客，觀賞這一場深具蘇州特色的表演。

　　前一天我們在宜興，吃的是山珍，而在蘇州則品嘗海味。陽澄湖離蘇州不遠，湖蟹雖還不太當令，但也已大量上市了。

　　有人說，一生沒吃過大閘蟹，實應引以為憾。陽澄湖蟹肉質鮮美，味道濃馥，令人驚艷。特別是江浙人士，更是趨之若鶩，樂此不疲。

　　太湖盛產三魚，即為白魚、銀魚和巴魚。白魚多為清蒸，銀魚炒蛋，既美味又營養。巴魚僅有脊骨，因在淤泥中呼吸，魚肺特大，用作魚肺湯清甜可口，魚則紅燒，一魚兩吃。

　　廿七日傍晚，我和表弟又回師申城。記得在華亭賓館參加傳媒峰會，報到之後晚餐完畢，候培水兄相約同業舊識台灣黃榮燦，印尼沈慧爭等人想一訪南京路步行街，筆者亦隨同前往。地鐵站就在賓館門口幾步之遙，從體育場站乘搭到人民廣場，只有兩、三站路。南京路原本是繁華地段，這裡有現代化的百聯金茂廣場，也有哥德式的西洋建築群，其中有建於一八八二年的蔡同德，一六七五年的沈天成，咸豐二年的沈萬生等老牌新店。或購物或閑逛，人來人往煞是熱鬧。不時有女孩鞋套閃光滑輪，來回穿梭，原來是推銷該等滑輪。我不經意問價，開價四十八元。我們繼續前行，女孩則一路緊跟，價格一五一十跌到每對二十元。

　　原想從步行街走到外灘，想不到該路段已封閉，回程問了幾次路，從淮海路乘搭地鐵，中途還要轉線，著實折騰了一陣。

　　位於浦東新區世紀大道一百號的上海環球金融大廈，地上一〇一層，地下三層，高度四百九十二米。該大廈七十九至九十三層為上海柏悅酒店，九十四層的觀光大廳高度四百二十三米，票價一百元。大廳面積近一千平方米，挑高八米。在兩面落地玻璃窗可一覽上海風貌，浦江兩岸美景，盡收眼底。中秋節即將來

到，一幅「舉頭望明月，俯首觀霓虹」的巨幅標語早已懸掛。我們在觀景時，適值大放煙花。浦江上大小船隻均停航，由江中小艇上發射的煙花騰升，璀璨耀眼，變幻亮麗。可能是國慶節前的預演吧，居高臨下觀賞了十分鐘煙花，確是未曾體驗過的，可說值回票價，不虛此行了。

九十七層的觀光天閣，高度四百三十九米，為開放式玻璃頂棚的空中天橋，藍天白雲彷彿觸手可及。而觀光天閣一百層是一條長約六十米的懸空觀光長廊，內設三條透明玻璃地板，高度四百七十四米，為目前世界上最高的觀光設施。走在上面形同騰空凌雲。不過有懼高症者最好不要花一百五十元買難受，自討苦吃。

在票根上寫明此為第一百五十幾萬位登臨者，小數怕長計，從〇八年開放以來，已至少有一億五千八百多萬元收益了。

豫園是上海市區僅有的江南古典園林，始建於明朝嘉靖年間（公元一五五九年），入門處巨石上鐫刻江澤民「海上名園」題詞。園內亭閣參差，山石嵯峨，溪流蜿蜒，景致旖旎，有「東南名園冠」之譽。

園內「卷雨樓」取意自唐詩「珠簾暮色西山雨」，「點春堂」則來自蘇東坡詞句「翠點春妍」，為清末小刀會城北指揮部所在地。豫園內有五百年銀杏樹，有楠木雕花的「涵碧樓」，還有不少書畫售賣處。上海書畫善會剛度過百年華誕，歷史悠久的海派書畫將再繪新篇。而「沐風聽濤－為世博添彩」扇面書畫作品展剛落帷幕。在稱為「江南第一台」的古戲台，台上擺著系列瓷鐘瓷磬和瓷鼓，在九月底至十一月初，景德鎮女子瓷樂坊將進行瓷樂表演。瓷樂已有千年歷史，至於展出的瓷二胡則是近年新

產品。小賣部的一位妙齡女子應筆者之請吹起瓷笛，笛音亮麗婉轉，原來她正是瓷笛表演者。

　　為了迎接世博，計程車貼著標語：「出租小車廂，文明大世界」，「大眾車內無煙味，迎接上海世博會」。豫園商場的二百八十多家店面都配備了英語導購員。在南翔小籠包名店，服務員亦進行英語培訓，以便介紹名點。與表弟到一家知名食府，一看就知道口碑不錯。樓下是一長串排隊人群，樓上食客滿座，旁邊有不少人在等位，一邊可欣賞食客吃相。原來樓下排隊一籠十二隻賣十二元，樓上則賣二十元。洗手間設在三樓，才知道三樓有冷氣開放食座，座位有限，環境優雅，食客在外面坐著等位，一籠小包六個賣三十三元，同一家食府的蟹粉小籠包竟有如此差異的三種價格，真是初次領教。

　　聽說江澤民曾宴請外賓的綠波廊賣價更高，遂進去了解價格。漂亮的女知客以吳小莉的口型逐樣介紹，分別是十二隻小籠包四十八元和九十六元，還有一種可能是蟹肉小籠包吧，一籠六隻賣到一百五十八元，真令人大開眼界。

　　我們移師到另一家餐館，許是過午了吧，不用再等檯了。蟹黃灌湯包每隻十三元，裝在一個碗中，已不復九年前在揚州那種「先開窗，慢慢吸」的吃法了，一支飲管插在湯包上，內中湯水味美滾燙，就用飲管吸取完事。攤位上有炸麻雀，十隻十元，已很久沒嘗過了。又品嘗了形同炸水餃的鍋貼和雞鴨紅湯。寧波湯丸店正在整修，在其他食店，都遍尋不到這種寧式美點了。

　　至於食雜店則貨色齊全，有軟硬兩色酥糖，也有能粘掉假牙的牛皮糖。有各式臘雞板鴨，有老城隍廟特產百年秘製的秋梨膏，也有杭州特產精選小核桃仁。在一家超級市場，除羅列上海

特產火腿、鹹肉、風乾肉外，也有正在舉行食品展的京津美食，諸如北京的茯苓果仁卷，各式酥餅和天津麻花。

那幾天，豫園商業區正舉行文化節，而在豫園藝苑「上海灘」，也有表演活動。

我們到豫園那天不是假日，遊人不多，現在上海人也有好多去處了。聽說以前節假日，人潮湧往豫園老城隍商業區，那裡人山人海，舉步維艱，隔天，可看見滿地都是被踩掉的各式鞋子。

夢裡縈迴千百度的周莊，是非去不可的。周莊，中國第一水鄉，小橋流水人家，漿聲激蕩了幾百年。明清建築群落，訴說近一世紀的民風民俗。

周莊，這是三毛流連流淚，陳逸飛逸興遄飛的地方。那一幅以雙橋為背景「故鄉的回憶」，使得多少遊人為此嚮往孺慕和沉醉。

而今，雙橋已成為每位遊客攝影背景。據說朱熔基當總理前，曾在富安橋上踱步幾個來回，更使此橋增添吉祥的神秘色彩。

在張廳，有一對聯道出水鄉風景：「橋從門前進，船自家中過」，江澤民亦對此引生濃厚興趣。那年，他信步後花園，憑欄眺望，情不自禁念道：「似曾相識燕歸來，小園香徑獨徘徊」。

沈廳是富商沈萬三庭園。他所秘製的萬三蹄，蹄膀色澤金黃透亮，香酥不膩，馳譽至今。據說當年沈萬三請皇帝品嘗，皇帝對著整隻蹄膀問道如何下箸？在皇上面前是不能亮刀的，沈萬三機警地從蹄膀抽出把小骨頭來，以之當刀切割，消解了疑慮驚魂。

在周莊商店，有賣各種糖餅和白果粟子等地方特產的，也有手工藝品和飾物，更多的是文房四寶書畫和題詩刻章。有一幅

畫上的題詞「沒有比人更高的山，沒有比腳更長的路」，富含哲理，令人沉思。刻印連石頭僅開價四十元，較好的石頭七十元。以前的刻印師傅會嫌你的石章太硬，費力難刻，現在都使用電動刀了，幾分鐘即搞掂。那麼多書畫店都標榜能以姓名作冠頭詩，真是文人群聚了，「中國作家寫作基地」，亦在此地掛牌。

說到冠頭聯，有朋友找行家題贈「維新開國運，民眾笑春風」。出手高，氣魄大。雙筆書法家吳協生曾為多位名人題聯，他題贈的是「維新存古意，民正遂初心」，貼切但不無過譽。妙的是家兄名維新，兩聯均嵌兩名，允稱巧合佳構。嵌名對聯易寫難工，至於冠頭題詩，則極易流於俗氣。

「四季周莊」大型實景演出，將在世博期間，帶給遊客藝術驚艷。據估計世博會的七千萬參觀者，將會有百分之三十到訪周莊，作為上海的金鄉鄰，將會用水鄉獨特風韻和新的風采，去追求雙贏。

當最後一批遊客走了，商店都打烊了，我們乘旅遊車返回申城時，周莊已沉入夢鄉了，水是她的床，黑蓬船是她脫掉的鞋子，沒有嚕（櫓）聲，在水的懷抱中，周莊睡得好甜好甜……

快樂的日子總是過得很快，國慶前夕，就要返回菲京了。在申城幾天，表弟請假作陪，購贈禮品手信。表弟婦買菜下廚，美食款待，表姪女讓出閨房。他們不讓我遠住，在家好照應，親情洋溢，溫馨盈懷。

好不容易到了浦東機場第二航站，行李還是超重。此次浙江僑辦贈送大匣精裝玻璃用器，上海論壇贊助商送了兩瓶老酒，而論壇資料則包括大部頭年鑒等。對著精神食糧和物質贈品，相信許多同業舉棋不定，難以取捨。好在我把那些重量級禮品都轉送

表弟。幾年前我們一行訪問江蘇，他們餽贈的是當地特產珍珠、絲綢和蘇繡。物輕意重，至今縈懷不已。杭州是著名絲綢之府，為何不揚己之長，而捨輕求重？

　　倦遊歸來，心放難收，早想執筆為文，卻因俗務蝟集，蹉跎至今。黃棟星賢棣擬將幾篇拙作在《縱橫雜誌》轉載，謹致謝意。

國家圖書館出版品預行編目

島國情濃 / 莊維民著. -- 一版. -- 臺北市：
　　秀威資訊科技, 2010. 08
　　　　面；　公分. -- （語言文學類；PG0389）
　　（菲律賓. 華文風；14）
　　BOD版
　　ISBN 978-986-221-501-2（平裝）

868.655　　　　　　　　　　　　99010112

語言文學類　　PG0389

菲律賓・華文風⑭

島國情濃

作　　　　者 / 莊維民
主　　　　編 / 楊宗翰
發　行　人 / 宋政坤
執 行 編 輯 / 邵亢虎
圖 文 排 版 / 陳湘陵
封 面 設 計 / 蕭玉蘋
數 位 轉 譯 / 徐真玉　沈裕閔
圖 書 銷 售 / 林怡君
法 律 顧 問 / 毛國樑　律師
出 版 印 製 / 秀威資訊科技股份有限公司
　　　　　　台北市內湖區瑞光路583巷25號1樓
　　　　　　電話：02-2657-9211　傳真：02-2657-9106
　　　　　　E-mail：service@showwe.com.tw
經　　　　銷　　商 / 紅螞蟻圖書有限公司
　　　　　　台北市內湖區舊宗路二段121巷28、32號4樓
　　　　　　電話：02-2795-3656　傳真：02-2795-4100
　　　　　　http://www.e-redant.com

2010 年 8 月　BOD 一版
定價：400 元

讀　者　回　函　卡

感謝您購買本書，為提升服務品質，煩請填寫以下問卷，收到您的寶貴意見後，我們會仔細收藏記錄並回贈紀念品，謝謝！

1.您購買的書名：_____

2.您從何得知本書的消息？

　　□網路書店　　□部落格　　□資料庫搜尋　　□書訊　　□電子報　　□書店

　　□平面媒體　　□ 朋友推薦　　□網站推薦　　□其他_____

3.您對本書的評價：(請填代號　1.非常滿意 2.滿意 3.尚可 4.再改進)

　　封面設計_____　版面編排_____　內容_____　文/譯筆_____　價格_____

4.讀完書後您覺得：

　　□很有收獲　　□有收獲　　□收獲不多　　□沒收獲

5.您會推薦本書給朋友嗎？

　　□會　□不會，為什麼？_____

6.其他寶貴的意見：_____

_____

_____

_____

讀者基本資料

姓名：_____　　年齡：_____　　性別：□女　□男

聯絡電話：_____　　E-mail：_____

地址：_____

學歷：□高中(含)以下　　　□高中　　□專科學校　　□大學

　　　□研究所(含)以上　□其他_____

職業：□製造業　□金融業　□資訊業　□軍警　□傳播業　□自由業

　　　□服務業　□公務員　□教職　　□學生　□其他_____

秀威與 BOD

BOD（Books On Demand）是數位出版的大趨勢，秀威資訊率先運用 POD 數位印刷設備來生產書籍，並提供作者全程數位出版服務，致使書籍產銷零庫存，知識傳承不絕版，目前已開闢以下書系：

一、BOD 學術著作—專業論述的閱讀延伸
二、BOD 個人著作—分享生命的心路歷程
三、BOD 旅遊著作—個人深度旅遊文學創作
四、BOD 大陸學者—大陸專業學者學術出版
五、POD 獨家經銷—數位產製的代發行書籍

BOD 秀威網路書店：www.showwe.com.tw
政府出版品網路書店：www.govbooks.com.tw

永不絕版的故事·自己寫·永不休止的音符·自己唱